本书由冼为坚学术研究基金资助出版

⊙ 陈小红 著

佛山文丛

加里·斯奈德的诗学研究

中国社会科学出版社

图书在版编目(CIP)数据

加里·斯奈德的诗学研究 / 陈小红著. —北京 :中国社会科学出版社,2010.7
ISBN 978-7-5004-8916-0

Ⅰ.①加… Ⅱ.①陈… Ⅲ.①斯奈德,G. —诗歌—文学研究 Ⅳ.①I712.072

中国版本图书馆 CIP 数据核字(2010)第 137343 号

策划编辑 冯　斌
责任编辑 丁玉灵
责任校对 周　昊
封面设计 人文在线
技术编辑 戴　宽

出版发行　中国社会科学出版社
社　　址　北京鼓楼西大街甲 158 号　　邮　编　100720
电　　话　010—84029450(邮购)
网　　址　http://www.csspw.cn
经　　销　新华书店
印　　刷　新魏印刷厂　　　　　　装　订　广增装订厂
版　　次　2010 年 7 月第 1 版　　　印　次　2010 年 7 月第 1 次印刷
开　　本　710×1000　1/16
印　　张　17.5
字　　数　259 千字
定　　价　32.00 元

总　序

　　2008年6月，我随原佛山市市长梁绍棠、学校党委书记陈汝民等领导到香港拜访校董冼为坚先生，席间谈及近年内地的文化研究和人文科学的发展，先生兴致勃勃，谈锋甚健。席散之际，又约我们次日下午到位于士丹利街的陆羽茶室饮茶，继续谈文论道。我知道，冼先生身为万雅珠宝有限公司董事长，又是酒店、银行等多家大公司的股东，日理万机，惜时如金，实在不宜多扰。然而，待及握手言欢，促膝而坐，但觉春风习习，不禁流连忘返。先生前席相询，不遗凡庸，谦和热情，令人感佩不已。他向我详细询问了佛山人文社会科学研究的状况，包括文科学者的构成，当前学术的重点，以及面临的困惑。他获悉学校汇集了来自全国各地的文化学者，还有一批青年才俊脱颖而出，在文学研究，特别是地方文化研究方面建树颇多，十分欣慰，当即表示，愿捐出一百万元人民币，资助人文社会科学研究，特别是佛山地方文化研究。

　　作为一名从事古典文学研究的高校教师，我虽然在一定程度上也算耐得住寂寞，并常以"无用之用，是为大用"自我宽慰，但我知道，"无用之用"的文学无论过去、现在还是将来都难成"大用"。魏文帝《典论·论文》所谓"文章者，经国之大业，不朽之盛事"不过是夸张之语，清代诗人黄景仁感叹的"十有九人堪白眼，百无一用是书生"倒是普遍事实。当今世界，是一个急剧变化、令人眼花缭乱的世界，也是一个高度物质化的社会。置身注重实惠、讲究实用的时代，处在崇尚实际、追求实益的香港，著名实业家冼为坚先生却对人文科学、对文化事业如此重视，如此眷念，这是我没有想到的。后来我才知道，冼先生对人文社科研究的资助由来已久，且一以贯之。他曾多次慷慨解囊，资助香港中文大学、广州中山大学等高校的社科研究。正是鉴于人们对学术研究的支持多以自然科学为重，很少惠及社会科学，他才精心呵护人文领域的。这份热忱深深感动了我，令我倍感温暖。

回到学校，我向邹采荣校长汇报了香港之行的收获和感受，也向文学与艺术学院全体教师传达了冼先生的深情厚谊，闻者无不为之振奋，由衷感动。虽然，学院每年都能争取一些课题，获得一定的经费，但得到来自实业家的学术资助还是第一次！我们自能体悟这一百万元所包含的意义。它承载着先生对学术的敬重、激励和厚望！我们唯有加倍努力，以实绩报答先生。

文学与艺术学院拥有一支高效精干、特别能战斗的教师队伍，汇集了一批英才。中文、英语、艺术设计、工业设计等专业互相协作，高度融合，发展边缘学科，促进地方文化研究，取得了可喜的成绩。以艺术设计系教师为主体的团队承担佛山"数字祖庙"项目，运用数字技术对古建筑加以保护，得到政府拨款495万元，这在文科学系中是极为罕见的；工业设计专业开办十余年就获得国家教学成果二等奖，引起同行专家的关注；仅有24名教师的中文系10年间获得国家社科规划项目2项，教育部和广东省社科规划项目18项，每年发表论著60多篇（部），论文覆盖《中国社会科学》、《文学评论》、《外国文学评论》、《文学遗产》、《文艺理论研究》等高档次刊物；大学英语教学部也多次获得教育部和广东省新世纪教育研究课题。由于学院充分发挥了学科交叉的优势，联合攻关，创出了科研的新路子。2009年还获广东省社科联批准建立我校第一个省级人文社科研究基地——广东省广府文化研究基地。

　　入选《佛山学者研究丛书》（第一辑）的著作，或为省级社科规划项目的结题成果，评级都在优良；或为优秀的博士论文，得到导师的高度评价和推荐。今后我们将本着宁缺毋滥、严肃认真的态度，继续编辑出版《佛山学者研究丛书》第二辑、第三辑，奉上本院教师的最新研究成果。同时，我们也希望得到学界同仁的批评指导。

李克和

2010 年 3 月

目 录

绪　言

　　加里·斯奈德（Gary Snyder）是美国当代著名诗人，被称为"美国有才华的一代诗人中最有才华的诗人之一"。[①] 斯奈德是深层生态学的桂冠诗人，也被称为没有垮掉的"垮掉派诗人"。[②] 当垮掉派昔日赫赫大名的诗人渐渐消失时，斯奈德的诗歌创作却越来越丰富；当金斯伯格研究在中国不再受重视时，斯奈德研究却开始转热；当垮掉派其他诗人淡出历史舞台时，斯奈德却开始比以往更受关注。近20多年来，斯奈德被认为是"垮掉派"星散后创作成绩最大的"垮掉派诗人"，几乎是"垮掉派"中唯一对"今天"拥有发言权的声音。斯奈德的诗正是垮掉运动中比较持久的东西。

　　斯奈德在其同辈中的诗歌声誉极高。肯尼斯·雷克斯罗思认为："在20世纪美国诗歌中，斯奈德是同时代中最有远见、最有思想、最善于表达的。"[③]托马斯·派金森认为："他成功地做了一些个人难做到的事情：他创

[①]　朱徽：《中美诗缘》，四川人民出版社2002年版，第506—507页。

[②]　彭予：《二十世纪美国诗歌：从庞德到罗伯特·布莱》，河南大学出版社1995年版，第345页。

[③]　Rexroth, Kenneth. *American Poetry in the Twenties Century*. New York：Herder and Herder，1971，p.177.

造了一种新型文化。"① 詹姆斯·迪可认为斯奈德是"他们中最优秀的"②。
路易斯·辛普森视斯奈德为"真正诗人"中的一员。③ 布鲁斯·库克将斯
奈德比作"现行时代的梭罗",作为一名诗人,"比其他与垮掉运动有关的
诗人更为当今所知和更受当今尊重。"④ 在《真正的作品》出版时,斯奈德
的文学地位提升到一新高度,被冠以"本世纪最健康的作家之一",因为
"他完全把人置于自然秩序体制中,认为必须具备人与世界是真正整体的
意识。"⑤ 肯尼斯·雷克斯罗思在 1966 年做了一番"民意调查"之后指出,
大部分读者认为斯奈德是 35 岁以下的美国诗人中"最突出的年轻人之
一"。⑥ "垮掉派"大师杰克·克鲁亚克在小说《达摩流浪汉》中把斯奈德
写成"美国新文化的英雄",使之成为六七十年代的民族偶像,至今仍受
狂热的爱戴。他所译的寒山和他的生活风范成为现代的传奇。

　　诗集《龟岛》被认为是环境保护运动进入美国文化主流的路标,在
1975 年获普利策诗歌奖。斯奈德是"垮掉派"诗人中唯一获得该奖的诗
人。其后期作品《山水无尽》被认为是当代美国诗的又一《诗章》式伟
构。作为一忠实的环境保护活动家,斯奈德曾被授予"约翰·海自然写
作"奖。他获得过的奖项还有:美国文学与艺术学院奖、博林根奖、古根
海姆基金奖、贝丝·霍肯奖、莱温森奖、《洛杉矶时报》罗伯特·科尔斯
奇终身成就奖以及雪莱纪念奖等。2008 年 5 月他获得了 10 万美元的鲁
斯·莉莉诗歌奖 (Ruth Lilly Poetry Prize),此奖是颁发给美国诗人的声望
最高、金额最高的文学奖之一。"诗歌基金会"主席约翰·巴尔评价说:
"加里·斯奈德成为今年莉莉诗歌奖的得主给予了这个 20 多年前设立的奖

---

① Steuding, bob. *Gary Snyder*. Boston: Twayne Publisher, 1975, p. 161.

② Steuding, bob. *Gary Snyder*. Boston: Twayne Publisher, 1975, p. 161.

③ Steuding, bob. *Gary Snyder*. Boston: Twayne Publisher, 1975, p. 162.

④ Cook, Bruce. *The Beat Generation*. Scribner's, 1971, p. 28.

⑤ Jones, Roger. "*On seeing the Universe Freshly*". *Southwest Review*, Vol. 67. No. 2, Spring, 1982. p. 248.

⑥ 赵毅衡:《诗神远游:中国诗如何改变了美国现代诗》,上海译文出版社 2003 年版,第 332 页。

项所代表的优秀和重要性传统以很高的荣誉。"①

斯奈德代表作有《砌石》(*Riprap*)、《神话与文本》(*Myths & Texts*)、《龟岛》(*Turtle Island*)、《僻壤》(*The Back Country*)、《关于声波》(*Regarding Wave*)、《大地家族》(*Earth House Hold*)、《执柯伐柯》(*Axe Handles*)、《在外淋雨》(*Left Out in the Rain*)、《山水无尽》(*Mountains and Rivers without End*)、《无性》(*No Nature*) 等。1958 年他所译的 24 首寒山诗，发表于《常春藤》(*Evergreen Review*) 杂志。

斯奈德 1951 年毕业于里德学院，学的是文学和人类学，同年进入印第安纳大学读语言学研究生。1953 年转入加利福尼亚大学伯克利分校，学习东方语言、哲学和文化。1956 年前往日本学习禅宗，断断续续达 12 年之久。60 年代回美国后，开始构思一种有别于传统佛教思想的独特佛教式的生态哲学。1984 年诗人曾和金斯伯格一同访问中国。《时代》杂志的评论员贝克认为他是一位"偶像派诗人"，"他的生活方式比他的诗歌给人印象更深"。②

斯奈德兴趣广泛，禅宗、森林、旅游、隐居给了他许多灵感，帮他悟出了许多生活的真谛。他从青年时代起就热爱中国古典文学和东方文明，他曾在日本居住，其间在寺庙当寺僧 3 年，专习禅宗佛学，禅宗思想深刻影响了其诗歌创作和艺术思想。"垮掉一代"诗人吸收中国禅宗和老庄哲学，在诗作中不时体现出"天地与我并生"、"万物与我为一"以及"众生原本与佛平等"的东方哲学和禅宗思想。20 世纪后半期在美国对佛教和东方文化的热潮普遍有所回降，但斯奈德仍把佛教当做生活中必不可少的部分。对大自然和荒野的思考把他带进了道家学说，然后带进禅宗。像禅宗影响的中国自然诗人，他过着远离尘嚣的中国诗隐式的生活。禅宗对其生活与著作的影响无处不在。他生活俭朴，典型的禅佛徒生活方式，禅对其作品影响很确切。诗人大量作品灵感与主题来源于禅宗。艾里克斯·贝特

---

① 宁梅：《加里·斯奈德获 2008 年莉莉诗歌奖》，载《当代外国文学评论》2008 年第 3 期。
② 区鉷：《加里·斯奈德面面观》，载《外国文学评论》1994 年第 1 期。

曼在《文学传记词典》第五卷中说："无论斯奈德的诗多么牢固地扎根于美国文学传统之中，不考虑他的禅宗哲学是不能完全欣赏他的诗的。"[①] 受禅宗思想的影响，诗人形成了"原始主义"自然观。

1972年6月斯奈德出席了在瑞典斯德哥尔摩举行的"联合国人类环境会议"。会议达成一致看法：只有一个地球，我们要对地球这颗小小行星表示关怀和爱护。诗人认为：一种文明如果从其生长的土壤上异化，那么这种文明注定是毁灭性的，最终将导致自我毁灭。诗人回归原始素朴的自然和深入到古老的东方文化之中，寻找矫正西方现代文明的支点。他渴望这样一种状况：野性、美好、神圣能三位一体。他深信：大地母神是"盖娅"，地球是一个充满活力的完整有机体。斯奈德将其政治定位为荒野代言人，并将荒野作为其主要阵地。他初始认为荒野过于崇高壮丽，并不适合人类居住，是纯粹的客体性，只适合人类旁观，不适合介入其中。但观看山水画与中国诗之后，诗人改变了对荒野的看法。他不再以二元对立心态观物，荒野原不是要去征服的，而是要安居其中，融合为一，显示两情相洽的亲和关系。他特别强调人必须要有位置感。并认为：地图应该根据植物群、动物群和气候带等一系列的自然环境来划分，而政治分界线不代表任何真正实体。他还将地球意识分为"全球性意识"和"行星意识"两种。"全球性意识"是指商人为玩世界游戏而将世界工程化、技术化、理想化和中心化的结果。"行星意识"则是从生态角度提出，要求人类不分国界爱护整个星球。[②]斯奈德建立了"一种整体论的生态保护意识"，偏重"万物之间无碍的与融会贯通的关系"，[③] 并认为民主必须重新纳入人类以外的事物。

斯奈德在诗歌原理建设上作出了非同寻常的贡献。尽管深受东方文化影响，但他也十分注重本国传统。他特别强调"本土意识"。主张传统与

---

① 刘生：《加里·斯奈德诗中的文化意蕴》，载《外语教学》2001年第4期。

② Snyder, Gary. *The Real Work: Interviews and Talks 1964—1979*. New York: New Directions Book, 1980, p. 126.

③ Barlett, Lee. *The Beats: Essays in Criticism*. London: McFarland, 1981, p. 147.

革新结合。中国古典诗歌、内华达山脉的壮丽景色、改造自然的平凡劳动与斯奈德所沉迷的印第安艺术结合，形成一种独特诗风。正如他所说："我最近才意识到我的诗歌节奏与我从事的工作和我的生活节奏保持一致……西埃达·内华达山脉的地理环境，把花岗石块铺成坚实路面的修路工作，使我写出《砌石》。我也试图用坚实、简单的短词写诗，把复杂性深藏于表面质地之下。"①

　　当金斯伯格等其他"垮掉派"诗人直呼号叫、尖声指控、高昂抗议时，斯奈德则以平静心态寻找解决社会弊端的良方。斯奈德的诗，无论在内容、想象力还是在技巧、风格上，不同于其他"垮掉派"诗。"垮掉派"诗人拒绝文学传统，而斯奈德身上却明显打上了爱默生、梭罗、惠特曼、庞德等文学大师的烙印；他的诗不那么喧闹，表现人与自然的关系，不关注中产阶级所面临的社会问题。如果说其他"垮掉派"诗破坏性成分居多，那么斯奈德的作品则是建设性尝试居多。他提出回归原始素朴生活是治疗社会弊病的良方。斯奈德以肯定方式谋求社会的出路，其基调是治疗性的。他既不跟从他人亦步亦趋，又不拒绝他人影响，既在"垮掉派"之中，又在"垮掉派"之外，是一位没有垮掉的"垮掉派诗人"。他欣赏金斯伯格的《号叫》，因为它与"时代对话"。他认为自己关心时代的具体方式是关心动物、关心植物、关心全球的生物环境保护。② 他既能入世，也能超世。真正做到不为物累，不为物困，而又能得到社会的认同。其生活经历表明：人和大自然能够和睦相处，人是自然的一部分，文明社会和自然并非二元对立的。

　　斯奈德的研究在美国主要分成两大范式。

　　范式Ⅰ：主要侧重研究斯奈德的生态思想。其中的主要代表作品有专著：*Gary Snyder and the American Unconscious*：*Inhabiting the Ground* 1991；*Gary Snyder and the Pacific Rim*：*creating countercultural com-*

①　Steuding，Bob. *Gary Snyder*. Boston：Twayne Publisher，1975，p. 28.

②　屈夫、张子清：《论中美诗歌的交叉影响》，载《外国文学评论》1991 年第 3 期。

munity 2006；博士论文：Timothy Gray's *New Lyric Worlds：Gary Snyder's Pacific Rim Communitas*，1930－1970，1998。这一范式研究视角独特，挖掘深入，但研究成果不丰，与作品文本联系不够紧密。

范式 II：主要研究斯奈德的诗学观。主要代表作品有：Charles Molesworth 的 *Gary Snyder's Vision：Poetry and The Real Work* 1983；Patrick. D. Murphy 的 *Understanding Gary Snyder* 1992 和 *A Place For Wayfaring：The Poetry and Prose of Gary Snyder* 2000；Robert Schuler 的 *Journey Toward the Original Mind：The Long Poems of Gary Snyder* 1994；Bob Steuding 的 *Gary Snyder* 1975。论文有 Ruth Mura Gage 的 *Identity，Masculinity，and Femilility in the Poetry of Gary Snyder* 1997；Sharon Ann Jaeger 的 *Toward a Poetics of Embodiment：The Cognitive Rhetoric of Gary Snyder's The Practice of the Wild* 1995；William J. Jungles 的 *The Use of Native－American Mythologies in the Poetry of Gary Snyder* 1973；Thomas J. Leach 的 *Gary Snyder：Poet as Mythographer*，James W Krauss 的 *Gary Snyder's Biopoetics：A Study of the Poet as Ecologist*。这一范式研究涉及斯奈德全部作品集，面广，角度各异。但其中部分研究只是点到为止，虽然为斯奈德研究打下了坚实的基础，但论述还可更为有力。

斯奈德研究在中国大陆起步较晚。研究他的中国学者主要有区鉷、钟玲、赵毅衡、叶维廉。迄今为止，斯奈德的诗集在中国尚未发现中文译本。综观近年来学术界关于斯奈德的研究，已有的文献遵循和形成了三个主要研究范式：

研究范式 I：研究加里·斯奈德与中国文化的关系。其中的主要代表作品有区鉷教授的博士论文《加里·斯奈德与中国文化》（1988）；赵毅衡的《远游的诗神》、《诗神远游：中国如何改变了美国现代诗》、《对岸的诱惑》，都将斯奈德当做一个研究个案。叶维廉在《道家美学与西方文化》、《叶维廉文集》中把斯奈德的诗作为主要研究个案。钟玲的《美国诗与中

国梦》一书把斯奈德当做三个主要的研究个案之一。2003 年钟玲出版的
《美国诗人加里·斯奈德与亚洲文化：西方吸纳东方传统的范例》，是国内
斯奈德研究的第一本专著。2006 年由首都师范大学出版社出版了钟玲的
《史耐德与中国文化》一书。除了出版的专著外，另有三篇博士论文。两
篇研究诗人和佛教的关系：上海外国语大学耿纪永的博士论文研究诗歌、
佛教和生态的关系；上海外国语大学霍红宇的博士论文研究斯奈德的诗歌
中的佛学思想；四川大学毛明的博士论文是研究美国当代诗人加里·斯奈
德的生态诗学与中国古代自然审美观的对话。散篇论文有区鉷的《加里·
斯奈德面面观》；刘生的《加里·斯奈德的中国文化意蕴》；陈小红的《加
里·斯奈德的中国情结》等。

　　基于这一范式的文献，探讨了斯奈德与中国文化的关系，这是中国学
者的独特优势，也是中国斯奈德研究最成熟最厚实的领域。不足之处是该
类文献均立足于斯奈德的作品分析，理论基础不够深厚。

　　研究范式 II：研究加里·斯奈德的"寒山"译诗，其中主要作品有钟
玲的《寒山诗的流传》；奚密的《寒山译诗与〈敲打集〉——一个文学典
型的形成》；区鉷、胡安江的《文本旅行与经典建构——寒山诗在美国翻
译文学中的经典化》；胡安江的《文本旅行与翻译变异——论加里·斯奈
德对寒山诗的创造性"误读"》、《寒山诗在美国的传布与接受》、《翻译的
本意——〈枫桥夜泊〉的五种汉学家译文研究》。

　　基于这一范式的文献，对斯奈德的寒山译诗的研究，反映出当时的时
代背景，也分析了斯奈德的寒山译文的成功缘由，是诗人本身的经历和他
与寒山所产生的共鸣。兼具诗人和译者双重身份，斯奈德翻译观因此更显
独特。这一范式研究不足之处是不够系统厚实，虽然发表的论文各有其独
特视角，然而却很少能一脉相承，不成体系，稍显单薄。部分散篇论文只
是把斯奈德作为主要研究的个案之一，而非专门研究斯奈德的译学观，至
今这一领域尚未出版专著。

　　研究范式 III：生态批评语境中的加里·斯奈德。该领域的主要研究学

者有陈小红、朱新福、李显文。陈小红的《加里·斯奈德的生态伦理思想研究》是国内从生态批评领域研究斯奈德的首部专著。她发表了关于斯奈德研究的系列论文：《论加里·斯奈德诗学观》、《加里·斯奈德的印第安生态智慧》、《加里·斯奈德与禅宗》、《加里·斯奈德的生态文明观》、《加里·斯奈德的荒野观》、《寻归荒野的诗人加里·斯奈德》及《加里·斯奈德的地域生态观》。朱新福发表的论文有《加里·斯奈德的生态视域观》。

基于这一范式的文献，系统介绍斯奈德的生态观，具有较强社会意义，而且因大部分成果为一人所作，所以探讨系统、全面、颇有深度。这一范式研究选题与时俱进，有系列论文发表，但因其视野受限，生态批评本身面临的缺陷，影响该领域的后续研究。

加里·斯奈德的诗成功地体现了人与自然环境的整体假设，均衡和相互制约，想让人类回到自然。诗人关注治疗与复原，他的呼喊是在祝福上升起的。诗人不仅关注人类，而且关注整个自然界，整个星球。难怪他被深层生态学倡导者们视作他们的桂冠诗人。他对东方文化的吸收和借鉴，对本国传统的继承，成为当今各国文化在平等基础上进行对话的又一典范，为迎接新世纪"文化狂欢节"的到来作出了重要贡献。

笔者认为，加里·斯奈德的诗歌既是生态的，又是后现代的。加里·斯奈德的诗歌具有典型的生态意识，生态思想不仅贯穿于其一生的实践，而且也渗透在其诗歌的创作理念上。斯奈德的诗在主题、形式、风格上具有浓厚的后现代色彩，具体表现为自发的、重直觉、重感性、反主流学术传统、"不在于事物意念，而在于事物本身"的后现代诗学观。斯奈德的诗歌不仅是生态的也是后现代的，是一种生态后现代诗学。

生态后现代主义是一种建设性后现代主义，它强调后现代主义的生态维度和建设性维度，是比解构的后现代主义更具有积极意义的后现代主义。后现代是生态批评生长的土壤，生态批评也是后现代语境中的产物。加里·斯奈德的诗学属于生态后现代诗学，具有创造性、多元性和建设性的特点。

　　绪言介绍了斯奈德的文学地位以及斯奈德国内外研究状况，尤其是中国的斯奈德研究状况。第一章研究斯奈德的生态思想，从斯奈德的荒野观、整体生态观、地域生态观和文明生态观四方面探讨。第二章研究斯奈德诗学的生态维度，主要从主题、语言、语法、形式、文化五方面探讨。第三章研究斯奈德诗学的后现代维度，主要从生活方式、精神探索以及诗歌中的后现代特征来探讨。第四章研究斯奈德诗学成因，主要从诗人与中国文化、诗人与禅宗生态智慧、诗人与禅宗美学、诗人与印第安生态智慧、诗人与原始艺术以及本土意识六方面探讨。结论部分把斯奈德的诗学定义为生态后现代主义诗学。

| 第一章 |

加里·斯奈德的生态思想

加里·斯奈德为全球生态运动作出了巨大贡献。本章旨在研究其诗歌中所体现出的独特生态观。主要从四方面进行阐明：热爱荒野、强调整体生态、立足地域生态、建立文明生态观。

第一节　加里·斯奈德的荒野观

本小节从美国与荒野、荒野实践、荒野伦理、荒野诗学以及荒野文明五方面探讨加里·斯奈德的荒野观。作为在荒野上建立起来的民族，美国的历史常被当做一部东部拓居与西部拓荒的历史。斯奈德一生大部分时间在美国西部荒莽山地度过，是一位身体力行的荒野诗人。斯奈德的荒野观比较系统完整。斯奈德的诗歌大多以荒野为背景，号召人们回归荒野，在荒野中沉思。斯奈德强调荒野的治疗作用，认为荒野与文明的交汇才是人类最理想的生存状态。荒野伦理处理的是社会对生态系统及大地的所作所为问题。荒野伦理是一种更深层次的、更为民主的、更具包容性和永恒价值的伦理，是一种普世伦理。

一 美国与荒野

西方当代生态哲学家罗尔斯顿强调荒野的价值，他将自己的环境伦理学著作取名为《哲学走向荒野》，以表示对荒野的关怀。罗尔斯顿说："25年前（20世纪60年代前），就是最敏锐的观察家也不会预料到哲学会有一个荒野转向。最近哲学界转向对人类与地球生态系之关系的严肃反思，比任何一次哲学上的转变都出乎人们的意料。"[①] 荒野是受人类干预最小或未经开发的地域和生态系统，是真实的、自在的自然，即原生态的自然。美国人民是一个在荒野中缔造社会的民族。与欧洲相比，北美那广阔而未开垦的土地、无边无际的荒野，被认为是真正的美国特色，"荒野"成了爱国者的热爱对象。正如劳伦斯·布伊尔所言："远离城市的郊外和前工业化的地域开始与美国的文化特征联系在一起，成为美国本土文学的一个神话。美国的自然环境成为它最显著的一种文化资源。"[②] 非人类中心主义是一种崭新的生态观念，它赞美荒野，培养人们对荒野的认同意识，认为所有生物都按其自身方式生存。这种观念能够促使人们从大地征服者的角色向大地共同体中普通一员的角色转换。

汉斯·哈斯在《自然与美国人：三个世纪中态度之变化》中指出，在19世纪上半叶，人与荒野之间的紧密关系"开始形成了一种模式"。作家、诗人和画家都基于旷野来共创美国新大陆的文化氛围。在文学界，作家给森林与荒野以新的评价，并在美国式的憧憬中酝酿出骄傲与信赖。[③] 在美国，伴随欧洲浪漫主义的哲学运动，产生了新英格兰超验主义，其中爱默生和梭罗最为有名。在这时，荒野代表着摆脱文明破坏性影响后的回归。他们认为，在荒野中，在原始的淳朴状态中，人们可以感受到最高真理及

---

① ［美］霍尔姆尔·罗尔斯顿：《哲学走向荒野》，刘耳等译，吉林人民出版社2001年版，前言第1页。

② 朱新福：《美国生态文学研究》，苏州大学博士论文，2005年，第22页。

③ 参见朱新福：《美国生态文学研究》，苏州大学博士论文，2005年，第22页。

精神美德。缪尔几乎每篇文章都刻意描绘荒野的美及其精神性，嘲讽他所处时代那种为了"万能的金钱"而不惜践踏自然环境的卑下商业精神。缪尔认为：拯救美国的荒野的唯一方法，就是说服美国人民及其政府相信，荒野对他们有价值。缪尔甚至认为荒野就是一个圣殿："一切事物都变成了宗教，整个世界似乎都变成了一个教堂，而群山则成了祭坛。"①

　　荒野体验一直是美国生活的一部分：幅员辽阔未被触动的荒野成了美国丰厚的民族资产，成了最具美国地方感的经验与特征。在荒野实践中，找到最具生命力的东西，取得一个可以安身立命的所在。荒野意味着前途和希望，对美国人而言，荒野代表自由、不受拘束的生活——不是野蛮的，而是淳朴的；不是丑陋的，而是美丽的。荒野文学标志着美国殖民拓居文化的道德关怀领域开始向自然界扩展，其中已经包含了当代生态思想的内核。

二　荒野实践

　　斯奈德之所以引起美国人关注，不仅仅是因为作品，而且也因为其生活经历和价值观为美国文化主流提供了一种建设性的选择。他长期定居于加利福尼亚北部的荒僻山区，身体力行地实行"抛弃腐朽的现代文明，回归和置身大自然"的艺术和人生追求。他被誉为美国的"寒山"，掀起了美国的"背包革命"。他希望人们去野营，去捕鱼，去接近自然，体验荒野，而他本人就是一个与荒野亲密无间的林中隐士。

　　斯奈德1930年生于旧金山的小农场，成长于美国西北地区，从小对荒野充满同情心和好奇心。他的少年时代大部分是在华盛顿州和俄勒冈州的荒莽山地度过，很早就不得不劳动谋生，中学和大学时代，他时常辍学，去做伐木工人、山林防火员、水手等各种工作。他熟悉大自然，热爱大自然，是登山运动爱好者，时常露宿于野外。"我发现在文明社会的人类国

_____

① 程虹：《寻归荒野》，生活·读书·新知三联书店2001年版，第164页。

度中很少有让我感兴趣之事。"① 他最想做的事情就是在自然中散步，期望能辨别出一些不太熟悉的物种。他临时的住处是山谷斜坡上陡峭的山路尽头一个小棚子，没有任何生活设施。需要钱时，他才去做水手，做伐木工人。20 多岁的时候，他在美国西部的卡兹克山脉当森林守卫，一个人住在高山上的守卫站中，过着类似中国诗隐寒山子式的生活。后与日本籍的玛莎结婚以后，在加州西野内华达山脉的一座山上，盖了一间大木屋，隐居林中，在松树、栎树、松鼠、鹿和胡狼之间建立家园，"许多时候只能意识到云和风的存在"②。在 1971 年的谈话中，斯奈德曾说："就在那些荒野之地我建了一个小木屋。我想在那儿生活下去，因此得学会养成独立的习惯，这一点尤为重要，依我看，它意味着更多的意识，更多的觉醒。"③ 在《炉边的弥尔顿》中，斯奈德写道：

> 西埃拉山脉
> 蝎子的产地
> 万年后将干枯而死亡。
> 寒冰划过的地面和压弯的树木。
> 没有天堂，没有堕落，
> 只有经受风雨的陆地，
> 和旋转的天空……④

这首诗告诉我们所有生命的网络会有一种交流。

斯奈德善于使用双手，喜欢体力劳动，认为真正的作品是劳动。他的

---

① Snyder, Gary. *The Real Work：Interviews and Talks* 1964—1979. New York：New Directions Book，1980，p. 93.

② Halper, Jon（ed.）. *Gary Snyder：Dimensions of a Life*. San Francisco：Sierra Club Books，1991，p. 103.

③ Steuding, Bob. *Gary Snyder*. Boston：Twayne Publishers，1975，p. 151.

④ 24 Snyder, Gary. *Riprap and Cold Mountain Poems*. San Francisco：Grey Fox Press，1982，pp. 7—8.

回归自然并非要隐退江湖，也不是逃避现实，更不是一时冲动，而的确是发自内心对自然的热爱。他不仅接受寒山这样的隐士影响，也受到儒家"入世"思想影响。到后来，他在荒野与文明间进出自如。在日本学习禅宗时，就教日本人英语口语；他在美国既是诗人，也是大学教师；但在荒野中，他凭一把小刀也能在森林中待上两周。很多人说，他像寒山一样"醉于山"，他自己却说："与其说仅仅'醉于山'，不如说是'醉于野'，这种情形很奇怪。我越观察得多就越发现'野性'也蕴藏在城市和政府、大学和公司里，特别是在艺术和高级文化之中。"① 他既能入世，也能超世。真正做到不为物累，不为物困，而又能得到社会认同。其生活经历表明：人和大自然能够和睦相处，人是自然的一部分，文明社会和自然并非二元对立的。斯奈德一生"在荒野中寻寻觅觅，听野地里的呼唤，追星辰中的梦幻，探索冷酷乏味、贪婪丑恶的现代文明之根源的黑色奥秘。"②

三 荒野伦理

斯奈德将其政治定位为荒野代言人，并将荒野作为其主要阵地。当第一本诗集《砌石》1959 年首次出版时，荒野几乎没有为大众关注。《砌石》这部诗集强调了荒野情结。《八月中旬于萨沃多山瞭望塔》、《皮尤特山涧》和《在佩特谷上》，和斯奈德其他诗一样，都携带着强烈的荒野气息。如《在佩特谷上》：

> 午时，清理完
> 小路的最后一段，
> 它在山脊的一边，
> 在小河的两千英尺之上，

---

① 区鉷：《加里·斯奈德面面观》，载《外国文学评论》1994 年第 1 期。
② Keroruac, Jack. *The Dharma Bums*. New York: the New American Library, 1959, p. 39.

一直延伸到山峡，继续

往前越过白色的小松林，

沿着花岗岩的路肩，来到一小片

白雪滋润过的绿色草地，

不远就是小城阿斯彭——午日

当空高照，

空气凉爽。

在颤抖的阴影下

吃着一条冷蛙鱼。

我发现

有东西闪烁发光，原来是

花旁的

黑曜岩火山玻璃。手脚齐上

清除旱叶草，

几百码内竟然有

几千个古箭头。没有

一个完好。除了夏季，

剃刀片似的雪花常飘落山上。

遍野的肥鹿，夏季

来到营地。它们

寻找着自己的踪迹；我也

在此寻找着我的踪迹。……①

　　这首诗展示一个原始荒蛮的世界，在诗中，人和野生动物以及自然融为一体。全诗以荒野为大背景，人生活在荒野中，而非在社会中。在《狩

---

　　① Snyder, Gary. *Riprap and Cold Mountain Poems*. San Francisco: Grey Fox Press, 1982, p. 9.

猎》第 12 节中，斯奈德肯定了回归荒野的作用。

> 外出在灰狼谷
> 在下午较晚时
> 在高原草地上八天后
> 饿，缺少食物，
> 路强行闯入了一堵塞的
> 林中空地，苹果也变得狂野
> 一低枝上挂着黄蜂巢。
> 高高的三叶草中嗡嗡的叫声
> 阴暗中充满着低地的气味
> 摘一个硬的青果：
> 看着蜂儿飞舞。
> 身上仍有山的气息。
> 没被叮蜇①。

　　叙述者在山中待了一周再回低地时，发现他能从有黄蜂巢的果树上摘苹果而不被叮蜇。他认为那是因为：他的身上仍带有山的气息，这种气息让黄蜂把他当做朋友，而非敌人，从而避免了两败俱伤的惨剧。也就是说，具有山的气息与荒野气息本身就是一种保护。它意味着与山同在的人更能与大自然和谐相处。在斯奈德看来，只有荒野才能保护世界。

　　对斯奈德来说，荒野的保护和素朴方式的重现展示了其忠实的希望：人类会有一个将来，人性的长河将和自然风景、万物和人类周围的每件事物和谐地流淌。理解斯奈德荒野伦理的钥匙是某种他称之为"狂野的心灵"。完完全全的自组和自调，正如在自然中所发现的，在某人的心灵中。回顾他的生活道路，对狂野心灵的新认识是他荒野伦理的又一台阶。斯奈德诗歌是生

---

①　Snyder, Gary. *Myths and Texts*. New York：New Directions Book，1960，p. 28.

态学和逆文化政治的主导力量，他把语言和文化看做野生系统。

> 荒野的无时性。
> 在西部斜坡溪床正在刷洗
> 山脊的北面，陡峭
> 后用雪覆盖
> 坐在门口的阳光中
> 用清洁草剔牙
> 听苍蝇的嗡嗡声。①

　　荒野是地球上无人居住未遭人类破坏的陆地生态系统，具有源发自然性与建构自然性、多样性和统一性、稳定性与波动性、局部斗争性与整体和谐性。荒野的本质是其野性。野性是自然内在本质联系之性，是相互依存相互作用之性。由此野性的窗口也使我们发现了一个与我们人类世界类似本质相异的生命网络世界。

　　荒野不仅代表自由、无意识、不可触摸性，他也是人们逃避和获得顿悟的场所，甚至是狂喜，而这一切一般只有在独处时才能获得。荒野正是罗伯特·伯莱称之为"想象的风景园地"②。斯奈德认为荒野和无意识有一些共同特点：遥远而不为人知，神秘诱人，同时又令人生畏。对斯奈德来说，荒野是无意识心灵的物理延伸。事实上，斯奈德把荒野和意识看做可以探索的地域和精神领地，不仅因为它们是"行为的场所"；更为重要的是，它们是能，和个人能量之源——一种"内在的能"。斯奈德用心与自然交流，与自然融为一体。在《四个变化》中，他说"荒野是完整意识的

---

① Snyder, Gary. *Earth House Hold：Technical Notes and Queries to Fellow Dharma Revolutionaries*. New York：New Directions Book，1968，p. 8.

② Steuding, Bob. *Gary Snyder*. Boston：Twayne Publishers，1975，p. 120.

国度，这就是我们所需要的"①。由此可见，斯奈德的荒野意识已超越了梭罗和肯尼斯・雷克斯罗思。斯奈德对荒野的回答是自我反省的。他强调自然中个体的作用，从不离开个体研究自然。

四 荒野诗学

雷克斯罗思认为斯奈德在《砌石》和《僻壤》中的许多诗都属于他称之为"Bear－Shit－On－The－Trail（路上熊粪）"诗。② 这种诗是一种既具有中国式美学价值又具有美国西部本土特色的自然诗的亚体裁。斯奈德的诗歌主要属于两种王国。第一种是介于荒野和野性边缘的王国，诗人有心去发现、探索和找到内在的和外在的（Within 和 Without）野性状态。第二种是群落王国，诗人意识到情人、家庭、孩子和邻里们的联系以及他们与荒野区的关系。

斯奈德的自然诗提供一种瞬间的、强烈的直接性。换句话说，他的诗将读者带入到僻壤深处。1992 年，斯奈德出版了《无性》，里面许多是选自已出版诗集中的诗，也包括《不走有足迹的小路》、《语篮女》、《在塔峰》和《表面的涟漪》等 15 首新诗。从生态的角度看，这些诗蕴涵丰富，诗人认为文化的国际性、多元性也是生态实践的必然特征，这些诗重申了其早期诗歌中所建立的哲学定位以及人与自然的关系。《语篮女》把当代居住实践和土生土长的居民历史以及斯奈德祖先的历史联系起来。《不走有足迹的小路》开头行就是，"我们可以自由寻找自己的道路"，后来又引用《道德经》中的"道非道"，提醒那些来自欧洲的美国移民：他们不必试图模仿最初居住于此的民族，应该学会建构有助于新居住形式的新历史和神话，从而继续滋养那些土生土长的居住方式。在《在塔峰》中，他写道：

---

① Snyder，Gary. *A Place in Space：Ethics，Aesthetics，and Watersheds*. Washington，D. C.：Counterpoint，1995，p. 41.

② 32 Steuding，Bob. *Gary Snyder*. Boston：Twayne Publishers，1975，p. 112.

　　每一片起伏日晒的牧场都将变成家园

　　高速公路整日被阻塞

　　研究机构里面塞满了撰写文章的学者

　　城市人又瘦又黑

　　这片土地最实在

　　……

　　它只是一个世界，是岩石，河流

　　与雪的旋转，是沙砾的冲积，是淤泥

　　是沙子，是丛生禾草，海草，蜂地，

　　两亿人，在这底下，在下游的地理。①

　　诗人所渴望的世界是一个完整的荒野国度。"城市人又瘦又黑"，这是缺乏荒野营养的现代人的悲哀，生命力不再旺盛。而在荒野中一切都那么充满活力和朝气，"这片土地最实在"。斯奈德将充满活力的爬山经验与日益增长的城市化进行比较，每片晒黑的草坪将变成住房。但他并没让诗歌沉入某种个人式的逃避主义，他并没让个人逃避社会而幻想逃避到某种纯洁的荒野之地的偏激。诗人在诗的末尾中所观察："它只是一个世界"。来自内部的矛盾必须在内部解决。

　　斯奈德在《无性》最后一首诗中，进一步强调了一个世界意象"表面的涟漪"：

　　"表面的涟漪——

　　像银色的蛙鱼，

　　从微风泛起的涟漪下面

---

　　① Snyder, Gary. *No Nature*：*New and Selected poems*. New York：Pantheon, 1992, pp. 373—374.

游过，一个接着一个"

风儿吹起的浪花——
一只驼背的鲸鱼
跃出水面呼吸
一口吞下青鲱鱼
——自然，不是一本书，而是一场演出，一个
非常古老的文化

永远新鲜的事件
挖出，擦出，用了再用，再用——
如辫的江河分流
隐藏在草地的下方各处——

辽阔的蛮野
那房屋，孤独。
小小的房屋在蛮野，
蛮野也在这房屋。
两者都已被忘却。
无性

两者聚拢合起，一个偌大的空房。①

  诗人用引号开头表示与其他各种水的涟漪区别，其后又在诗中称自然
为一种演出，一种"高级的古老文化"。他通过解构房子和荒野，人类和
非人类的二元对立得出的结论。最后的诗行和佛教类似意象相呼应。的

---

① Snyder, Gary. *No Nature: New and Selected poems*. New York: Pantheon, 1992, p. 381.

确，真实是不可言说的，因此，真实的陈述只是一种符号所赋予的含义，故事不是经验而是经验的结构。斯奈德关注读者发展一个更加自然的居住文化，人类必须懂得理解的重要性，培养一种强烈责任感。

斯奈德关注宏观大宇宙，也关注具体的一地一物。这种倾向在其作品中表现为神话与当地的生活。对斯奈德来说那就是美国西部的森林和山脉。斯奈德还发展了一种新的结合——一种欢快、生动和纪律严明的生活方式。这种生活在斯奈德的诗歌中得到了充分体现："如何在佩里卡特沙漠炖菜/洛克和鼓的菜谱"，在诗中，斯奈德描述了，荒野的饭如何与所买的存货以及本土的营养成分混合一起。他为这种消费而光荣："将黑罐从火边拿开/放凉十分钟/装入盘，用勺舀吃，戴着斗篷坐在黑暗中。"[①] 正如这首诗所暗示，斯奈德的诗像梭罗的作品一样，隐含一种反基督的态度。由于这种关注，斯奈德表达了对美国印第安人和非人类生命形式的尊敬。印第安人强调前历史知识的重要性，继承有机的循环。在《神话和文本》中，斯奈德使自己的生活更具象征意义，他孵化了一个新神话，企图培养一种意识，使社会重新充满活力。这本书的宗教特性，它的有机的和循环的品质，它对所有生命形式的尊敬还有它基本的宇宙乐观主义，都蕴涵在最后的那句引自《瓦尔登湖》的诗行："太阳只是一颗晨星"。[②] 这些观点在《神话与文本》中进一步展开，荒野经验的宇宙性因本土美国神话和萨满的角度深化。在《神话与文本》中，斯奈德强调基督文明在对待自然文化，对待农夫和世界工人的历史中对自然世界的剥削和破坏。古代中国、日本和印度文明在这些诗中也都被时常提及，它们对荒野的态度是傲慢和抵制的。

斯奈德的诗令人惊讶的并非新鲜的意象、清晰的主题和精确的用词，而是阅读时产生的一种感觉。那儿有一种粗犷的声音，诗人在展现北美荒野的苍茫与未曾受人类干扰的存在时，出自一种由衷的尊敬而非感伤的喟

---

① Snyder, Gary. *The Back Country*. New York: New Directions Book, 1971, p.32.

② Steuding, Bob. *Gary Snyder*. Boston: Twayne Publishers, 1975, p.118.

叹。诗人从中国诗、开放现代诗、古希腊的树木丰收、西埃拉山的日常生活以及美国森林服务管理中汲取养分。正是在这些"领域",这些人类生存的交接循环中,斯奈德经过多年辛勤耕耘,获得了大丰收。

五　荒野文明

爱德文·福塞姆（Edwin Folsom）声称:"斯奈德的主要贡献,是重新发现和再肯定荒野……迫使荒野回到文明,释放我们下面的层层储能。"[①] 连接自然生态与精神生态的桥梁是荒野与人的潜意识的天然沟通。好的"地方""社区"的深处埋藏着原始的、健康的文化,它可以为当今文化把脉、治病。荒野是一种自发的自我组织的生态状态,有其独立价值。在《四个转变》中,斯奈德说:我们拥有的内在自由与内在自省经历不仅可以改变我们自己,而且可以改变我们的文化。如果人要想继续在地球上生存,就必须改变五千年来的城市化文明的传统,奉行一种新的、有生态学意识的、以和谐为导向的、拥有"野"的心灵以及科学精神的文化。"野"乃是意识健全的状态。[②] "乡村生活有一种含蓄的满意,在僻壤中生活——至少对某些人,这种快乐是无尽的,工作是艰难的,但人不会真正地从水、燃料、蔬菜等中异化。那些都是古老的人类的根本。"[③] 斯奈德"把城市当做一自然物,越发明白城市中所包含的自然和音乐。"[④]

1970 年,诗人提出把荒野及其栖息者的利益列入"政府议院"进行讨论的可能性。他"想给民主提供一个新定义,其中,包括非人类存在,能够有这些事物的代表。"[⑤] 斯奈德代表的是荒野,是荒野选区;他所说的

① Devall, Bill. *Deep Ecology*: *George Sessions*. Layton: Gibbs M. Smith, Inc. 1985, p. 84.

② Snyder, Gary. *Turtle Island*. New York: New Directions Book, 1974, p. 99.

③ Snyder, Gary. *The Real Work*: *Interviews and Talks* 1964—1979. New York: New Directions Book, 1980, p. 55.

④ Snyder, Gary. *The Real Work*: *Interviews and Talks* 1964—1979. New York: New Directions Book, 1980, p. 37.

⑤ Snyder, Gary. *Turtle Island*. New York: New Directions Book, 1974, p. 106.

"荒野"指人之外的所有事物。在 1976 年的一次采访中，他再次提到自己的理想：成为大自然权利的代言人。斯奈德认为，诗人是被选出来"聆听树木之声的"。作为一名诗人，他感到自己有责任把环境道德的理想传达给世人，他一直在为此而努力。

荒野的早期概念是否定的。美国海岸的第一批定居者认为荒野是危险的地方，是魔鬼的住所。在《圣经》里，荒野的象征意义十分明确，不仅危险，而且是恶之所在，是伊甸园和福地的对立面。另外，受欧洲浪漫主义影响，18 世纪末和 19 世纪初时，荒野象征生动而崇高，被看做神秘和激动人心的场所，与宗教体验相关联。早期的有神论者，后来的超验主义者，梭罗与之有紧密联系的，喜欢观察荒野的景色并把对任何自然生态的破坏视作一种亵渎行为。因此，文明和"自然"的二元对立形成了。在《为了西部》中斯奈德探讨了这个主题。他把西方的文明，特别是美国文明，比作"开花的闪耀着的油花/在水上蔓延……"衔接这个暗喻斯奈德表达了其危险的性能："它是那么小，什么也不是，但它在蔓延……"①

西方文化的弊端在于它继承了太多错误的东西。是一种与外界的荒野、与内在的人的自然性隔离的文化。而这种文化是引起环境危机的根源，是一种自我毁灭的文化。如果没有和荒野的联系，一个民族会变得脆弱和乏味。文明和荒野的平衡是一个健康社会所必要的；文明是文化和艺术的来源；荒野则是力量、活力和灵感的来源。我们需要一种能够完全并且创造性地与荒野共存的文明，建立一种"带着野性的文明"②。在他的诗《马莉·安》中，写道：

> 阳光无法全部渗透桉树
> 小树林之上是湿草地，
> 水快热了，

---

①　Snyder, Gary. *The Back Country*. New York: New Directions Book, 1971, p. 103.
②　陈小红：《加里·斯奈德的生态伦理思想研究》，中山大学出版社 2008 年版，第 24 页。

我坐在打开的窗户旁
卷着烟。

狗在远处狂吠，一对
乌鸦沙哑的呱呱叫着，
五子雀在松树上和弦歌唱——
在被风堆卷起的柏树叶那边
驴子啃着草向这边缓缓移动。

阵阵温柔而连绵的吼叫
从远处的山谷里飘来
在六车道的高速公路上——上万辆
汽车在
驱赶着人们奔向工作的繁忙。

这首诗描写的是荒野与文明共存的一个画面，文明中的人和物与自然中的人和物各自忙碌着，并存于天地间。

20世纪的自然写作提出了人类与自然的新模式：人类与自然的和谐共处，即天人合一。文明起源荒野又回归荒野。荒野在这个过程中经历了从荒野时期——荒野之魅时期——荒野祛魅时期——荒野复魅时期这样一个循环过程。这是认识论历经了"见山是山，见水是水"的素朴阶段，"见山不是山，见水不是水"的理性阶段，再到"见山还是山，见水还是水"的回归阶段所得出的结论，是人类认识和实践从必然王国走向自由王国的过程，是人类在更高起点上的回归自然。

斯奈德是一个将荒野视为神明的人。荒野和荒野理想是人类永恒的精神家园。荒野是人与自然的交汇之地，人类不是要到那里行动，而是要到那里沉思；正如斯奈德在诗歌中所写的：响尾蛇是沉思的种子/沉思是南瓜的种子。① 人类需要荒野自然，恰如需要生活中其他那些人类欣赏其内在价值的事物一样。走向荒野不是走向原始和过去，不是历史的倒退。相反荒野意味着前途和希望。荒野意味着美好和健康。生活充满了野性。最有活力的东西也是最有野性的东西。而最接近野性的东西，也就是最接近善与美的东西。斯奈德认为野性、美好与神圣对土著居民来说是同一的，斯奈德渴望这样一种状况：野性、美好、神圣能三位一体。

荒野作家能以旁观的眼光冷静洞察人类文明的隐患和危机，从而为人类指出走出迷途的方向。荒野伦理所处理的已不是一个社会对它的奴隶、妇女、黑人、少数民族、残疾人、儿童或下一代的所作所为的问题，而是一个社会对它的动物、植物、物种、生态系统及（显示该社会特征的）大地的所作所为的问题。不同于强调单个物种福利的旧伦理学，它关注构成地球进化生命的几百万物种的福利。因此，可以说荒野伦理是一种更为民主、更为道德、更为彻底的伦理，是一种普世伦理。

第二节　加里·斯奈德的整体生态观

斯奈德建立了一种整体论的生态保护意识，偏重万物间无碍与融会贯通的关系。斯奈德认为自然界的最高法则是维持生态系统的美丽、完整和稳定。食物链、群落、因陀罗网、盖娅假说、整体至上是斯奈德整体生态观的核心。

生态伦理学的重要哲学基础是整体观，它强调生态是关系，伦理也是关系，这种关系是整体中的相互依赖、相互影响。任何生物都是整个生态网中的一个环节，对整个系统的物质转换、能量转换、信息传递都有不可替代的作用。巴里·康芒纳认为，"每个事物都是与别的事物相联系的，

---

① Halper, Jon（ed.）. *Gary Snyder: Dimensions of a Life.* San Francisco: Sierra Club Books, 1991, p. 128.

这个体系是因其活动的自我补偿的特性而赖以稳定的；这些相同的特性，如果超过了负荷，就可能导致急剧的崩溃；生物网络的复杂性和它自身的周转率决定着它所能承受的负荷大小以及时间的长短，否则就要崩溃；生态网是一个扩大器，结果，在一个地方出现的小小混乱就可能产生巨大的、波及很远的、延缓很久的影响"①。

斯奈德强调一种整体论生态保护意识。他认为世界是一相互联系的整体，无论从宏观的还是微观的角度，生态系统的美丽、完整和稳定都是判断人类行为的重要标准。斯奈德号召人们回到自然，重居自然，这也是人和自然间的新的合作、互依、互持、互渗的认同和再体验。他要把握住人与自然的圣会，让"人类、男、女、老、幼……能依着永恒无尽的爱与智慧，与天地风云树木水草虫兽群生"②。

一　食物链

查尔斯·埃尔顿（Charles Elton）在《动物生态学》中描绘出了自然经济的四条规律。第一条是"食物链"。食物链指出了生物对营养物的依赖性。"链"的始端是阳光，阳光是生态系统的能量源泉，进而通过植物传递给食用植物的动物，最后传递给食肉动物，这样形成一个食物金字塔。塔基——植物或细菌一旦丧失，食物金字塔就要崩溃；相反，去掉塔顶——人或鹰，生态系统一般不会打乱。按这个观点不难看出人依靠其他生物得以存在，人的存在取决于他类，这打破了传统的"自然界的一切是为人而设"的观念，彻底摧毁了人类目空一切，唯我独尊的优越感。

《神话与文本》由48首无标题短诗组成，可看做一首分为三部分的史诗式长诗。这三部分是：伐木、狩猎、燃烧。在《狩猎》中斯奈德指出：

---

① ［美］巴里·康芒纳：《封闭的循环：自然、人和技术》，侯文蕙译，吉林人民出版社1997年版，第30页。

② Snyder, Gary. *Earth House Hold：Technical Notes and Queries to Fellow Dharma Revolutionaries*. New York：New Directions Book，1968，p.116.

人参与自然界，人是自然界食物链上的环节，吃动物的肉是与动物做爱，所有动物都有佛性。诗人并不反对狩猎，但是反对过度。动物吃人，人吃动物都很自然，因为人需要活着。但是，当你吃饱了，再去伤害动物，就是违背生态伦理。他甚至认为：如果你无缘无故地去踢路边的一颗小石子，这也是不道德的。狩猎对斯奈德来说是"一个行为，跟吃和舞蹈有关的，参与和共存为了物种的延续。狩猎的跟踪、猎杀、生长、繁殖和死亡——概括了整个生命循环"。[①] 斯奈德意在表明所有的食物都是有灵魂的。自然中的万物都是交换的礼物，没有死亡不是别人的食物，没有生命不是他人的死亡。世界是一个整体，人类只是这整体的一部分，然而所有的非人类他物都是我们的骨肉，我们的孩子和我们的爱人。甚至我们自己都被认作是生命循环的一种给予。为了生存，每个人，不管是人还是其他爬行动物，必须吃和夺走其他生命。斯奈德关于狩猎的生活方式相当发人深省："如果认为吃动植物和为了吃去猎杀动植物是自然宇宙中的一种不幸怪癖，那么就是把自己和圣餐中的能量交换隔离，生命的进化是共享的。谈论意识的进化，就必须谈论身体的进化，这一切发生在能量分享中，通过真正地互为食物，循环往复传递能量。这也是共生的含义。"[②]

本地人确信他们需要狩猎。如果不是因为必要，他们不狩猎。狩猎前后常举行仪式，表示尊重和请求宽恕，请理解他们的不得已，像原始文化那样，敬重植物和动物。怀着敬意吃，能够让人意识到人和所居住以及死亡的世界不可分割，要学会理解其他动物的生死。斯奈德在《荒野习俗》的开始，教其读者举行一种特殊的"自由的仪式"，要意识到和充满感激地肯定人类的责任感。人吃食物时应有一颗感恩的心，将吃当做一种无害的牺牲。自然和超自然的世界不可分割；在本质上互为彼此，你中有我，我中有你。人类和自然体处于持续的精神互换和互惠中。比如，《哈得孙

---

① Steuding, Bob. *Gary Snyder*. Boston: Twayne Publishers, 1975, p. 85.

② Snyder, Gary. *The Real Work*: *Interviews and Talks* 1964—1979. New York: New Directions Book, 1980, p. 89.

河鹬》通过清洁、处置和食用被斯奈德伙伴捕获的鹬的适当方法，强调了这种持续的互换和互惠。

> 煤火上的黑铁锅里。
> 两只鸟在火中歌唱
> 咸猪肉，洋葱，大蒜
> 炒成了褐色，然后加盖蒸
> 放入肝脏，
> 半只鸟一块和包格
> 在炉火上翻转的金属盘里
> 好结实的肉
> 黑黑胖胖
> 收集了天空海洋的新闻。
>
> 黎明
> 往沙丘外看
> 根本没有鸟只有
> 三只鹬
> Ker—lew！咕噜
> Ker—lew！咕噜
> 跳跃着，凝视着四周。①

这首诗表现了人如何加工猎物，食物的制作过程体现一种能量流动，人和猎物的交流。两只鸟在火中歌唱，表达被吃的快乐心情，以及快乐地接受各归其所的命运。诗的最后，正应验了那行诗：有的人死了，他还活着。鹬虽成了他人的盘中餐，但它们的灵魂仍旧在飘荡，它们只是完成了

---

① Snyder，Gary. *Turtle Island*. New York：New Directions Book，1974，pp. 54—57.

能量循环中的某种转换，还会以另外的形式存在，也许它们不再歌唱，然而它们仍在跳跃和凝视。在《两只小鹿，没有见到今春的光芒》中，斯奈德写道：

> 住洛矶山脉印第安帐篷的一个朋友出去
> 带着 22 式步枪
> 猎狩白尾鹿，数日潜行
> 日夜守候，射杀了
> 他原以为的雄鹿。
> "那是一只母鹿，她正
> 怀着小鹿。"
> 他没有用盐去腌
> 鹿肉；剖肚后，发现里面
> 竟有仔鹿。
>
> 住在北锯齿山的一个朋友
> 她的车撞了一只母鹿。它
> 冷静地在车的灯光里行走，
> "当我们剖杀了她
> 里面竟有一只小鹿——都已完好成形。
> 身上带着斑点。小小的
> 脚蹄洁白柔软。"①

　　在该诗中，两位朋友要对两只幼鹿的死负责，因为他们无意的粗心。诗人同情而非谴责两个该负责任的朋友，同时也传递我们这样一个观念：母鹿的肉可以拿来吃和品尝，而幼鹿的死则应该来哀悼，这符合自然界新

---

① Snyder, Gary. *Turtle Island*. New York: New Directions Book, 1974, p.58.

陈代谢的规律。人未成年死去称为夭折，而不惑之年的自然死亡则是生命的回归。禁止捕杀幼鹿，这是因为它们还未完成生命循环中的能量传递。同样，渔民每年都有禁捕期，就是因为要保证鱼类的正常繁衍。

总之，在生命圈中每个动物都不比其他动物重要，也不比它们卑微。我们都是兄弟姐妹。生活应该和鸟、熊、昆虫、植物、山脉、云、星星和太阳共享。与自然和谐相处，一个人应学会在生命的循环中生活。斯奈德在《致鲁》一诗中写道："我想说的是/教孩子们关于循环/生命的循环。所有其他的循环。/这就是它关于什么，它都忘记了什么。"①

二 群落

在生态学中，群落是指相互作用的人口的联系，经常由他们的相互作用和他们的空间居住所限定。许多个人和各种各样的物理元素组成了群落。实际上，群落既是指地方又是指进程。包容成为生物多样性在一群落中繁荣的基本元素。多样性存在群落中和群落之间。正如神学家约翰·科布（John B. Cobb.）所注明的，"一个健康的群落必须要求对自己成员以外的其他成员的责任感。它必须要求和其他的群落合作"②。科布提倡这样一个网络："一个地方群落的共同体将会是许多群落的集合体，提供当地群落的自我辨认的最为重要的部分（因而成为他们的成员），所有群落都参与自己做出决定。"③ 伊丽莎白·莫里斯（Elizabeth Morris）认为，"群落的内在含义深陷在当代城市的冲突中和城市规划的绝境中"。④

本地居民觉得自己不同于独立的自治个人。他们意识到自己和在复杂

---

① Snyder, Gary. *Axe Handles*. San Francisco: North Point Press, 1983, p. 74.

② Steiner, Frederick. *Human Ecology: Following Nature's Lead*. Washington. D. C. Island Press, 2002, p. 68.

③ Steiner, Frederick. *Human Ecology: Following Nature's Lead*. Washington. D. C. Island Press, 2002, p. 68.

④ Steiner, Frederick. *Human Ecology: Following Nature's Lead*. Washington. D. C. Island Press, 2002, p. 58.

生命网络中的其他人绑在一起，也就是说，一个真正的群落。所有生物和东西都是兄弟姐妹。这些观点特别仇视现代社会典型经济发展和人类道德发展所带来的破坏性。斯奈德如此定义群落："群落是僧团，一佛教术语，指传统的佛教徒亲缘关系，但形而上的即为万物的亲缘关系。"① "在其中繁荣的生命组成了第一重要的群落。"②

群落不同于网络。网络指其中的每个人说同样的语言，彼此互相赞同。但是群落成员不必观念一致，只是必须关注长期的和谐共存。"我发现，我的作品，我自己的精神成长都发生在群落生活中，这种生活比网络生活更有价值。因为网络会鼓励你自认为很重要，但群落不会。"③ 斯奈德说，群落实际上是一些原始美国观中比较健康的部分。群落感有助于学会如何简单生活。不必互相了解，但互相依靠和互相分担。群落感教人们怎样聚集，怎样俭朴生活，怎样分担，怎样幸福居住。斯奈德认为，"生物的多样性，在此星球上的有机进化的整体性，就是我该站的位置：不是一个大的自负的立场，而是一个直接的脚—在—地的立场，像我的祖母培植金鱼草和嫁接苹果那样。它也不可避免的是诗人的立场，缪斯的孩子，明智的歌唱家，丰富网络的编织着去娱乐这种精神向内外开放的可能性"④。在1970年地球日讲演时他谈到"能够理解网络和关系如何作用的人们是那些能理解真正伦理的、生态伦理的以及包括万物的、道德的、古老的、原始的、远古的宗教世界观"。⑤

斯奈德提倡共生主义。共生主义是去寻找和地球上无数自然物的深厚

① Halper, Jon (ed.). *Gary Snyder: Dimensions of a Life*. San Francisco: Sierra Club Books, 1991, p. 295.

② Snyder, Gary. *A Place in Space: Ethics, Aesthetics, and Watersheds*. Washington, D. C.: Counterpoint, 1995, p. 230.

③ Snyder, Gary. *The Real Work: Interviews and Talks 1964—1979*. New York: New Directions Book, 1980, p. 90.

④ Snyder, Gary. *The Real Work: Interviews and Talks 1964—1979*. New York: New Directions Book, 1980, pp. 159—160.

⑤ Murphy, Patrick. D. *Understanding Gary Snyder*. Columbia: University of South Carolina Press, 1992, p. 15.

共生感的最为重要的方式，它消除了任何表面的二元对立和不必要的等级观念。

> "从群众中来，到群众中去。"
> 最革命的思想觉悟产生于
> 最无情的剥削阶级：
> 动物，树木，水，空气和草
>
> 我们必须先通过
> "无意识的独裁"，在我们能
> 期望枯萎掉这些国家之前，
> 而最终达到共生主义。①

实际上，结果是一个没有中心没有领导的群落的自然出现。一个群落不需要任何姓名但却是一个关于每个人的，不是自上而下的而是自下而上的；不是中心化的，而是非中心化的；不是受规则限制的，而是由客观物体所激发的；不是像机器那样的结构，而是像一个生态系统那样不可能去学习的。但至少居住在里面的人，能够立即意识到。"与一个世纪的环保主义一样——作为一种对环境破坏的传统的批判的补充——神秘主义，我们引进了土生土长的无政府主义。"② 斯奈德认为教会的无政府主义适合来论证群落管理没有自己中心领导的状态。那唯一要做的方式就是认识自己，谁在和自己保持联系，谁在培植智慧和同情。一个无政府主义的社会将是这样一个社会，简单地说，它是自治的。斯奈德认为自然网持续着，显然能够照看自己反对具有破坏力的人类的愚蠢，在人类死亡之后依然能

---

① Snyder, Gary. *Regarding Wave*. New York：New Directions Book, 1970, p. 39.
② Meltzer, David. *San Francisco Beat：Talking With the Poets*. San Francisco：City Lights Books，2001，p. 147.

长时间存在。自然不需要人类去拯救。当被问到："那么为什么要做工作来阻止毁灭？"斯奈德没有丝毫的犹豫回答"因为它是一个品质问题"。然后补充道"它也是一种生活方式的问题"①。斯奈德的共生主义充满了生态智慧，但他倡导无政府主义的时候过于激进，尽管有其特殊理由。在"民族"和"国家"概念在大部分人意识中已牢固建立，不再受任何理性质疑时，他的激进观点不太能为现行社会所接受。但他仍旧给我们指明了一种方向："群落组织有助于摆脱民族——国家的包袱，教人们在没有社会契约的情况下如何联系和互相组织。"② 这也暗示按阶级划分的文明的现代国家可有另一种社会组织形式——把自己当做一名群落成员而非民族成员。当自然界的其他生命消失后，人类非但不能独享生存家园，反而变成弃儿。这就是人类守护共生理念的缘由。

三　因陀罗网

佛教生态观首先表现为独特的生态哲学观，其核心是缘起论，特征是整体论和无我论。佛教的生态伦理是保持生命体的多样性以及每个事物的自我存在及自我实现的可能性。佛教设置了一个理想生态国，在这一国度里，各类生命体均有其自身位置和自身存在的价值。《光的用途》一诗所受的禅宗影响十分明显。

　　　　它温暖了我的骨骼
　　　　石头这么说

　　　　我把它吸入体内，生长

---

　　① Snyder，Gary. *The Gary Snyder Reader*：*Prose*，*Poetry*，*and Translation*，1952—1998. Washington，D. C.：Counterpoint，1999，xx.

　　② Snyder，Gary. *The Real Work*：*Interviews and Talks* 1964—1979. New York：New Directions Book，1980，p. 9.

树儿说
上面是叶
下面是根

一大片朦胧的白
把我引出黑夜
逃逸中的飞蛾说

我闻到东西
我看到东西
我还看见有东西在动
鹿儿这么说——

高楼
在辽阔的平原上
若上
一层楼
可穷千里目

禅①

在诗中，斯奈德表达了对他类的同情，不仅包括有生命物而且也包括非生物，石头、树、蛾、鹿和人密切相连，共同组成一和谐统一体。

华严宗用因陀罗网的比喻说明世间万物的相互关联。每件事物都只有与周围的事物发生联系时，在周围事物的参照中，才能辨认出自我身份。佛教因陀罗网的隐喻，有助于人们理解生物共同体概念的完整性。自然的整体性

---

① Snyder, Gary. *Turtle Island*. New York：New Directions Book，1974，p.39.

和各感知存在的个体性在斯奈德的"因陀罗网"中得到最完整认可。在《巴伯斯河理发》中，斯奈德认为多镜中的多层倒影，就是宇宙的原样。

> 高高的吊顶，双面的镜子，和
>
> 阿尔卑斯山风景的挂历——一个无赖理发师
>
> 身穿满是污渍的理发师外罩，一个人，独坐，年事已高
>
> ……
>
> 洗发液和痰盂在闪闪发光
>
> 椅子翻了，在双面的镜子里摇晃
>
> 那位老人安抚了我，并咯咯一笑
>
>
> "孩子，你在巴伯斯河理发了。"①

在诗中，斯奈德设计了一面镜子，以镜子开始，以镜中影子结束。通过诗人的记忆，事件的影响跨越时空。这也是斯奈德强调整体与个人共存的哲学基础，这也正是他的整体生态观的精髓。这些镜子并非斯奈德的比喻，而是来自一个众所周知的故事。中国佛大师法奘向武则天解释华严宗佛教义。在那个故事中，法奘设计了一个装满镜子的房间，这些镜子中都是立于房中央佛像的重影，所有现象都只是整个世界中的独一而完整的原因。佛教传统认为，整个世界是一个有机体，没有任何东西是孤立存在的，都是相互关联的。人类通过展现适当的谦卑和关爱来实现与自然的和谐相处。"风依天空水依风，大地依水人依地"，对生命与环境相互依存的关系作了最好的诠释。

---

① Snyder, Gary. *Mountains and Rivers Without End*. Washington. D. C.：Counterpoint, 1996，pp. 33－39.

四 盖娅假说

20 世纪 60 年代，英国生物学家詹姆斯·洛夫洛克提出"盖娅假说"。这种理论认为，地球不仅是一个简单的生物环境，而且也是一个生命有机体，一个自我调节的体系，由于地球的生物有机体的行为，大气、海洋、气候和地球的外壳都会控制在适于生物生存的状态上。盖娅这个词的本意是表达创造万物的地球是一个充满活力的完整有机体，"盖娅假说"就是以希腊神话中大地女神盖娅的名字命名的新地球理论。它以生命观和动态观代替笛卡尔的机械观，是一种天才之举。这与"天为阳，地为阴"，"皇天后土"，"万物土中生，有土斯有人"的观点不谋而合。洛夫洛克的生态伦理的中心思想是：地球是我们共同的庭园，人类正在侵害盖娅的健康。因此，人类要把自己看成只是这个世界中从属性角色的有机体之一。科学家则"必须马上成为一个过着田园牧歌式生活的人、一名田园医生、一名地球技师、一名权威的盖娅救星、而且还应是巨大的地球共同体中的一个次要的、自我谦恭的成员"①，人类与自然的和谐是人类继续生存的前提。

斯奈德深信：大地母神是"盖娅"，地球是一个充满活力的完整有机体，是一个完整网络系统。受"盖娅假说"影响，斯奈德在《斧柄》第二部分收集了 20 首短诗，名为《献给盖娅的短小诗句》。从盖娅的角度，人类只是全球大气圈中的小部分，当人类在改变星球地理和物理性能时，特别物种的生存和灭亡已经不是很重要。"盖娅假说"，对地球上的未来生命来说，它指作为有关整体的系统健康，而非任何特别物种的健康。盖娅理论把地球当做一个复杂的，自我调控的系统，在那里面所有的组成部分（动物、植物、岩石、土壤、空气，等等）相互作用生产出明显的组织模式。尽管远离平衡，却相对稳定。1923 年利奥波德已经确立了大地有机体

---

① ［美］唐纳德·沃斯特：《自然的经济体系：生态思想史》，侯文蕙译，商务印书馆 1999 年版，第 446—447 页。

的观念。他写道："至少把土壤、高山、河流、大气圈等地球的各个组成部分，看成地球的各个器官，器官的零部件或动作协调的器官整体，其中每一部分都具有确定功能。"① 海德格尔认为，人的本质主要不在于主宰自然，而是依赖自然生存。人像植物一样扎根大地，大地是万物之母，人不应随意开发大地，应尽好维护之责。海德格尔的思想包含有生态意识和丰富的尊重大地、保护自然的伦理思想，为当代生态伦理学的建构提供了重要的思想基础。② 人类的生存有赖于整个体系的平衡和健全。不要伤害大地女神的存在方式，应重新回复到和其他生命伙伴合作共存。

斯奈德成为母亲盖娅和所有她的生物的代言人，号召我们重新采取古老方式回归到理智，适当居住。这是人类和星球通向自由的道路。他的这个观点体现在《为大家庭祈祷》中。

感谢地球母亲，航行日夜兼程——
航行至她的热土：富有，珍贵，香甜
在我们的心底它是这样。

感谢庄稼植物，叶子向太阳，改变着阳光
和细细的根发；立于风中
经于雨里，随螺纹的谷物飘舞
在我们的心底它是这样。

感谢清清的空气，它迅速地流动，安静的
猫头鹰在拂晓。我们的歌声
清澈的神灵的微风
在我们的心底它是这样。

---

① 叶平：《环境的哲学与伦理》，中国社会科学出版社 2006 年版，第 86—87 页。
② 魏晓笛：《生态危机与对策：人与自然的永久话题》，济南出版社 2003 年版，第 98 页。

感谢野生的生命，我们的兄弟姐妹，教与我们
神秘，自由，和道路，和我们一起分享他们的
乳汁；勇敢，自省，独自完成使命
在我们的心底它是这样。

感谢源源的水：云朵，湖泊，河流，冰川雪原；
节制或流放；流过我们所有的
躯体，咸咸的海洋
在我们的心底它是这样。

感谢暖暖的太阳：把脉动的阳光
洒向树林，穿越薄雾，温暖洞穴
熊和蛇在那里安眠——他，是他把我们吵醒——
在我们的心底它是这样。

感谢庄严的苍穹
他拥有百万的星星——逾越那时空——
逾越那行空的威猛，和凌空的思想
然而，毕竟还在我们心中——
祖父的太空。
智慧就是他的婆娘。
它应当是这样。
于莫霍克族的祈祷之后。①

在《为大家庭祈祷》中，斯奈德表明了他对自然界万物的尊敬，人类

---

① Snyder, Gary. *Turtle Island*. New York：New Directions Book，1974，pp. 24—25.

要忠实自然，要怀着一颗感恩的心。的确，如果我们能够与蚊子交流，我们将发现它有同样的移情在空中遨游。它也会觉得自己是世界的中心。斯奈德向我们展示的人类前景：那就是平等和谐地和自然界其他生命共处。

"盖娅假说"把地球当做活的，有意识的有机体，这种观点质疑当代环境殖民主义，为人类居住注入伦理元素。在《大地诗歌》中，斯奈德写道：

> 足够宽广容你观望
> 足够开放容你迁入
> 足够干燥容你正直
> 足够棘手容你勇猛
> 足够绿色容你久住
> 足够古老容你梦想①

斯奈德的盖娅观部分建立在《素朴方式》中所讨论的"盖娅假说"的基础上，佛教的因陀罗网以及宇宙万物共生相互渗透的观点上。诗人对盖娅的羡慕隐含着他在精神上和宗教上对地球的尊敬，这种尊敬正是哲学和科学术语中所缺乏的。"盖娅假说"是斯奈德整体论的生态意识的哲学基础。

五　整体至上

《不列颠百科全书》指出："支持生命的环境，无论大小，无论是自然的还是人类的，都是完整网络的一部分，在这个网络中每个成分都直接或间接地与所有其他成分相互作用，并影响整个网络的功能。研究生态系统的原则就是以这个观点为基础。"② 自然不只是各个现象的总和或相关存在

---

① Snyder，Gary. *Mountains and Rivers Without End*. Washington. D. C.：Counterpoint，1996，p. 148.

② 王正平：《环境哲学——环境伦理的跨学科研究》，上海人民出版社 2004 年版，第 14 页。

的结合体，整体性有其内在的价值。自然中的个体变异、死亡、人类、种族、岩石和星星，本身并不重要，整体高于一切。所有事物紧密相连，如同通过血缘连在一起的家族。罗马诗人奥维德在《变形记》中描述说，毕达哥拉斯相信：

> 我们所谓生
> 只是一个差异的开始，
> 如此而已，而死不过是
> 前此之终结。各个部分可变，
> 从这里到那里，或此或彼，
> 或返回原状，但万物之总和却是永恒。①

斯奈德认为，"人类只是生命网的一部分——依赖整个网络得以存在。作为最高等能使用工具的动物，人类必须认识到，其他生命不为人知的进化理应受到尊敬，人类必须成为地球存在群落中温和的监护人。"② 斯奈德采用了华严宗"无所不包，综合性的特性"与其偏重"万物之间无碍的与融会贯通的关系"。这些概念帮助斯奈德建立一种整体论的生态保护意识。"因为山中无日月"，光与云的交替，混沌的完美，庄严壮丽的"事事无碍"，互相交往，互相影响。③ 这就是宇宙的真正秩序。热带雨林的价值不在于有可开采的树木，而在于其整体间事事无碍的关系。雨林土壤贫瘠，营养成分少，但几乎不消费。它没有生产资产，然而却多产。它们是成百万种动植物的家园——占世界物种的三分之二。雨林植物动物如此完美地混合，使其比世界上任何一桩生意都更有成效和更具创造性。我们应该从雨林的复杂和创造的系统中吸取经验来发展人类生态系统，让万物各遵其

---

① 张隆溪：《同工异曲：跨文化阅读的启示》，江苏教育出版社 2006 年版，第 81 页。
② Snyder, Gary. *The Gary Snyder Reader：Prose，Poetry，and Translation*，1952－1998. Washington，D. C.：Counterpoint，1999，p.245.
③ Bartlett, Lee. *The Beats：Essays in Criticism*. London：McFarland，1981，p.147.

位。整体利益高于一切，整体不是单个的总和，本身就具内在价值。自然是含内在价值的有机体。

斯奈德最害怕的事情是基因池的多样性和丰富性遭受破坏。"生命的宝贵（财富）是万物不同基因中所存储信息的丰富性……多样性使生命具备各种各样的适应能力以及对星球的长程变化做出回应。"[1] "鹰击长空，鱼翔浅底，万类霜天竞自由"，这就是宇宙生态。在《致万物》中，斯奈德说："我发誓效忠/龟岛的土地，/一个生态系/缤纷多样/在太阳下/欢乐地为众生讲话。"[2]

斯奈德的生态观是深层生态学的生态观，强调整体论的生态保护意识是其生态观的核心思想。它强调共生理念，万物相互影响，相互依赖，但又互不干涉，彼此间形成能量循环。在循环中，各物种自生自灭，各得其所，奉行互利的生存法则。正如热带雨林的设计，不用任何人为的投入，大自然知道怎么管理自己。在文化领域，则是强调多元文化共存。每种文化都是文化生态圈中的一个结，各类文化相互影响，相互对话，没有哪种文化凌驾于他种文化之上。诚如列宁所说："世界历史是个整体，而各个民族是它的'器官'。"[3] 文化没有主流和边缘之分，每种文化都应在世界舞台上演出各自的声部，是全球文化交响乐中的和谐音符。

第三节　加里·斯奈德的地域生态观

加里·斯奈德是位生态学家，一位身体力行的生态实践者。其生态思想不仅渗透在其创作中，而且贯穿他一生的生活实践。诗人在自然和社会

---

① Snyder, Gary. *The Gary Snyder Reader: Prose, Poetry, and Translation*, 1952—1998. Washington, D. C.: Counterpoint, 1999, p.254.

② Snyder, Gary. *Axe Handles*. San Francisco: North Point Press, 1983, pp.113—114.

③ 《列宁全集》第58卷，人民出版社1995年版，第273页。

中游走，既是一个在自然中沉思的诗人，也是一个立足于社会的人；既关注现代文明对自然的破坏，也不否认现代文明所带来的社会进步；既建立了一种整体论的生态观，也十分强调立足本土地域的生态观，呼吁人们要立足脚下方寸之地，因为那是人类之根。斯奈德既放眼全球，又立足本土。其生态思想客观，健康。本节着眼于斯奈德的地域生态观，主要从生态地域主义、生态地图、生态城市、位置感四方面研究斯奈德立足本土的地域生态观。

一　生态地域主义

人类社会的面目必然打上所处区域特定地理环境的鲜明烙印。也就是说，区域特定的地理环境决定着各民族的物质文化、生活习俗以及心态等。威廉·A. 哈维兰说："蒙古眼褶能使眼睛受冷减少到最低限度，扁平的脸型和丰满的脂肪堆积能够有助于保护脸部使之不受冻伤。"① 地域主义反映地理、植物和动物的自然分界。作为提倡地域主义的最雄辩的美国之音，斯奈德主张政治界限应反映我们所居住的土地，地域内一切决定都应是尊敬土地。斯奈德指出："这棵树的存在标示着瀑布和温度带，暗示农业所需，规定房顶的坡度，雨衣的设计。"② 肯塔基诗人温德尔·贝利（Wendell Berry）如此定义地域："我所遵循的地域主义能被简单定义为当地生命的自我意识。它倾向于按地域的神话或模式化观念来生活和有意生活在某地域的生命知识。"③

生态地域主义者意识到自然地域的工作能取得更好成效，号召远离只关注个人位置，个别物种，个别资源的现行努力，保护和经营生态系统，

---

① ［美］威廉·A. 哈维兰：《当代人类学》，王铭铭等译，上海人民出版社 1987 年版，第144 页。

② 刘湘溶：《人与自然的道德话语：环境伦理学的进展与反思》，湖南师范大学出版社 2004 年版，第 2 页。

③ Steiner, Frederick. *Human Ecology: Following Nature's Lead*. Washington. D. C. Island Press, 2002, p.105.

生态群落和山水。人类必须将资源管理、环境解决方案、当地问题和需要协调一致。斯奈德长久以来一直渴望回归到地域主义，认为这至少是对付困扰人类疾病的部分治疗方案。人们应培养一种地方感，知道在这一地域内什么是可能的。劳伦斯·布依尔引用斯奈德从传统生态学和新的生态学中的混合意象："地方是草地、然后是针叶林，山毛榉和榆树……然后被培植，被铺平，被喷洒，被筑坝，被分类，建立起来。"[①] 在一次访谈中，斯奈德概括了他的生物区域主义思想："现在需要的是以一种共享的生态视野来保证真正公正的和谐，这种视野不仅可以超越生物区域的界限，甚至可以超越语言的界限。北美洲曾经有一种超越部落界限的共同的相互尊重精神，一种关于自然共享的生态视野。"[②]

斯奈德认为，生物区域主义从某种角度消解了国家或政府。北美生物区域主义和无政府主义紧密相连，它将有利于认识消解中心，推行区域生态，关注赏识美洲印第安文化区域。根据地域生态利益培养位置感，建立属于地域的民族，然后按法律程序执行。没有立法能不顾草根阶层人民的最终愿望。必须意识到：那儿有许多人期望关注土地。斯奈德明白，人的心一旦远离了生命根源的自然环境，他的心便将硬化……那些时常坐在地上沉思生命意义，接受其他生物友情和承认宇宙万物大一体的人，是确切地把文化精髓注入了他的整体存在。一旦离开了此基点，人性的发展便受阻。

> 它是如此古老——鹰，房屋，车，
> 雾景——
> 深冬的晚阳在山顶和树间闪耀
> 美好的一天，我们更多知道分水岭内，

---

① Steiner，Frederick．*Human Ecology：Following Nature's Lead*．Washington．D．C．Island Press，2002，p.105．

② 朱新福：《加里·斯奈德的生态视域或自然思想》，载《当代外国文学》2008年第2期。

看见一急转弯的峡谷

扬起灰尘的路一直持续到尽头。

冷，穿上夹克

离开所铺的路

回到我们的灰尘路，铁锅，

和黄昏时要关的小鸡。

还有夜间散步的浣熊。①

"如此古老"这首诗展示一种扎根土地的古老生活的美丽。它是如此古老——鹰，房屋，车，/雾景——/深冬的晚阳在山顶和树间闪耀/美好的一天，这几行诗描绘出了天人合一，文明与自然和谐相处的古老生活画面。鹰，雾景，山顶，树林，晚阳是指自然的美丽；房屋，车则是人的足迹。它们相映生辉，勾勒出令人向往的古老生活。这也是斯奈德一直倡议的和渴望的人类理想居住方式。

"教育应该从地域力量开始。多学习所在地域的生态学和地理学。至于这一点，你可参阅印第安神话以及地域的仪式幻觉，试着理解他们为什么把某种人物看做强有力的。"②《龟岛》作为生态地域宣言，吸收了美国本土的历史和神话，教育和鼓励未来的大陆居民，不是取代本土民族，而是和他们并存。生态地域主义，用斯奈德的话来说，"破坏了国家假设，杜绝了剥削，阻拦了无知觉的仅为了感官享受的旅游。它关闭图书馆。它知道用精确语言回答布兹（Butz）伯爵。它既井然有序，又爱嬉戏。它能培育；它知道什么时候杀生"③。斯奈德把自己看做"本土美国人。这儿又

---

① Snyder，Gary. *Axe Handles*. San Francisco：North Point Press，1983，pp. 26－27.

② Snyder，Gary. *The Real Work：Interviews and Talks* 1964－1979. New York：New Directions Book，1980，p. 16.

③ Snyder，Gary. *The Real Work：Interviews and Talks* 1964－1979. New York：New Directions Book，1980，p. 23.

是龟岛生态地域点"①。

生态地域既是地理的又是意识的——指一地方和在地方居住的观念。在地域内，这会影响生活的状况，生活状况又转而影响人类居住。生态地域的最终分界最好由居住在其中的人通过对居住地方现实的认同来描述。神话属于地方，属于那些有位置感的人。这并不容易，但却是实实在在的实践。用斯奈德的话来说，即时生态地域是知道"地方的精神"。人们待在某地足够长时间，甚至是白人，这种精神也会与他们对话，精神和古老的力量永不消失。评论家们有时抱怨斯奈德作品表面的简朴，尤其是在其诗歌中。这种表面的简朴几乎是因为受禅宗和印第安文化影响。斯奈德迫切呼吁和大洋、空气、空中的鸟儿签订一个自然合同。

二 生态地图

地域可依据政治、生物、文化和经济划分。政治分界最快最容易制定，大部分地图指代政府管辖。天然家的地域逐渐被任意的或经常是被暴力强制下划分的国家界限取代。这些强制边界有时将相似生态区或伦理带分割，居民们会丧失许多生态知识，从而影响群落的整体性。现今的人类居住在生态落后年代，绝大部分人关注人为政治界限，这些界限常是任意强权的，往往会破坏人与自然的联系。山水（风景）有自己的形状和结构，中心和边缘，这些都必须受到尊重。斯奈德认为国家不代表任何真正实体，它只是一种理念。应该知道，有效分界有助于产生与自然系统的非同寻常的优雅联想。位置感是指在地域内的可能性，而不是设定商品杂乱分布和长程运输的可能性。斯奈德注意到："真正威胁小农佛徒的是国家和州的迷信。"② 斯奈德特别钟爱杜甫的这句诗："国破山河在，城春草木

---

① Snyder, Gary. *The Gary Snyder Reader: Prose, Poetry, and Translation*, 1952—1998. Washington, D. C.: Counterpoint, 1999, p.336.

② Suiter, John. *Poets on the Peaks: Gary Snyder, Philip Whalen & Jack Kerouac in the North Cascades*. Washington. D. C: Counterpoint, 2002, p.193.

深。"山河依然，但王朝似已破灭。历史学家视兵祸战乱为文明延续的大敌。其实，战争作为一种外部因素只是起着加速或延缓作用。政治分界线并不代表任何真正实体，只不过是人为理念。是非成败转头空，青山依旧在，只有大自然才真实存在。

斯奈德一直强调生态地域。生态地域界限比不关注实际联系的划分更真实。"首先是要建立辨别某地域的一套标准，这本身很有意义……我们习惯接受国家和州的政治界限，然后是民族界限作为某种地域定义；在某些情况下，这些界限有一定有效性；但在许多情况下，特别是在远西，那些界限经常是任意的，只会导致人们困惑与自然的关联。"① 斯奈德推崇以地理文化划界，他曾说："加州是我唯一马上能公正评判的，最有用和最有创意是看《加利福尼亚印第安人手册》地图，这标识原初印第安文化群和部落的分布。和其他地图相互依赖，其中之一有克鲁伯（Kroeber）的《本土北美文化和自然区》……就某植物群，某生物群，某气候带和文化带相互依赖的交叠，组成那儿的地域感。然后看物理地图，研究排水，清楚了解排水和周边环境的紧密关系。这些练习有助于摆脱政治界限模子和任何居住的或已接受的地域划分理念。"②

斯奈德呼吁以生态地域为基础将美国分成七到八个自然民族。斯奈德强调的是自然并非国家，他预见"民族主义"的最终结束是一种意识形态。生态地域的关注超出了政治指定界限，这和爱默生、梭罗一脉相承。爱默生曾写道："没有法律除了自然法对我来说是神圣的。"③ "但是我们住着"，正如梭罗所说，"我们居住在自然的第一世界和技术工业社会的第二世界的'某种边界生活'。你永远都不会赢得什么但你却失去了什么"④。

---

① Snyder, Gary. *The Real Work*: *Interviews and Talks* 1964—1979. New York: New Directions Book, 1980, p. 82.

② Snyder, Gary. *The Real Work*: *Interviews and Talks* 1964—1979. New York: New Directions Book, 1980, p. 24.

③ ［美］爱默生：《爱默生随笔》，刘玉红译，天津教育出版社 2004 年版，第 198 页。

④ Devall, Bill. & Sessions, George. *Deep Ecology*. Layton: Gibbs M. Smith, Inc. 1985, p. 114.

彼特·凡·维克在《荒野中的原始性》中曾经讨论过："对起源和一致性的追求是一种陷阱，这种陷阱让人们产生有机从属的想象感。那是幻想的，因为在这种边界上会感受到一种安全感，它会分离人类与自然，技术，和居住的文化。这种思维方式决定的历史发展模式以及人类和所设的现代陷阱有点像剥洋葱。剥开一层层历史、技术、文化和现代性，在里面，在正中心，发现人类真正核心是：生态物。"①

三　生态城市

斯奈德反复强调生态地域意识，同样在城市和郊区中起作用。他认为：城市本身并没有错，美国城市面临的问题在于它们并非真正意义的城市。除了旧金山，美国城市不具备好城市的品质。事实上，美国的城市小镇都有城市生态区域运动。关于理想城市，斯奈德有独特观点："城市应是欢快友好处，那儿可以步行去任何地方，那儿能交朋友、吃可口食物、听美妙音乐、上好的赌场、参加诗歌朗诵会；工厂商业中心相距不远，无需搭车。好城市应具备早期的、古典和久远的欧洲城市的特点，这在美国城市中不存在。城市显然须美丽实用，花园直达城市边缘，如过去欧洲城市。车辆、燃料和内燃机车属于郊区。所有东西都已成过去，即使仍旧在眼前。"②

斯奈德希望城市越发像城市，乡村越发像乡村。他给我们提供了切实可行的答案：应该建立一些巨大的地下停车场或修五层楼的停车场。或者，处处骑自行车，有更多的公交。如在奥林根波特兰，城郊一体化。斯奈德的城市观颇为健康。"我也把城市当做一自然物体。我越来越能明白

① Van Vyck, Peter C. *Primitiveness in the Wilderness*: *Deep Ecology and the Missing Human Subject*. Albany: State University of New York Press, 1997, p. 104.
② Snyder, Gary. *The Real Work*: *Interviews and Talks* 1964—1979. New York: New Directions Book, 1980, p. 143.

城市中所包含的自然和音乐。"① 很多人说，他像寒山一样"醉于山"，他自己却说：与其说仅仅"醉于山"，不如说是"醉于野"，这种情形很奇怪。我越观察得多就越发现"野性"也蕴藏在城市和政府、大学和公司里，特别是在艺术和高级文化之中。②

由于在现代城市中生活变得越发困难。自然，人们寻找其他居住方式，在乡村和原乡中生活。"乡村生活有一种含蓄的满意，在僻壤中生活——至少对某些人。这种快乐是无尽的，工作是艰难的，但人不会真正的从水、燃料、蔬菜等中异化。那些都是古老人类之根。"③ 诗人提倡在美国乡村建立和培养和谐、生态健康的生活方式。目前，人类面临的最迫切挑战是平衡城市自然的关系。有很多模式可供借鉴。自然和社会不能分，社会自然化，自然社会化。城市是生态的、和善的，它迫切要求地球生命网受到保护。斯奈德强调，地域意识在城市和郊区一样，如同河流流经每处，其中也包括城市。"最终，城市经验和自然——或是和重返活力的自然中没有矛盾，这的确有可能。"④

四　位置感

位置感是生态地域主义的核心概念。20世纪的自然文学作家强调人类与生态共存，因此格外重视"位置感"。真正的人需要栖身于某个环境。人需要一个居住地，一个价值创造的基地。这种需要既是非道德的，也是道德的。人类不可能脱离环境而自由，只能在环境中获得自由。美国散文作家罗克韦尔·格雷曾写道："所有的经历都带有地方色彩；也就是说，

① Snyder, Gary. *The Real Work*: *Interviews and Talks* 1964—1979. New York: New Directions Book, 1980, p. 37.

② 区鉷：《加里·斯奈德面面观》，载《外国文学评论》1994年第1期。

③ Snyder, Gary. *The Real Work*: *Interviews and Talks* 1964—1979. New York: New Directions Book, 1980, p. 55.

④ Meltzer, David. *San Francisco Beat*: *Talking With the Poets*. San Francisco: City Lights Books, 2001, p. 148.

所有人类的经历，实际上都是在特定地点发生的。"① 美国自然文学作家玛丽·奥斯汀则认为，地理环境形成了人的意识及文学，因为地理环境比共同的语言及政治关系具有更大的文化影响力。她认为，最好的作家就是那种显示出乡土本色的作家，那种乡土本色不是土里土气，而是这些作家所处的自然环境的必然产物。②

位置感是最近各地人类生活中最普遍最自然的概念。它包括开始定居的益处，承担责任以及关注所在地。这些既是经济的、生态的，也是精神的。斯奈德认为："仅仅爱自然或与盖娅融洽相处是不够的，我们与自然世界的关系发生在地方，它必须基于某种信息和经验。"③ 位置感，了解和成为某特别地方的一部分。这没什么神秘——只是感觉像家，体验特别的光感或味感，一切令人感到说不出的舒适。斯奈德强调忠实生态地域以及居住中形成的文化，而非忠实政府。人类居住必须要有位置感。"位置感"指最近地域人类生活中那些共性自然的方式。"……位置感，根的感觉，并不仅仅指在某个小村庄定居，然后有一个邮箱。"④ "因为处于一特定位置，我们获得最大群落感。群落有利于个人健康和精神受益，持续工作关系以及共享关注，音乐、诗歌、故事进化成共享的价值、观念和探索。这实为精神道路之根。"⑤

"位置感"是斯奈德作品最重要的主题之一。对斯奈德来说，人们要真挚地对待自己和脚下土地间的关系，关注邻居，包括人类和非人类。在《致万物》中，他写道：

---

① 赵一凡等编：《西方文论关键词》，外语教学与研究出版社 2006 年版，第 493—494 页。
② 赵一凡等编：《西方文论关键词》，外语教学与研究出版社 2006 年版，第 493—494 页。
③ Buell，Lawrence. *The Environmental Imagination：Thoreau，nature writing，and the formation of American Culture*，Harvard University，1995，p. 183.
④ Snyder，Gary. *The Real Work：Interviews and Talks* 1964—1979. New York：New Directions Book，1980，p. 138.
⑤ Snyder，Gary. *The Real Work：Interviews and Talks* 1964—1979. New York：New Directions Book，1980，p. 141.

啊！为了生存

在九月中旬的某早晨

淌过一条小河

光着脚丫，卷起裤腿，

提着靴子，背着行包，

阳光照耀，浅滩上的冰块，

北面的洛矶山脉。

瑟瑟沙沙，粼粼波光，冰河

石头在脚下翻滚，如脚趾小而坚硬

冷冰的鼻涕

在里面哼唱

小溪在歌唱，心灵在歌唱，

感受到了砾石上的阳光。

我发誓

我发誓效忠

龟岛的土地，

效忠居住在那儿的万物

一个生态系

缤纷多样

在太阳下

欢乐地为众生讲话①

　　斯奈德创作实践的最终目标是实现自己对位置感的乐观想象：找到自

---

① Snyder, Gary. *Axe Handles*. San Francisco：North Point Press, 1983，p. 113.

己的归属地和位置，就有可能最大限度地实现自己与周围环境和谐共处。这首诗是对生态乌托邦的展望，诗人的历史使命是效忠龟岛的土地。在这块土地上，阳光照耀、小溪歌唱、石头翻滚、心灵歌唱，万物在太阳下生机盎然，缤纷多样。这就是宇宙生态。斯奈德很重视"位置感"，我们要学会诗意地栖居于地球。"位置感"表明人们认同从属于整体世界中的某种自然系统，在此地域内，一切皆成为可能。"羁鸟恋旧林，池鱼思故渊。"斯奈德的位置在整个西海岸，北加利福尼亚、奥林根、华盛顿州。

美国社会现存的弊病是：人们缺乏对地方的约束力，这完全不自然和不符合历史。无属地化，人类群体在脱离居所和生产的同时，在世界各地散播并重组，陷入一种连续反复，失去了与地球的接触，也失去人与人之间的接触，成为麻袋里相互挤压却毫无关系的土豆。因为没有责任感，所以他们不关心居住区是否遭到破坏，山水区是否被允许开矿。美国人很难回答"你来自哪儿"的问题。当日本人一起喝酒时，他们可以依次唱各自家乡的民歌，但是美国人却很难做到这一点。在《龟岛》中，斯奈德号召人们"找到你在星球中的位置然后深耕"[①]。几十年来，"居住在地方"常被当做落后、枯燥、可能是消极的联想。但对斯奈德来说，它意味着美国生活中典型的流动性即将结束。"如果你想知道某地域的生活，就应向某地住足够久了解它的人学习，为它命名，为它歌唱，吃那儿的植物、浆果、动物和鱼；向那些人一样敬重该地域的神圣，并哀悼他们的迷失。"[②]

作为强调位置感的诗人，斯奈德始终不懈地坚持加强扎根地方的思想和塑造关于地方的话语方式。斯奈德的诗关注人和环境的关系，这相当不同于其他美国诗人——只关注中层阶级所面临的社会问题。斯奈德认为，现代人的痛苦来自于缺乏本土感，缺乏扎根某地的责任感，他号召建立一种强调位置感的新型文化。诗人创作的主要目标是书写家的土生知识——

[①]　Snyder，Gary. *The Real Work：Interviews and Talks* 1964－1979. New York：New Directions Book，1980，p. 138.

[②]　Halper，Jon（ed.）. *Gary Snyder：Dimensions of a Life.* San Francisco：Sierra Club Books，1991，p. 418.

无论是日本禅院、乡村的阿拉斯加帐篷或是其在加利福尼亚的北西埃拉的永久家，这儿都有工作要做，那就是知道所处的位置。位置感是对人类古老根本身份的探询。斯奈德的地域生态观关注位置、心灵以及基本生活所承担的关系。斯奈德认为居住在家的生活是一种生活方式，需要和所居住的地方紧密联系，并认同生物地域和那个地方所有生物间的相互依赖关系。斯奈德强调人类生活的地理位置，没有地理上的支撑点就没有精神上的支撑点。选择过居住的生活不仅是物理决定，而且是道德和精神的选择。位置感是斯奈德作品的主题。作家的作用是提示我们人类和地域的相互影响，位置是我们所开始的地方，这地方不一定是诗歌的中心，而是一种使诗成为诗的元素。

第四节　加里·斯奈德的文明生态观

工业革命大大加快了物质文明的历史进程，资本主义在不到一百年的时间里所创造的物质财富超过了以往历史所创造的总和。现代科学技术像一把双刃剑，一方面丰富了人类的物质和精神生活，另一方面也带来了威胁人类前景的全球性问题——人口爆炸、资源枯竭、粮食危机、环境污染等。爱因斯坦曾经说过："透彻的研究和锐利的科学工作，对人类往往具有悲剧的含义。一方面，它们所产生的发明把人从精疲力竭的体力劳动中解放出来，使生活更加舒适而富裕；另一方面，给人的生活带来严重的不安，使人成为技术环境的奴隶。"①的确，工业文明带来的不仅仅是成就，而且还会有令人沮丧的困境。工业文明带给我们一个两难的选择：不顾一切地运用现代技术，力图摆脱我们面临的生存困境，却又使我们陷入了新的生存困境之中。我们一方面高奏征服自然的"胜利"凯歌，另一方面又

① 《爱因斯坦文集》第1卷，科学出版社1982年版，第260页。

不得不面对日益严峻的全球性生态环境问题。一方面，通过征服自然，人们获得了比过去任何时代都多的财富。以前有"飞天梦"、"嫦娥奔月"，而今有了飞机；以前有"顺风耳"、"千里眼"，而今有了电话，望远镜，电视卫星传送。吃得丰富多彩，穿得色彩斑斓，行得迅速敏捷，住得宽敞舒适。"可上九天揽月，可下五洋捉鳖"，已不再是诗人的想象，而是科学的现实。可是另一方面，清新的空气，清洁的水，茂密的森林，鸟儿的鸣叫，还有那宁静，安详，淡泊，淳朴的氛围正离我们远去。"在我们这个时代，每一种事物好像都包含有自己的反面。我们看到……技术的胜利，似乎是以道德的败坏为代价换来的。随着人类日益控制自然，个人却似乎愈益成为别人的奴隶或自身卑劣行为的奴隶。甚至科学的纯洁光辉仿佛也只能在愚昧无知的黑暗背景上闪耀。我们的一切发现和进步，似乎结果是使物质力量具有理智生命，而人的生命则化为愚钝的物质力量。"①——我们不得不承认，正是人类科学技术的长足进步，给人类自身带来了极大的灾难。美国哲学家查理斯·威廉·莫里斯（Charles William Morris）曾断言："人作为他自己的创造者多少也是他的困苦的创造者。"②剧增的人口、日益枯竭的资源、不断恶化的生态环境、生存与发展、人类与自然、经济与环境成了人类今天共同关心的主题。

本节从工业文明的解构和生态文明的建构这两方面着手来研究加里·斯奈德的文明生态思想。工业文明的解构是指对工业文明的批判，目前人类文明（工业文明）所面临的困境，主要体现在远离地球和过度开采这两方面。生态文明的建构是指斯奈德为工业文明所面临的问题寻找的解决途径。在肯定其带来进步的同时，还提供了建构生态文明的一些可行性方案和理念。

一　解构工业文明

随着社会生活的发展，人对自然界的依赖性逐渐削弱，对社会力量的

---

①　《马克思恩格斯全集》第 20 卷，人民出版社 1965 年版，第 519 页。
②　李春秋：《生态伦理学》，科学出版社 1994 年版，第 46 页。

依赖性愈益增强。人把自己同自然界区别开，而愈益变成社会的、政治的主体。苏格拉底说过："你知道，我爱好学习；但乡村和树木不能教给我任何东西，城里人却能告诉我许多知识。"①现代的人们越来越关注用技术手段来满足自己的需要，我们与自然界相联系的感受却变得麻木不仁。在感性上，我们离超级市场更近，却不是麦田，我们对包装面包的五彩塑料纸给予更多的关注，却较少关注麦田表土的流失。海德格尔曾经抱怨以前的人用脚走路，坐在汽车里面的现代人却用"手"走路，用手走路那显然是不自然的。在现代社会，汽车使人失去双腿，电视使人白痴，信用卡让人负债累累，计算器使人丧失心理运算能力。现代化高科技的产品在施惠于人的同时也剥夺着人。

斯奈德是自然坚定的捍卫者，也是对破坏自然行径严厉的批判者。他在《原子弹实验》一诗中写道：

> 鱼儿漂浮在水面，肚腹上翻，的的确确——
> 铀已进入了它们的
> 眼白
> 它们原来一直在游泳
> 在暗暗深深的水域，此时，一个
> 银雪似的怪物
> 闪烁侵入
> 从卷云到海山，
> 波及整个链上的食物，
> 从小虾到金枪鱼，湍流，
> 波涛汹涌，上下滚翻。②

---

① 何怀宏：《生态伦理——精神资源与哲学基础》，河北大学出版社 2002 年版，第 466 页。
② Snyder, Gary. *Left Out in the Rain*. San Francisco: North Point Press, 1986, p. 63.

从这首诗里，我们可以看出：他反对污染和机械化，抨击了现代文明对自然的摧毁。

在 1970 年印发的一张传单上斯奈德写道："文明使我们人类这种族如此成功，实际上已搞过了头，现在正以其惰性威胁我们。现在已有明显证据说明这种文明生活对人类生存不利。要改变它，必须改变社会和思想的根基。"① 费尔巴哈强调自然本质和社会本质的关系。费尔巴哈强调人的本质形成在对自然的关系中，强调人是自然界的一部分，人的本质只能来自自然的深处，离开了人的自然本质，社会本质就成了空中楼阁。如果离开了人生存的本质重要的条件和机能，人的生存只不过是幻想出来的、捏造的、虚假的生存。② 斯奈德认为：一种文明如果从他生长的土壤上异化，那么这种文明注定是毁灭性的，最终将导致自我毁灭。斯奈德明白，人的心一旦远离了生命根源的自然环境，他的心便将硬化……在自然界，"最受无情剥削的阶级是：动物、树木、水、空气、花草"③。其实，从某意义上说，生命无等级之分，石头的生命与小草的生命和爱因斯坦的一样美丽、睿智而又有价值。人不应被放在主宰世界的主位。在诗《明日之歌》中，斯奈德写道：

> 美国逐渐失去了它的托管权
> 在二十世纪的中期和后期
> 它从未给过山川河流，
> 动物树木
> 哪怕一个投票权。
> 所有的人都厌恶它
> 神话已死；大陆也已非永久

---

① Snyder, Gary. *Turtle Island*. New York: New Directions Book, 1974, p. 99.

② 参见李毓章、陈宇清编：《人·自然·宗教——中国学者论费尔巴哈》，商务印书馆 2005 年版，第 165 页。

③ Snyder, Gary. *Regarding Wave*. New York: New Directions Book, 1970, p. 39.

龟岛已回归。

······

展望未来我们愉悦

我们不再需要化石的燃料

来获取内部的能量

越少越坚强。

领悟工具，以韵律前进，肩并肩

闪烁的智慧和沉默的知识

彼此对视

静坐，如猫，如蛇，如石

如一整体，像

蓝黑色的天空。

在工作时，在我们的位置：

在服役

中的旷野

中的生命

中的死亡

中的母乳！[1]

　　这首诗预示生态平衡破坏后美国未来的可怕图景。人类应该学会"活着也让别人活"，它提倡在整个生物圈范围实行无等级社会，一种不仅对人类公正而且也对动植物、大地公正的民主体制。《执法机构》一诗是严厉抨击了政府部门。

---

　　① Snyder, Gary. *Turtle Island*. New York: New Directions Book, 1974，p. 77.

低空的飞机——
政府的眼睛
在空中。

飞驰的汽车——
国家的警察
在尘土飞扬的路上

当人们变得贫穷
他们不管

现在，有钱了，
警察和小偷
同来收获。①

在斯奈德看来，社会问题归结到山河即人的生活环境上，而保护环境成了重大的政治问题。他在《前线》中写道：

犹如肿瘤的边缘
在山脚肿起——我们感觉到
邪恶之风一阵——
然后，吹回又下落。
鹿群在这里过冬
链锯咆哮于峡谷。

---

① Snyder, Gary. *Left Out in the Rain*. San Francisco：North Point Press, 1986, p. 137.

绵绵的雨下了十天，伐木的卡车停运
树木呼呼吸吸。
周日，四轮的吉普
载上房地产公司的
探查者，他们说
到田园去，
伸展你的腿脚。

直升飞机在头顶嗡嗡作响，这里还可以；
在美国积满脂肪的病态血管中，
随着每一次脉跳，
结局就推进一寸。

推土机碾磨倾轧在泥泞里
冒着烟，滑动在
仍然活着的灌木丛上
这个人可是被付了钱
来自城里的人。

后面是一片森林，一直延伸到北极圈
还有一片沙漠仍然属于帕游特族人
而这儿，我们必须画上
我们的界限。①

　　这与恩格斯的观点不谋而合。"我们不要过分陶醉于我们人类对自然界的胜利。对于每一次这样的胜利，自然界都对我们进行报复。每一次胜

---

① Snyder, Gary. *Turtle Island*. New York: New Directions Book, 1974, p.18.

利，在第一线都确实取得了我们预期的效果，但在第二线和第三线却有了完全不同的、出乎意料的影响，它常常把第一个结果消除。"① 世界上没有免费的午餐，人类要为他的每一次获得付出代价。生态危机，环境问题或许就是人类为工业文明的辉煌所付出的沉重代价。

历史上生态环境质量恶化时期都是人口较多或增长较快时期。除人口增长之外，人们对自然生态规律没有认识，对自然资源只知索取，不知保护，更不知投入，也是生态环境恶化和人口环境矛盾紧张加剧的重要原因之一。由于毫无节制的实行工业化，导致人性扭曲和自然资源匮乏，而大多数物质进步是使若干代的后人要付出代价的进步。"天之道，损有余而补不足。人之道，则不然，损不足以奉有余。"（《老子》77 章）圣雄甘地有句名言："自然界的资源足以满足每个人的需要，但却不足以满足每个人的贪婪。"② 哈代曾痛苦地指出一个悲哀的事实："人类在满足其身体需要方面的发展走向了极端，……这个星球不能为这种高等动物追求不断增高生活需要的幸福提供足够的物质。"③ 梭罗敏锐地提出反对人类追求奢侈生活。他说："大部分的所谓生活的舒适，非但没有必要，而且对人类进步大有妨碍。所以关于奢侈与舒适，最明智的人生活得甚至比穷人更加简单和朴素。"④ 现代人真应该"见素抱朴，少私寡欲"（《老子》19 章），必须抑制人类的贪欲。人类欲望的膨胀会对自然界造成压力。"祸莫大于不知足，咎莫大于欲得。故，知足之足常足矣。"（《老子》46 章）

斯奈德叙述有关生态环境被急剧破坏的一个事例：

约一百多年前吧，美国加利福尼亚州中部的大山谷原是一片沼泽

① ［德］恩格斯：《自然辩证法》，于光远等译，人民出版社 1984 年版，第 304—305 页。
② ［印度］维卡尔·梅农等编：《天、地与我——亚洲自然保护伦理》，张卫族等译，中国政法大学出版社 2005 年版，第 22 页。
③ Coupe, Laurence. *The Green Studies Reader: From Romanticism to Ecocriticism*. London: Routledge, 2000. p.269.
④ 李培超：《环境伦理》，作家出版社 1998 年版，第 14 页。

之地，长满了藻草。但这个山谷已经今非昔比了。先是西班牙人大量地牲畜，后来是美国人把沼泽的水抽干，或作农用，或作工业用。以前印第安人都住在沼泽东西两面外围靠山的地方，冬天浓雾来时，则移居高处，春夏则接近沼泽地，采摘各式各样的野菜吃。据生物学家缪尔的记载，当时他所经过的地方，几乎每十步便可找到一种不同的花草植物，品类繁多，令人目不暇接，现在一种都找不着。印第安人除了采野菜，便是猎麋鹿及大角羚羊，在那个时代，如果你站在高山上往下看，闪闪发光一大片，便是麋鹿与羚羊的移动。其次，水鸟的种类亦是数之不尽，成千成万的飞翔于兰草之间，现在麋鹿羚羊在这山谷平原里几乎已绝迹，水鸟则被大量地射杀。此事约略发生在1850年间，他们白人用一种射三百只鸟的枪全面扫荡，最后以最贱的价钱卖给市场。①

用诗人斯奈德的话来说，"生态的平衡"被破坏了：许多鱼类被污水毒化，洛矶山上的松杉被浓浊的空气窒死，自然的律动完全被化学与马达的律动所取代。

古代的埃及文明、印度文明、巴比伦文明、希腊文明和中国文明的产生、发展以及毁灭，都与其依傍的生态环境分不开。当生态环境良好时，这些文明便得以产生和发展；相反，如果生态系统失调，生态平衡遭到严重破坏，人类文明的发展必然受到严重的影响。罗马俱乐部预言：由于人口的剧增，地球上的资源正日益枯竭，用不了多久，人类将因资源的枯竭而走向灭亡。如果不幸言中，那么我们真会面临杜甫《兵车行》中所描述的"君不见汉家山东二百州，千村万落生荆杞。纵有健妇把锄犁，禾升垄亩无东西"。人类的贪欲正在使伟大母亲的生命之果包括人类在内的一切生命造物付出代价。何去何从，这就是今天人类所面临的斯芬克斯之谜。正如北美印第安人的那首民谣：只有当那时/只有当最后一棵树被刨，/最

---

① 叶维廉：《叶维廉文集》，III，安徽教育出版社2002年版，第151—152页。

后一条河流中毒，/最后一条鱼被捕，/你们才发觉，/钱财不能吃。斯奈德在他的《为什么卡车司机比禅宗的学生起床早》中写道：

> 在高高的坐椅上，黎明前的黑暗，
>
> 光亮的线圈泛着光芒
>
> 锃亮的柴油机
>
> 仆仆赶路，散发着热量，
>
> 沿着泰勒路爬坡上行
>
> 去装运陂曼河上的伐木。
>
> 三十里的风尘。
>
> 没有其他的生命。①

　　如果人毁掉了自然所要求的平衡与均势，他必然要自食其果。"文明人跨过大地，足迹所到之处留下一片沙漠。"②

　　现代西方文明已经濒临崩溃边缘，它面临的不是核毁灭，而是由于无限制地为利润而生产导致的生态毁灭，只有寻找与大自然和谐的生活方式才能挽救人类。这种观点源于当时北美的马克思主义即生态马克思主义。他们奉行的不再是热力学第一定律，而是热力学第二定律（熵定律）。热力学第一定律，即能量守恒定律，指能量既不能生产，也不能消灭。如果一种形式或一个地方的能量消失，大小相等的能量必然以另一种形式或在另一地方出现。第二定律则认为：所有物理过程，无论是自然过程还是工艺过程，都是能量可获得性变小的过程。深层生态学的著名口号："手段俭朴，目标丰富"，反对现代西方过度消费的生活方式，倡导适度消费，

---

① Snyder, Gary. *Turtle Island*. New York：New Directions Book，1974，p. 63.
② ［美］唐纳德·沃斯特：《尘暴》，侯文蕙译，生活·读书·新知三联书店 2003 年版，第316 页。

反对把物质生活看成人的生活的唯一追求，强调生活目标的多样性和精神生活的高度充实，是深层生态学思想的高度概括。

二　建构生态文明

人类已经走入现代，无法废除工业技术与科学。"回头走"不但不可能，事实上也无法想象。问题是如何把工业技术妥善调适符合人类需求……技术进步的前提应该是能维持与自然的协调。斯奈德对技术时代的批判不是完全反对人们利用技术，他的主旨是要求人们在使用技术时不违背自然事物本性，如同风车的运转，既利用了风能，又没有违背风的自然本质。他主张利用技术必须不影响生态平衡，确保人类持久美好的生存环境。

斯奈德提出了一系列的生态名词，建立了一种整体论的生态保护意识，偏重万物间无碍的与融会贯通的关系。斯奈德认为自然界的最高法则是维持生态系统的美丽、完整和稳定。庞朴提出的"动态平衡"，一个有机系统"最神奇、最理想"的状态，其实，那也应该是一种"最自然"的状态。儿童游戏有"石头、剪刀、布"，三者循环相克，胜负机会均等，没有绝对强者弱者，在动态中得到平衡；它是大自然生态平衡机智的绝妙写照，也是对理想社会的童心吁求。①

斯奈德在解构工业文明时，态度并非一味呵斥，而是提供了一些可行性建议。所以我认为：其文明观客观，生态。斯奈德曾说："我觉得，我们在社会和生态方面的生活状况非常严峻，所以我们最好还是幽默一点好。情况太严重了，甚至都无法感到愤怒和失望了。坦率地讲，在最近二十年里，环保运动也没有很好地开展起来，但与此同时，却随随便便地制定了一些接连不断的注定失败的计划。我的诗作就是让我们爱这个世界，而不是让我们害怕这个世界的末日。只有爱这个世界，爱这世界与人类同

① 何怀宏：《生态伦理——精神资源与哲学基础》，河北大学出版社 2002 年版，第 148 页。

等重要的非人类，然后才会开始去关心它。"① 他的一些诗表明：社会并不明白其在自然中的位置。我们将对这颗星球做些什么？它是一个关于爱的问题，并非对西部的人文主义的爱，而是一种扩及对动物、岩石、灰尘和自然界万物的爱。没有这份爱，即使没有战争，地球也会成为一个无人能居住的地方。"我觉得我们应该对人文主义和民主作一些新的定义，也就是必须重新纳入这些人类以外的事物，这些领域必须有代表，这就是我以前说的生态良心的意义。"② "我们必须设法把其他的'人民'——爬行的人民、站立的人民、在天空飞驰的人民、在水中游泳的人民——重新纳入政府议程的运行里。"③那些时常坐在地上沉思生命意义、接受其他生物的友情、承认宇宙万物大一体的人，是确切地把文化精髓贯入了他整体的存在里。人一旦离开了此基点，人性的发展便受阻。

斯奈德很重视"位置感"，号召人们要学会诗意地栖居于地球。"位置感"表明人们认同从属于整体世界中的某种自然系统，在此地域内，一切皆成为可能。"羁鸟恋旧林，池鱼思故渊。"对斯奈德来说，他的位置感在西海岸，北加利福尼亚、奥林根、华盛顿州是他觉得如家之地。西部山坡，还有山脉，是诗人的理想居住地。斯奈德认为地图应该根据植物群、动物群和气候带等一系列的自然环境来划分。这样做有利于我们打破人为的政治界限以及任何习惯性的已为人接受的地域概念的枷锁。这和梭罗"自然法优先于国家法"的观点一脉相承。人应该"生于水而安于水，长于陵而安于陵"。培养一种地方感，在随风飘摇的文化中稳如泰山，人类应行走在松软的地面上而不是僵硬的人行道上。斯奈德特别钟爱杜甫的那句诗："国破山河在，城春草木深。"山河依然，但王朝似已破灭。历史学家视兵祸战乱为文明延续的大敌。其实，战争作为一种外部因素只是起着加速或延缓的作用。政治分界线并不真正代表任何实体，这只不过是人为

① Murphy, Patrick. . D. *A Place For Wayfaring*: *The Poetry and Prose of Gary Snyder*. Corvallis: Oregon State University Press, 2000, p.215.
② Snyder, Gary. *Turtle Island*. New York: New Directions Book, 1974, p.106.
③ Snyder, Gary. *Turtle Island*. New York: New Directions Book, 1974, p.108.

理念。是非成败转头空，青山依旧在，只有大自然才真实存在。"留得青山在，不怕没柴烧"，这的确是永恒真理。

斯奈德的诗主要关注人类和周围环境的关系，这与许多其他美国诗人不同——他们主要关注的是中层阶级所面临的社会问题。在《龟岛》中斯奈德号召人们寻找其在星球的位置，然后以此为基点。荷尔德林说过："人只有远离家园，/沉入无家可归之境，/才能体认自己本真的故乡。"①事实上，人与物的关系不是敌对关系，人应该具有非对象性的诗意守护和非知性逻辑的神秘悟性。正因为人民失去了本根，所以应该让人类重返本真的、诗意的"居住"，这个返回的路就是归乡之路，就是拯救之路。人应该诗意地栖居。生存于文明社会中的每个人都应学会诗意地栖息于地球。诗意地栖居是精神产物；它要体现在一具体环境中；把人类带向希望之乡，让人类回到自然（人类活动的终极地）。人类对土地要有义务感和责任感，要有一种生态良心。斯奈德的《致万物》描绘了这样的一种居住。《僻壤》明显体现了这一风格。

赞美印第安人与自然的和谐关系，为工业化社会中文明与自然紧张关系提供借鉴。斯奈德提出治疗社会弊病的药方——返回原始素朴的生活。他的诗在某种层面上号召社会关注自然界的生态关系，关注其在个人意识领域的关系。斯奈德后期的诗歌体现了一种清晰的环境伦理观。这种观念不再是人类中心主义而是将人类当做自然界中的一员。"我们可以向鸟、植物和动物学习——大自然本身是一完整的教育——而这种学习既道德又有利于生存。"②"一个人不需要大学和图书馆，一个人需要活着。"③ 难怪斯奈德被深层生态学倡导者们视作他们的桂冠诗人。

总之，自然与人的行为关系，是一个全球性问题。哪里没有生态的远

---

① 徐恒醇：《生态美学》，陕西人民教育出版社 2000 年版，第 13 页。

② Nordstrom, Lars. *Theodore Roethke*, *William Stafford*, *and Gary Snyder*：*The Ecological Metaphor as Transformed Regionalism*. Sweden：Uppsala, 1989, p. 140.

③ Suiter, John. *Poets On the Peaks*：*Gary Snyder*, *Philip Whalen & Jack Kerouac in the North Cascades*. Washington. D. C.：Counterpoint. , 2002, p. 22.

见，哪里的人民就将走向毁灭。我们既要给后人留下一套先进的技术和成
熟的经济模式，也要留给他们清洁的水、未被污染的大地和一片蔚蓝的天
空；否则我们留给他们的任何东西都不会使他们过得幸福。21 世纪将是以
自然与人类和谐共处为主题的世纪。自然文学中所谓的永恒，不只是某一
作家或某一作品的永恒，而是一种大写意的永恒——那种由作家和民众共
同支撑着一个代代相传的土地的神话。永恒的东西和伟大的过程就是生命
的生生不息和绵延不绝，就是大自然的完整、稳定和美丽，就是"鹰击长
空，鱼翔浅底，万类霜天竞自由"，就是"绿满窗前草不除"，就是天地
"生物成物"的大生和广生之德。人人皆可为尧舜。一代过去，一代又来，
地却永远长存。不论人间血海奔流，太阳照常升起。被深层生态学家称为
他们的桂冠诗人的加里·斯奈德的诗歌价值和意义在于他们一般都关注所
取得的完善的生态体系，这些诗成功地体现了人与自然环境的整体的假
设、均衡和相互制约，想让人类回到自然（人类活动的终极地）。他关注
的是治疗与复原，他的呼喊是在祝福上升起的。

|第二章|

加里·斯奈德的生态诗学

　　加里·斯奈德的诗歌创作是一种将生态与文学紧密地联系在一起的创作，是一种强调整体论的生态诗学。本章主要从主题、语言、语法、形式以及文化观来探讨诗人的生态诗学观。斯奈德认为语言既是文化学的，更是生物学的。语言的体系是一种自发自组的野生体系，它是如此复杂，人不可能创造也不可能知性地掌握。斯奈德诗歌中的语法不同于一般传统语法，是一种黄褐色语法，一种与大地紧密相连的语法。诗歌必须从可信的经验来唱和说。诗人必须生活在靠近原始人所处的世界，这对我们所有的人来说这都是最为基本的——出生、爱情、死亡；活着是纯粹的事实。这也是梭罗称之为的"黄褐色语法"，正如他所写的（在他的散文《散步》中）："这种巨大的，野蛮的，我们号叫中的母亲，自然，躺在那儿，如此美丽，如此的关爱自己的孩子，像豹子一样；然而我们是如此早的离开它的胸膛而走向社会……西班牙人有一个好的术语来表达这种野的和昏暗的知识，Grammatica parda，黄褐色语法，一种来自于我所指的同一种豹的那种母性智慧。"① 虚空是斯奈德诗歌的主要形式，其实说得通俗一点，就

---

　　① Snyder, Gary. *A Place in Space*: *Ethics*, *Aesthetics*, *and Watersheds*, Washington, D. C.: Counterpoint, 1995, p. 177.

是无形之形。诗人从不按传统的诗歌结构进行创造，他一再强调："空即
形式，形式即空。"斯奈德在文化上提倡建立生态文化。

第一节　生态主题

　　生态文学批评的第三阶段试图通过强调生态系统概念，加强生态文学
批评的理论建设，最终创建一种生态诗学。生态诗学，指的是狭义的生态
批评，意为将生态及生态学的理论用于文学的研究。在斯奈德的生态诗学
里，诗歌是将人与自然融合的载体，而诗歌创作也正发生在人与自然融合
的过程中。斯奈德的生态诗学是将写作、工作、生活融为一体的诗学人生
观。斯奈德的诗关注生态系统和其中所有居民，包括人、动物、植物和精
灵。斯奈德希望他的环境著作和教育对人性有一个更为深入持久的影响，
这是他生活和工作的力量。"那是我成为艺术家之地。我并没有一直在写
诗。我一直在我的作品中创造一个更大的图画。我把它看做一个大计划，
其中所有东西都是画的一部分。"① 斯科特·麦克利昂说道："但是我从未
在称呼我们笨拙地称之为'自然'的更大的国度中读到过这样一首诗，如
加里诗歌的格律那么敏锐，如加里诗歌的意象那么精确，我从来没有对斯
奈德所说的和所指的法律会产生那种绝对的、紧张的接受感。"② 斯奈德生
态诗学启示在于：文学创作是生活的形式，是生命实践的形式；它们的任
务是呼吁每个人建立起对"归属地"的责任感，激励每个人热爱地球。

　　加里·斯奈德的诗歌是以荒野自然为背景，指归一个自然的王国，是一
曲大地颂歌。诗人不只停留在要爱护自然，而切切实实地强调人类是自然的

---

　　① Snyder, Gary. *The Practice of the Wild*: *Essays by Gary Snyder*. San Francisco：North
Point Press，1990，p. 13.

　　② Halper, Jon (ed.). *Gary Snyder*: *Dimensions of a Life*. San Francisco：Sierra Club
Books，1991，p. 127.

一部分。他号召我们回归自然,在自然中沉思,倾听自然的呼唤。斯奈德认为诗歌是"生态的生存技艺"、诗歌是"真正的工作"、诗歌是"永恒的能量"、诗歌是"诗意的栖居"。他的诗学是一种强调整体论的生态诗学。

一 诗歌是"生态的生存技艺"

作为一名诗人应该向更大的世界开放是斯奈德创作的基本前提。他鼓励我们关注地域、关心时代和位置,他首先知道如何将我们所处的时代和地方进行有意义的连接。斯奈德不仅把诗歌看做搜寻单词和意识的脑力劳动,而且更把诗歌当做向未来社会进发的生存武器。他的诗歌中总是有一个倾向:不是从人的角度展示自然,而是从自然的角度展示人,不管是身体还是其周边的环境。《龟岛》和《斧柄》体现了从现行政治斗争转向文化斗争的进化程序。斯奈德将《龟岛》定义为"最初的生态地域观的文学显露"[①]。在1983年的访谈中,斯奈德如此评价从即时到长程进化程序的转变:"如果《龟岛》是关于北美将要的生活的陈述……《斧柄》则更多的是教你如何真正将地方建成家园的动机的重要表述。"[②] 散文集《荒野习俗》发展了斯奈德的主要生态观念,尤其是他的星球思维和生态地域的意识。

对斯奈德来说,诗歌可作一种探测自然世界的方式。自然世界环绕或和人类试图建立的任何社会的或民族的组织融为一体。他相信诗人能够更加靠近现实的描写或再造自然。"我的诗,从某种程度上,号召社会关注其在自然中的生态关系,社会在个人意识中的关系。一些诗告诉我们社会并不明白其在自然中的位置。我们将对这个地球做些什么?这是一个关于爱的问题;不是西部的人文主义的爱——而是一种扩及动物、岩石、灰尘

---

① Murphy, Patrick. D. *Understanding Gary Snyder*. Columbia: University of South Carolina Press, 1992, p. 11.

② Murphy, Patrick. D. *Understanding Gary Snyder*. Columbia: University of South Carolina Press, 1992, p. 11.

和所有万物的爱。没有这种爱，即使没有战争，我们也会走到无人居住之地的世界末日。"① "这些价值对我和我的朋友来说最为根本。在佛教徒看来，它们深深根植于腹部，是呼吸的开始，诗歌的开始。在我看来，这些关注是人的根本，但大多数人没有考虑它们，没有意识到它们。"②

斯奈德的诗歌并没有回应现代生活的压力，而是描绘一种不再为人所易于靠近的生活。他的作品反映了对环境日益增长的关注，反映了美国印第安人的困境，反映了那些威胁到家庭责任感的新观点。斯奈德的诗歌是一种地理学，人类学和进化生物学知识。很少有当代诗人能如此可信、敏锐、洞察地写出各种工作的特殊性和持续生活的节奏，诗人不再屈从于阶级问题和一种返乡的怀旧感，而是确确实实的号召人们重新回到最本真的存在——大地之子。

斯奈德用诗歌找寻埋藏在深处的人类终极生存智慧，用以对抗我们时代的失衡和无知。其理想是成为自然权利的代言人。他认为诗人是被特选出来聆听树木之声的。斯奈德的现实主义和生态——神秘主义，将"内部的"和"外部的"世界融合，这在他对细节的客观处理方面表现得很明显。他意识到内在意识和外在风景保持的密切一致。其长诗《山水无尽》体现了这种一致性：人和地域有内在联系。正如一个地域的植被和物种一样，人不仅在生理上而且在心理上都有地域的典型特点。骏马秋风冀北哺育强壮阳刚北方汉；杏花春雨江南滋润婀娜多姿南国女。同样，在电影中，导演借助于一系列相关自然景物反映主人公的喜、怒、哀、乐。在杜甫的《春望》中，"感时花溅泪，恨别鸟惊心"。自然是活着的，感觉并非人的专利。在斯奈德的作品中，正如在远古的过去，动物变成了人类心灵生活的一种宣言。

斯奈德的生态诗学起着保卫自然生态和保卫人的文化生态的双重作

---

① Snyder, Gary. *The Real Work: Interviews and Talks* 1964—1979. New York: New Directions Book, 1980, p. 4.

② Snyder, Gary. *The Real Work: Interviews and Talks* 1964—1979. New York: New Directions Book, 1980, p. 3.

用。斯奈德认为，当今世界正面临着一场生态危机，"诗"反映真实的自然，从而号召人们解救地球，最终解救整个行星的生态环境。诗同时保卫人的文化生态，即从生态的角度解放人、治愈人、塑造人。诗的作用方式是贴近地方、贴近社区，并唱出他们自己的歌，帮助人们走上还乡之路。在《大地家族》的"诗歌和原始性"中斯奈德把诗歌作为一个切入口——一种解放的工具。因为诗歌和能量的亲密关系，斯奈德把诗歌当做是"生态的生存技艺"①。

二　诗歌是"真正的工作"

诗的价值和功能可以用寥寥几个字说完。它的一面是即时，另一面是离时。它的即时面是调整我们使我们听见天性和人性，因而我们生活在即时，在我们社会里的一条路上，万物都能平等结果，和谐相处，这是一条美德道路。诗的离时功能是在此刻使我们永远回到我们原本的真天性。这两桩事情，在世界各地，有时同时发生，有时各自，但一直在发生……假如你经常看见一个经常唱歌和跳舞的社会，那并不是歌舞影响他们的生活——歌舞就是他们的生活。歌舞是他们的生活：文化的传说用歌来传递。所以诗是我们的生活。并不是诗对它有一种效力，或在它里面有一种功能，或对它具有一种价值。它是我们的生活，就像饮食和语言是我们的生活。②

对斯奈德来说，诗歌是工作台。诗人的生态诗学允许他明确关注"书写土地"的行为，他的诗学是生态诗学，因为那是企图把诗歌和土地的阅读合二为一的生态的阅读行为的场所。他的诗歌深嵌在美国文化中。斯奈德认为真正的作品是将自我、社会和最关键的是环境结合一体。评论家们

---

① Snyder，Gary. *Earth House Hold*：*Technical Notes and Queries to Fellow Dharma Revolutionaries*. New York：New Directions Book，1968，p. 117.

② Snyder，Gary. *The old ways*：*Six Essays*. San Francisco：City Light Books，1977，p. 73.

把其诗学看做万物相连的肯定，这既是佛教徒式的又是生态的，这在他众所周知的环境关注中很明显。20 世纪 60 年代以来，斯奈德的工作就和各类生态计划紧密相连。

　　人需要工作，工作中的人最有诗意，最美——只要他从事"真正的工作"。斯奈德的诗歌是几种经验的延伸：西埃拉山脚下的工作；森林和生态系统管理事务中的工作；对山水和森林生态学的研究；当地分水岭的知识；对山中岩石的性能的关注；与妻子、儿女家庭生活中的天伦之乐。斯奈德的诗从不会和其沉醉的"真正的工作"不和谐。用斯奈德的话说："真正的工作就是我们真正所做的。生活本来的样子……那就是真正的工作，让世界成为它的本真，让自己觉得身在其中。"① 斯奈德常躺在油灯旁读唐代诗人白居易百听不厌的流水诗，伴着外面峡谷溪流涨水声，还有月光下森林中百万只昆虫的嗡嗡声。诗集《关于声波》中有两首流水曲，其中《流水曲 II》赞美山间清澈的小溪，是一首非常抒情的诗。

　　　　清澈奔流的小溪
　　　　奔流清澈的小溪

　　　　你的流水如此轻盈
　　　　流进我的口腔
　　　　你是我干涸躯体的心灵之光

　　　　你流淌的
　　　　音乐，
　　　　飘荡在我的耳房。自由，

　　　　奔放地流淌！

---

① Snyder, Gary. *The old ways*: *Six Essays*. San Francisco: City Light Books, 1977, p. 82.

> 有你
>
> 在我的心房①。

斯奈德很少直接谈论如何写诗。诗歌每天都在那儿，在习禅中，在日常工作中，在谈话中，在每天的邮件和访客中。我们不要费力去写，诗歌是自然流淌的。在斯奈德看来，诗歌可能是任何东西，任何可能都是诗。诗歌是生活中的每件事，诗歌是"保持重要新闻的新闻"②。在诗中，斯奈德比纽约任何人更多谈论马和山，骡子和驴及其他东西，所有这些都是其生长的环境。斯奈德在申请瞭望塔工作时曾给马尔蒙特园林管理员写信，列出他的资格证书，铁轨工、国家森林公园防火员、伐木、工匠和诸如此类经验，如户外工作、登山，然后他要求去最高的、最遥远的和最难达到的瞭望塔。显然自愿去那个森林管理站成为一笑话，然而其他的园林管理人能感觉到他的真心实意。斯奈德说："无论做什么工作，无论从事什么职业，这些都直接进入我的诗，它们全都在那儿。"③ 斯奈德在《我走进马维瑞克酒吧》中写道：在虚张声势的阴影中/我回到了自己，/到真正的工作，/到所要做的工作。④

《浆果宴席》成为 20 世纪 50—60 年代中最广为流传的诗，这是斯奈德在旧金山文艺复兴诗歌朗诵会朗诵的诗。

> 给毛皮涂上泥的颜色，大步流星者
>
> 饱餐了的老人，一个流浪者，
>
> 一片赞美声！恶意卑鄙的草原狼，肥胖

① Snyder，Gary. *Regarding Wave*. New York：New Directions Book，1970，p. 64.

② Meltzer，David. *San Francisco Beat：Talking With the Poets*. San Francisco：City Lights Books，2001，p. 293.

③ Allen，Donald. *On Bread & Poetry：A Panel Discussion With Gary Snyder，Lew Welch & Philip Whalen*. California：Grey Fox Press，1977，p. 9.

④ Snyder，Gary. *Turtle Island*. New York：New Directions Book，1974，p. 9.

而自虐的小狗，丑陋的赌徒，

财宝的携带者。

八月，在熊的粪便里，

芳香道上的干净堆中，在八月的

晚些时候，或许在落叶松的旁边

熊在吃着浆果。

高高的草地，晚夏的天气，消融的冰雪

黑熊

吃着浆果，和一个

女人结了婚，她的乳房在流血

为了喂养半是人的熊崽。

······

"滚你妈的蛋！"草原狼在号叫

然后，跑开。

微妙的蓝黑色，比草地要香甜

在山谷里，小小的，酸酸的，似乎蒙着淡蓝的薄雾

黑果散布在松林里

沿溪谷而挤拥，

顺绝壁而攀缘

由鸟儿携入天空；

由熊代谢于粪便里。①

从开头行意象在"芳香道上的干净堆中"的浆果王来到胡狼英雄的恶作剧的"滚你妈的蛋！"《浆果宴席》成为早期生态激情者的喜爱，而且是

---

① Snyder, Gary. *The Back Country*. New York: New Directions Book, 1971, pp. 3－6.

典型作品，后被取笑成为"轨道上的臭熊粪派诗歌"①。

斯奈德相信文学能或至少会影响某地的生活。总的来说，他的诗歌既有教育意义又体现实践信息。砌石是在粗糙风化的山道上用岩石铺路的技术，这种技术从苏格兰和英格兰传到优胜美。砌石在西埃拉山是简单而又最为重要的防风化的修路技术，它是口头相传的。斯奈德的诗是唯一的书本记载。砌石是鹅卵石的拼凑，在山中用陡峭灵巧的石头铺路。石头很牢固，中间没有联结，有空间缝隙，一个人不能在石头间扔任何东西。这种修路方式要求修路人必须试着去理解岩石的天性和岩石之间的联系。砌石是一种古老方式，一种知道我们所在的关键技术和传统，反对大型的轰炸休整，因为这种修路方式取决于自然地理，而非用割断、重修和轰炸清除障碍的修路方式。

《砌石》告诉我们如何居住、如何写诗读诗。作为一种物质东西，作为一种关系，诗歌形成了世界的某部分。地方也是一种关系，一种活动，一种"轮回的游戏"（日本的一种供两人玩的棋盘游戏，强调棋子的放位策略）。这首诗体现了一种学习世界的方式，一个在其中能学会道的世界。《砌石》是一组诗，在西埃拉·内华达地理影响下，在挑选石头和将石头置于适当位置的日常铺路工作的影响下所作。看重体力劳动是斯奈德诗歌最典型特征。不仅指有关努力而且也指实际结果。正如斯奈德所暗示的"……诗歌的节奏来自于体力劳动的节奏、砌石的节奏和其他所描述工作的节奏"②。"那是一种可以确性的节奏……也是美好古老乡村生活的工作节奏。尽管如此，我认为我一直以来利用最多的节奏是西埃拉·内华达山水的节奏，我感觉到它在我的脚下流动。"③ "我最近才开始意识到我诗歌

① Suiter, John. *Poets On the Peaks: Gary Snyder, Philip Whalen & Jack Kerouac in the North Cascades*. Washington. D. C.: Counterpoint., 2002, p.14.

② Snyder, Gary. *The Real Work: Interviews and Talks* 1964—1979. New York: New Directions Book, 1980, p.48.

③ Snyder, Gary. *The Real Work: Interviews and Talks* 1964—1979. New York: New Directions Book, 1980, p.48.

的节奏就是在某种特定时间中我一直所从事的体力劳动和生活——这在我写诗的脑中制造了音乐。"① 由此可见，在某种领域斯奈德把诗歌当做体力劳动的扩张。

砌石"作为对诗的隐喻，它意味着诗正是在人对世界原本混沌的理解中开凿出一条道路，供生命自由穿行。生存活动也就是把我们周围的物质世界吸纳到自己的身体与心灵中，通过与外部世界的碰撞融合而使生命不断生成，艺术创造则把物质融铸成可供生命直观的审美形象，从这个角度来说，艺术活动正是人类生存活动的缩影，艺术创作以一种更加透明的方式复现了人在世界中学习生存的过程。"②

三　诗歌是"永恒的能量"

生态批评家鲁克尔特呼吁创造性的文学艺术积极地参与生态危机的解决。他在《文学与生态学：一次生态批评实践》一文中指出，诗歌（创造性的文学艺术）中蕴藏了取之不尽的能源，阅读是能量的转移，所以，老师、批评家是诗歌与生物圈的中介，他们释放诗歌中蕴涵的能量和信息，让它们在人类共同体中流通，变革人类文化，然后转变成为社会行动，从而有助于消除生态危机。③ 朗读诗或者讨论诗都是在做再循环工作，即把能量返回到文化社会。对斯奈德来说，诗歌和"顶级群落"或"顶极"生态系统之间有着强大的可比性，因为世上万物之间物物相连，物物相通。作为 20 世纪最具生态意识的诗人之一，斯奈德曾把生物学中一个叫做"顶级群落"或"顶极"的关键概念和诗歌创作进行类比，形成了独特的生态诗学观：

森林、水池、海洋或草原上的生命群体似乎倾向于走向一种被称

---

① Steuding，Bob. *Gary Snyder*. Boston：Twayne Publishers，1975，p. 28.
② 王茜：《生态文化的审美之维》，上海世纪出版集团 2007 年版，第 265 页。
③ 胡志红：《西方生态批评研究》，博士论文，四川大学，2005 年，第 84 页。

为"顶级"的状态——（处女森林地）——许多物种，许多腐烂的骨头和树叶，复杂的能量通道，生活在树木残根中的啄木鸟，以小草堆为生的兔子。这种状态有着相当的稳定性，并牢牢地把能源控制在生物圈内——一种更简单的系统（例如在强迫者或威胁者过后留下的一片杂草）消失在天空中或流水到排水沟中。所有的进化（像个体与种类之间的竞争一样）都受到这种力量的推动，被带向顶级。在"顶级群落"或"顶极"生态系统中，落叶、死去的动物尸体等形成的死亡生物量循环产生大量能源。斯奈德写道："真菌和大量死去的昆虫释放出能力循环"，由此，"顶极"森林产生生物区，真菌产生能量的循环，启蒙领悟的思想（从禅宗意义上说）是每天自我思考的源泉，艺术能激发被忽视的内在潜力的循环。当我们丰富自己的思想、提高自己的境界、不断反省自己和了解自己时，我们就越来越接近"顶极"系统。如果不再依赖感觉、知觉和兴奋激动"直接生物量"；如果重审记忆、内在的思想和大量内在的力量和梦以及落叶般每日的思想意识，就能释放大量的理智的颗粒。艺术是无法感觉的经历和感觉的结合体；记忆是整个社会的结合体。当所有的感觉和思想的混合于一体来临时，它不是以花朵的形式出现，而是以蘑菇状展现：展现那种由土壤的菌丝体所产生的实体，并和树木的根基结合。"开花结果"之时便是诗人完成创作之时，便是艺术家再次进入创作循环之时：把他/她的创作作为养料，犹如种子撒在"启蒙顿悟的思想"田地里，深入到思想的深处吸收营养，然后再回到社会。社会和诗歌实为一体，并不分离。①

斯奈德的诗像自然一样有一"封闭的循环"，诗歌体现一种"内在能量循环"。他的诗不刻意追求什么，只是让万物各就各位，充分展示天性。万物相连，能量是万物间相互联系的纽带。每个物种都是有机整体网中的

---

① 朱新福：《美国生态文学研究》，博士论文，苏州大学，2005年，第103—104页。

一个结，没有任何物种能位高权重。能量对于自然就如气对于人一样。人死叫断气，自然死亡是指能量循环的停止。的确，"溪水满溢/诗歌流淌/溪水退落/我们堆砌石头"①。当河水流淌时，诗歌流淌；当河水干涸时，诗歌只不过是一些堆砌的石头，如同那没有生命的木乃伊。斯奈德的诗体现生生不息的能量循环。

在《关于声波》和《龟岛》中，科学不仅作为《神话与文本》中一直所提倡的"实证材料"，而且更适合作为较高个性化的"注释"或是作为一种参照框架。斯奈德对科学的兴趣集中在能源的主题上，因为斯奈德赞同费莱曼·J. 戴森的陈述："宇宙中的能量"，"我们不知道下个世纪的科学家将怎样用奇怪的行话定义能源或讨论它。但是不管用哪种语言，物理学家不会与布莱克矛盾。能源在某种意义上是生命的主人和给予者，是一种超越我们数学描述的事实。它存在于我们神秘存在的心脏，作为非活着的宇宙中的活的存在"②。

斯奈德关注能源问题，呼吁人类必须记住，石油和煤是古老植物通过太阳光作用储存的能源。"可再生的"能源包括今天所有存活的树木花草等万物，特别是主要从事能源转换工作的植物生命。斯奈德在《致诗人》中描写道，地球、空气、水、火、空间和思维都是诗人。诗歌对每个人来说都是可能的。你所需要的是一些经验——坐在山上的瞭望塔中，像普通海员那样守望，北部海岸边的潮涨，艰苦的工作，技艺等。诗人更强调另外一种能，它存在于每种生物中，以不同方式靠近太阳源，那就是"内在的能"。斯奈德经常引用布莱克《天堂与地狱的婚礼》中的那行诗"能量是永恒的欢乐"。欢乐来自哪里？欢乐是当知道非永久性和死亡时能感受到活着的乐趣。斯奈德是如此定义欢乐的：

愉悦是天真的欢乐升起

① Snyder, Gary. *Regarding Wave*. New York: New Directions Book, 1970, p. 84.
② Steuding, Bob. *Gary Snyder*. Boston: Twayne Publishers, 1975, p. 132.

伴随着意识和实现

精彩的、空洞的、复杂的，

相互渗透的，

相互拥抱的，光芒闪烁的

简单的世界，超越所有的歧视

或对立。①

欢乐表现在诗歌中，《致诗人》从五个王国探讨愉悦王国，这五个王国也是古中国和希腊看做物理世界五元素的诗，印度哲学家增加的第六个元素——思维。我们既在世界中又在世界外的唯一场所是"思维"。一首诗是那种能在过去、现在和未来看到的和被看到的存在。我们歌唱，诗歌献给所有男人女人。"内在的能"——你给予的越多，必须给予的就越多——当煤油都不复存在的时候，它将仍旧是我们的来源。

"想象和顿悟"是斯奈德诗歌另一特征。斯奈德强调获得精神能源的方法法则。《砌石》探寻出生和成长地；《神话和文本》则写各类动植物，神化它们的生活，这也成为诗人以后关于能源问题作品的模子；《山水无尽》记载了诗人和美国的自我探寻；《山水无尽》中的《蓝天》，写的是亚美利坚心理药物和语言神奇的治疗作用；《僻壤》表明荒野是无意识思维的物理延伸；《大地家族》中斯奈德把诗歌当做一种"生态的生存技艺"；《关于声波》指出：斯奈德对诗歌的回应类似于禅宗冥思，是精神能源的源泉。他的信仰受佛教研究影响，在那儿他发现声音是身体、言语和思维的表达，从而也是上帝创造的能的表述；《龟岛》是斯奈德对能量所做的最为诗意的表达。

在《石油》中，……/忍受着这所有的一切/发了疯的，着了迷的国家需要：/钢板和/太空发射所需的纯石油。② 在这首诗中，斯奈德提到一个

---

① Snyder, Gary. *Turtle Island*. New York: New Directions Book, 1974, p. 113.

② Snyder, Gary. *No Nature: New and Selected poems*. New York: Pantheon, 1992, p. 26.

国家完全依靠外在的能"石油",他一再重申他的观点:"能量是永恒的欢乐。"正如这篇文章中所表达的:渴望增长并没错,问题的关键是颠倒了,现代文明的豪华的能源增长和一种非贪婪的对自我和自然的更深知识的追寻。斯奈德断定:"洛杉矶的电不是能。"① 斯奈德的"能量"使用有不同的含义,在《大地母亲》中,他建议人们依靠他们自己即时周边环境的能量网络学会在其中生存。团结。人们。/站立着的人们!/飞行着的人们!/游泳的人们!② 在他的诗《无》中,他建议我们寻找"内在的能",一种真正的能。沉默/大自然的/内在的//内在的能/能//无……/歌唱/证明/内在能的证明。③

四 诗歌是"诗意地栖居"

居住意味着学会如何在某地域生活。它包括成为地域的本土人,通过意识到其特别的生态关系。它意味着理解和社会的进化将丰富地域的生活,恢复其生命支撑系统,建立置于地域的生态的和社会可持续的存在模式。简单地说,就是它包括完全的此地域的一切可能或者是指和此地域一样具有生命力。它包括申请一生态部落的成员资格,停止成为剥削者。不同于那些远离原居民的侵略者,居住的居民想适应此地域,也要求保护地域来适合居住。

斯奈德试图从印第安文化和古代中国哲学思想家、中国的禅宗及古代中国诗人那里寻找生态智慧,并试图证明诗意的生存是人类有可能选择的最优越、最可行的生存方式。斯奈德相信居住是指将自己定义为某地域有关联的,并意识到地域内生态系统中的相互联系。他突出强调环境和自己关系的重要性,并通过经验自我检查和增长。居住是一种人类生活的存在方式。居住并不等于住下,一些建筑物提供了房间,人们待在里面,这并

---

① Steuding, Bob. *Gary Snyder*. Boston: Twayne Publishers, 1975, p. 134.
② Snyder, Gary. *No Nature: New and Selected poems*. New York: Pantheon, 1992, p. 237.
③ Snyder, Gary. *Turtle Island*. New York: New Directions Book, 1974, p. 6.

不意味着居住。居住意味着珍惜、保护、关怀和培育。居住是建立一个空间，正是在这儿事物能够展示其本性，没有任何约束的增长，任事物呈现本真的状态。因此，人们应该奉献爱和创造。居住同时意味着保护，保存和照顾，正如耕种土地和培植葡萄。这些建筑要求我们关注——它倾向于让万物自发地生长，怀着保护和培育的感觉去建设而非凭空制造。

"充满劳绩，然而诗意地，人类居住在地球上。"① 海德格尔为我们提供了理想生存方式。诗歌，作为一可信的居住标准，是建筑的主要形式。诗歌，首先承认人类按其天性居住，是居住的最初允许。海德格尔说："只有能够居住时，才能建立。在黑森林中建立农舍，早在两百年前就被建成农舍。这儿，自足的力量让天地，神灵和凡俗进入万物的单一体，那称之为住房。"② 凡·高画笔下的一双农妇的鞋子便能轻易地沟通天、地、神、人之间的美妙关系。人与自然相处的最高境界是人在大地上"诗意的栖居"，诗，"不只是一种文化现象"，更不只是一种表达的技巧，"人类此在在其根基处就是'诗意的'"。"诗的活动领域是语言"，唯有在这一区域中，从对象及其表象的领域到心灵空间之最内在领域的回归才是可完成的。③

这种和大地的伦理和精神的关系还包括对大地历史的意识和对其所拥有的智慧的尊敬。人类需要互相影响。我们的自然环境有某种情况，我们要根据自然的需要。斯奈德在诗中写道：

听！

这活生生，行文流畅的林地
就是这样，永远

---

① Heidegger, Martin. *Poetry, Language, Thought*. Beijing：China Social Sciences Publishing House，1971，p. 216.

② Kerridge, Richard and Sammells Neil. *Writing the Environment：Ecocriticism & Literature*. London：Zed Books Ltd.，1998，p. 55.

③ 参见鲁枢元：《生态批评的空间》，华东师范大学出版社 2006 年版，第 7—8 页。

我们是它

它经由我们歌唱——

我们照样能在地球上生存

即使没有工具和衣裳！①

　　这首诗告诉我们人类最终要在这颗小蓝绿星球上居住，地球第一！人们和周围的环境是合作关系。人们应远离剥削人和资源的经济学。对自然环境最亲近的理解只能为居住其间的和不断观察在其中日常活动的人所有。当地人是专家，在使用资源和认识其所在地域的承载力方面确信他们不会耗尽所在地的自然基础。旁观者很难意识到人和大地间细微的相互作用。一个旁观者的决定往往会是以牺牲可持续发展为代价的短期资源开发。斯奈德在《地图》中写道：

一座山，一个农场，

一片森林，一座峡谷。

半座山被开垦，

半片树林。

森林山谷和山谷田地。

太阳经过

一年两至日

牧场上的奶牛

有时是鹿

农舍由木头建造。

森林由骨头建造。

---

① Snyder, Gary. *Turtle Island*. New York: New Directions Book, 1974, p.41.

高空，雄鹰

低空，乌鸦

·

野黑莓中的鹪鹩

小溪中的青蛙

夏日的炎热

雪中的寒冷

森林减少和走过

农场继续。

农场放弃和失败

森林蔓延

储备秋天不能出售谷物

大霜和树鼠挨饿

谁赢谁关心？

森林有时间。

农夫有后嗣。[①]

　　在地方居住意味着在某一特定地点独特生活的必要性和乐趣，还意味着确保该地长期居住的演化方式。一个实践在地域居住的社区通过人们生活之间的联系，其他的生物和星球上的程序——季节、天气、水循环——由地方本身所展示的这些支持的地域保持平衡。它和那种对某处土地进行短期破坏性开采来谋生的社会相对立。在地域居住是一种古老的生存方式，到剥削文明升起的几千年前被破坏，一般说来就是在工业文明扩张的过去的两个世纪里。然而，它并不与文明敌对，而是更人道的，可能也是

---

　　① Snyder, Gary. *Left Out in the Rain*. San Francisco：North Point Press，1986，p. 237.

能够真正取得文明存在的唯一方式。罗尔斯顿认为："诗意的栖息是人的精神的产物；它要体现在每一个具体的环境中；它将把人类带入希望之乡"，最终实现生存的爱和自由。栖息"就是要去感受那些在本地表现得特别明显的那些周期性的普遍现象——季节、生命的巨大的再生能力、生命支撑、时间与空间的协调一致"①。

斯奈德的诗歌不仅说到如何写诗和读诗，而且谈到如何居住。诗歌，作为一物质东西，作为一种关系，形成了世界的部分，在这中间人类自我发现是一种线索的来源，他们将世界和所在的位置进行解读。但是地方也是一种关系，一种行为。他的诗歌也体现了一种学习世界的方式，一个从中可以学会道的世界。这种写作在斯奈德的诗歌中比比皆是。本地的故事、传说和语言才最重要，因为它们教人们如何生活。传统和生存联系众多。合作、共享以及非拜物主义是人们能够在这里生活的唯一途径。斯奈德不仅营造了一个家，而且为居民的新一代塑造了家的定义。理想的居住地是家，我们必须从居住的地方开始，让环境成为家。星球的将来从家开始，家是最终谋生之地。它是一个需要承担责任，学会承受，把最好的传给孩子的地方。

的确，无论是从宏观还是微观的角度，生态系统的美丽、完整和稳定都是判断人类行为的重要标准。斯奈德号召人们回到自然，重居自然，这也是人和自然间的一种新的合作、互依、互持、互渗的认同和再体验。他所想的是握住人与自然的圣会，让"人类、男、女、老、幼……能依着永恒无尽的爱与智慧，与天地风云树木水草虫兽群生"。大地渴望这样一种理想状态："鹰击长空，鱼翔浅底，万类霜天竞自由。"人们应该像王维在《酬张少府》中所描述的那样生活："晚年唯好静，万事不关心。自顾无长策，空知返旧林。松风吹解带，山月照弹琴。君问穷通理，渔歌入浦深。"

斯奈德的诗歌价值和意义在于他完整的生态观，天人合一的主题。斯奈德的诗关注人和自然而非个人和社会，他所感兴趣的不是索取而是奉

---

① 王茜：《生态文化的审美之维》，上海世纪出版集团 2007 年版，第 4 页。

献。他提出回归自然是指导人和世界的根本。斯奈德的诗有助于人们恢复
20 世纪在同自然和宇宙异化的世界中追逐物质产品和权利中丧失的整体意
识，在文学与保护生物圈之间建立某种健康联系。斯奈德创造了一种新的
直接的、精确的、非罗曼蒂克的和生态的新型诗歌。他的诗歌有助于人们
学习如何充分地居住，更完整地融入世界。这儿有许多居住的人被他的
诗，他的榜样作用，和他看待事物和居住的导向的一种新方式而改变。斯
奈德诗歌中的基本力量就是他扩大了一个人对存在的兴趣，散发着热情干
劲，生命的力量，奔流始终。

第二节　生物学语言

斯奈德认为："……语言在相当程度上属于生物学领域。这并不是一
种激进的观点，事实上，在很多方面这是一种思考角度，这是对科学的语
言学的认真思考。如果语言是生态的，如果学语言是生理本性，四岁时我
们就能毫不费劲地掌握复杂的句法，这种能力部分也是天生的，就像消
化、肋骨是天生的一样。因此，从这种意义上说语言是生物学的。当然，
文化对语言的形成确实起到巨大作用。但语言的结构具备野生系统的品
质。野生系统相当复杂，无法理性掌握——也就是说，太过复杂而不能凭
指示和数学的方式简单掌握——它们是自我管理和自我组织的。语言是一
种自组现象。描述性的语言学来自于事后，是描述发生的一切所做的一种
努力。"①

思考要有力地扎根于大地，并从自然中创造出语言。伽利略在《试金
者》中写道："哲学被写在那部永远在我们眼前打开着的大书上，我指的
是宇宙。但只有熟悉了它的书写语言符号以后，我们才能读它。它是用数

---

① Snyder, Gary. *The Gary Snyder Reader：Prose, Poetry, and Translation*, 1952－1998, Washington, D. C.：Counterpoint, 1999, p. 329.

学语言写成的，字母是三角形、圆以及其他几何图形，没有这些，人类将一个字也读不懂。"① 语言并非在学校学的知识，与野生系统一样，它主要由自然进化来，是在房间和田野中学到的，不是在学校。语言的有序是世界秩序的反映，因此人们应该让世界来规范指导语言。优秀的写作是用的野生语言。强调语言的直接素朴性，尽可能少的用诗性修辞，高贵措辞或是夸张的诗性描写，努力让诗歌呈一种有效整体感。"野性"是自然的基本属性。正如意识所反映，它被当做一种开放意识——充满了幻想，也是警醒生存智慧的来源。人类最丰富的思维活动是反映这种自组野性。因此语言不能把秩序强加于混沌宇宙，但却反映了宇宙的荒野背景。"荒野"是自然所在地，"野性"是指一种宇宙状态。"荒野可以临时减少，而野性却永远不会消失。"② 语言并非生来与自然界隔离，它总是与大地同步，经历了同样的演化，不断的进化。哪怕是最简单句子的生成，也与历史、周围的其他生物及其赖以生存的土地密切相关。

斯奈德沉思自然写作，把自然当做书本，当做语言的生态学。他反对"语言是一种独一无二的人类天赋"的人类中心主义思想。语言是生活，饱含了思想。它不是一系列的所指符号而是一种不依赖于我们，在我们之外的有机居住。我们的技艺是去除个性让语言发挥创造力。斯奈德曾说："我们在语言前思考，思维—意象在某一点上进入语言。我们根本的思维程序是前语言的。我的一些诗达到了这种境界。"③ 换句话说，语言并非思维的出发点。斯奈德说：语言具有"生物属性"，最好的语言是"野生的语言"，普通的好文章像一座花园，在那里，经过锄草和精细的栽培，生长出来的正是你所期望的。你收获的即是你种植的，所谓种瓜得瓜，种豆

---

① 张德昭：《深度的人文关怀：环境伦理学的内在价值范畴研究》，中国社会科学出版社2006年版，第93页。

② Snyder, Gary. *The Practice of the Wild*：*Essays by Gary Snyder*，San Francisco：North Point Press，1990，p. 16.

③ Snyder, Gary. *The Gary Snyder Reader*：*Prose，Poetry，and Translation*，1952—1998，Washington，D. C.：Counterpoint，1999，p. 329.

得豆。然而真正的好文章却不受花园篱笆的约束。它也许是一排豆角，但也可能是几株罂粟花、野豌豆、大百合、美洲茶，以及一些飞进来的小鸟和黄蜂。这儿更具多样性，更有趣，更不可预测，包含了更深广更丰富的智力活动。它关于语言和想象的荒野的连接，给了它力量。①

　　生态世界是无数生命主体的家，这些生命主体以自己的方式说话，各种各样的"方言"汇合成的世界语言是文学的源泉，因此，非人类的生命主体也是文学艺术的原始作者："绿色植物是地球上最有创造性的机体之一。它们是自然的诗人。"② 这种语言表达一个重要的主题是：自然是语言的源泉，自然是唯一没有语境的文本，诗歌与大自然的韵律是和谐一致的。在诗歌《光的用途》中，斯奈德说：

　　　　它温暖了我的骨骼
　　　　石头这么说

　　　　我把它吸入体内，生长
　　　　树儿说
　　　　上面是叶
　　　　下面是根

　　　　一大片朦胧的白
　　　　把我引出黑夜
　　　　逃逸中的飞蛾说

　　　　我闻到东西

---

　　① Snyder, Gary. *A Place in Space：Ethics, Aesthetics, and Watersheds*, Washington, D. C.：Counterpoint, 1995, pp.173—174.
　　② 王晓华：《后现代话语谱系中的生态批评》，载《文艺理论研究》2007 年第 1 期。

　　我看到东西

　　我还看见有东西在动

　　鹿儿这么说

　　高楼

　　在辽阔的平原上

　　若上

　　一层楼

　　可穷千里目

　　禅 ①

　　在这首诗中，语言不是人在说，而是石头说，树儿说，飞蛾说，鹿儿说，诗人只不过是将自然界万物所说的进行记录和整理。这种风格贯穿斯奈德诗歌的始终。

　　语言独特的文学使用功能能把我们与自然世界重新联系起来，诗歌是对大自然自身韵律的回应。海德格尔曾把自然称为"直立的仓库"。如果自然真的沦为一个仓库，那么诗歌的作用尤为重要：诗歌一定是"收容自然的避难所，是容纳'存在'的场所"，它必须直截了当地去为自然的权利辩护。当然，最好的生态诗歌是不带有明显的政治色彩和宣传色彩的。诗歌之所以能成为生态诗歌，在于它把地球看做我们的"家园"和具有"位置感"的居住地。正是在这个意义上，诗歌可以被我们称为"我们拯救地球的真正所在"②。

　　在原始部落的口传历史中，由故事、歌谣、仪式创造的言语世界，包含了世代口述者对其居住的物质世界的一种记忆，他们用语言方式传递着

---

①　Snyder，Gary. *Turtle Island*，New York：New Directions Book，1974，p.39.

②　朱新福：《美国生态文学研究》，博士论文，苏州大学，2005 年，第 99－100 页。

关于如何在这片大地上生存的重要信息。许多口头文化传统已被当代作家复活，它们积极地影响了许多作家对自然的看法，甚至影响生态作家的想象。斯奈德诗歌的语言属于一口头传统，这种传统坚持削弱诗歌与日常用语的明显差别，这原是一种典型的西方式的，尤其是英国和美国式的传统。

第三节　大地语法

语法不仅是语言的，而且是文化的和文明本身的，都来自于我们的辽阔的母亲。"野蛮的，号叫的"是描写"优雅的舞蹈家"和"好的作家"的另一种方式。一个语言学家的朋友曾经评价道，"语言仿佛是母亲自然的感觉：它如此有力的规定这儿有 99％的狂野。"① 斯奈德的诗歌采用"黄褐色语法"即"大地语法"，黄褐色指大地的颜色。"斯奈德认为语法，比如说暗喻，是解读现实的方式，'黄褐色语法'来自于自然本身，有无数种显示。"② 在斯奈德诗歌创造中具体体现为场域观、并置结构、动词时态，以及各类表达逻辑关系之类的词和结构的省略。场域观体现了万物各就其位，互不干涉，但又互相影响，互相依赖。并置结构体现了万物的生存状态，世界的本来面目是各物种展示各自的生命，各自的美，它们的并置不是单个物种的组合，而是合成了一个有机整体。整体绝不是单个的总和，它代表着永恒。时态的省略消除了人为规定时间的机械性，体现大自然是永恒的，现在是过去和将来的中转站。

现以斯奈德的诗《元儿》为例。

---

① Snyder, Gary. *A Place in Space*: *Ethics*, *Aesthetics*, *and Watersheds*. Washington, D. C.: Counterpoint, 1995, p.177.

② Murphy, Patrick. D. *A Place for Wayfaring*: *The Poetry and Prose of Gary Snyder*. Corvallis: Oregon State University Press, 2000, p.148.

Gen

little frown

buried in her breast

and long black hair

Gen for milk

Gen for sleep

Gen for looking—over—shoulder

far beyond the waving eucalyptus

limbs and farther dreaming crow

flying slow and steady for the ocean;

eyes over drippy nipple

at the rising shadow sun

whales of cool and dark

Gen patted—on—the—head by Kai,

"don't cry"①

　　在诗中分词使用频繁，时态的缺乏使诗歌免受特定时空限制，从而可以让诗所带来的感受永久。时态的缺乏有利于靠近混沌存在的本身，忽略了主体和客体的区分。存在不限制在特定的时间概念，时间概念本来也是人为强加的机械概念。简易的表达因分词的使用更加有力，正如阿尔特瑞所评价："唤醒的大脑和自然的相互转化在这首诗中通过斯奈德对分词的使用而显得越发美丽。"② 西方对时间的机械划分是过度理性的。西方人习惯将存在概念化，而不是去展示其天性。他们喜欢去隐瞒，不允许读者与万物保持联系去体验那种感染。正如看电视一样，每件事情碰巧都是我们

　　① Snyder, Gary. *Turtle Island*. New York: New Directions Book, 1974, p. 74.

　　② Murphy, Patrick. D. *A Place for Wayfaring: The Poetry and Prose of Gary Snyder*, Corvallis: Oregon State University Press, 2000, p. 70.

眼前的一场实况转播,是一种继起的现在,不管是发生在过去还是在将来。英语文法包含着大量的表示逻辑关系的元素,如动词的时态、单复数、指示代词、介词、连词和各种主从关系。这种强调逻辑的理性化的文法结构往往会阻隔读者的直接感受的体验过程。这种语言应该有一些新的调整去打破篱笆去拥抱真正的世界。斯奈德对英文的表达模式进行了大胆的解构,在诗歌中他频繁地省略介词、指示代词。指示代词的取消,使客观的、描述性的叙述与内心叙述相吻合,而这内心叙述同时便是与他者不停展开的对话。正是在这吻合处,人达到忘言状态。介词的省略与人称主语的省略相结合,从而去掉了动词所有对方向的指示,并由此激发了一种可逆的语言,其中主体和客体、内部和外部处于一种交互关系之中。

场域是指语法和空间的切断。诗行之间和单词之间的空白不是随意的,而是体现一种节奏,是诗歌的呼吸。它不仅是在视觉上产生美学效果,而且在声音上也起着断句断行断意的效果。这种诗学观来自于斯奈德常年的大自然体验。大自然的万物之间紧密相连,各在其位,各物之间在空间上是有距离的,正是这种距离产生了循环、产生了美,这些理念体现在诗歌的场域特征上。场域的诗歌看上去颇像具象诗,即把诗歌的形状按照某种实物的形状排列,如蝙蝠、飞机、苹果、树叶的形状。具象诗是一种刻意地追求,是一种煞费苦心而营造的诗歌的视觉效果。而斯奈德的诗是一种天然的,没有刻意地痕迹,就像一块璞玉,稍经加工而成,它的价值不在于工艺,而在于玉的本身。具象诗看重的是形式,强调第一眼看上去的视觉震撼。斯奈德的诗歌则是一种平平淡淡才是真的存在。《砌石》这首诗做到了内容和形式的有机统一。

> 放下手中的文字
> 如将岩石放在你的思绪前。
> 放稳,用手
> 选好位置,放在灵魂和躯体

时间和空间的前面：

实在的树皮，树叶，或墙壁

乱石堆：

乳白色的鹅卵石，

迷路的星星，

这些诗歌，这些人们，

迷途的小马

拖曳着马鞍和

岩石上稳健的脚印。

大千世界就像漫无边际的

四维

轮回的游戏。

蚂蚁和圆石头

在薄薄的土壤里，每一块岩石都是一个文字

一块小河冲洗过的石头

花岗岩：饱含着

火焰与重力的折磨与痛苦

水晶与沉积物的发现

立刻改变了所有，在思想上，

和物质上。①

此诗记载一种铺路技术，在山中修可供马匹通行的石头路。不同于柏油水泥路，这种铺路主要根据岩石的大小和纹理来仔细挑选石头而铺成。此诗的文字排列就像"砌石"的铺路岩石一样，在诗歌中为诗行寻找适当位置，体现出表面简朴而实则深奥的结构。石头之间并非紧密相连，中间

---

① Snyder，Gary. *Riprap and Cold Mountain Poems*. San Francisco：Grey Fox Press，1982，p. 30.

留有空隙，但却不能在空隙中再置放任何东西，它的结构是固定的，持久的，不用担心热胀冷缩，不用担心风化。它虽不像水泥柏油路那样平整，但却比它们更具生命力，因为它们体现自然性，而水泥柏油路则体现人为规范。斯奈德的诗歌属于那种更持久的东西，难怪他被认为是垮掉派中唯一活着的声音。笔者认为这既是对诗人生平的概括，也是对其诗学的肯定。

并置结构是斯奈德诗歌的另一特征，叶维廉把斯奈德诗歌中多个意象的并置称为"定象叠景"，这种句法结构深受中国古典诗歌的影响。"古道西风瘦马，小桥流水人家"，这行诗充分体现了这种特质。斯奈德深受中国文化影响，尤其是中国古典诗歌影响，他的诗歌有很浓厚的中国味，其中意象的并置就是一个突出的特征。下面以"马六甲海峡，1957 年 10 月 24 日"为例。

a.
柔柔的雨落于
灰色的海面，一只燕鸥
仍然超低滑翔在低低的
白色浪尖
就在船身之后
b.
柔柔的雨落于
　　　灰色的海面
一只燕鸥
　　滑翔着掠过
　　　波浪
船儿无声的
　　　尾波

c.

雨雾笼罩于

　　　　水面

燕鸥滑翔于

波浪的上方，

　　　　尾

波①

　　完全不同于演绎、分析性的说教和解释，这首诗在美学上更加细微和更具象征性。在独立而又并存的特殊关系中，所有的意象一道营造出了一种氛围，一个环境和能够唤醒某种表达的状态，而不强加任何个人的主观评论。因此，读者能走进诗中，做短暂停留，然后再将自己融入其中，最后通过抓住强烈的意象来参与审美体验。所有的意象都有助于读者捕捉到那一刻。语法的灵活性有助于单词间建立一种自由的关系。读者解读诗时既不会太近也不会太远，介于指意和非指意的状态中，在指意前会有一个类似的意象的自我展示状态。所有的单词看上去都是宇宙空间中的一个意象。读者能从各种角度进入和走出，好像面对着霓虹灯柱下的物体，在各个不同的侧面有不同的意象。并置的句法结构打乱了常规的逻辑的语法，直接地展示出令人震惊的视觉意象，意象的独立性也随之而增强。所有这些都会在所有的意象中产生一种共存的和同时的空间张力，正如画中所见，这也是电影蒙太奇的效果——代替其主导作用的逻辑陈述而呈现出多维度的暗示和意象的并置。

　　这首诗的最明显的特点是演出的作用。仿佛在眼前的一场正在上演的戏剧表演。观者的直接感受是流变。像电影的语言，它不再是一系列的始终不变的"现在"。时间的变化并不存在于电影本身，而是观者在观察中的抽象感。所有的状态和活动的并置比通过阐释赋予诗歌更多的意义。揭示自然的方式能够指导我们走向时空的律动。在这里，诗歌的目标不再是

说教性的，相反，它向我们展示了万物的"精神回应生命律动"。

斯奈德的很多诗歌都采用了这种"定象叠景"的并置结构。这种结构不同于其他西方诗人，他试图远离分析性的、推理性的逻辑，成功的取得了万物的直接演出。像画画和雕塑那样这种方式会凸显视觉效果和空间的想象，这种不定的关系能够带来多重的暗示和多维的空间。意象的并置能通过空间体现时间，在时间中体现空间。但如果斯奈德充分的放逐自我，创新地调整自我和世界的关系，用直觉去把握事物的原初状态，结果是，人类也能从本土的环境中看到自己的演出。斯奈德翻译过柳宗元的《江雪》：

These thousand peaks cut off the flight of birds（千山鸟飞绝）
On all the trails，human tracks are gone.（万径人踪灭）
A single boat—coat—hat—an old man（孤舟蓑笠翁）
Alone fishing chill river snow.（独钓寒江雪）。

最后两句的翻译是完全的中文式英语，却又恰恰是他成功的地方。从这两句诗的翻译我们可以看出斯奈德在翻译中保留了中国诗歌中的意象美，使诗歌的翻译没有成为诗歌中所失去的，而且在内容上和形式上都完全忠实原文。由此可见，斯奈德不仅是一位诗人，也是一位高明的翻译家。此诗的翻译充分体现了诗人的翻译观："翻译就是能量交换过程中不可或缺的转换器。"①

第四节　虚空形式

斯奈德的诗歌以其异常凝练的形式和音乐性著称。斯奈德发展了一种

① Snyder，Gary. *The Real Work*：*Interviews and Talks* 1964—1979，New York：New Directions Book，1980，p. 66.

叙述体，这种文体体现了一种平衡人和环境之间关系的意识模式。他曾经说道："每当我的脑海里闪现诗歌灵感，边说边写时，诗行本身会建立一种基本规范，哪怕是整首诗中的一类富于音乐性和节奏感的句子。我写下诗句后会搁置好久，修改后的部分会有许多音调优美的诗行。在朗诵会上，创作的新诗在情节上和音乐上的细微瑕疵，立刻就会被发觉。我并不太注重音节和重音，但是一般来说，在诗确定形成之后，我会去探索，而且我还要超越这一点。"① 斯奈德认为旧的形式不再适用，诗人应该努力创新。诗歌的要求已不同于过去，传统的模式不再有效。不同时代不同地域的诗歌要求不同的形式。正如汤姆森·珀金森所指出的，斯奈德早期的工作是"……不管各种威胁而孤注一掷地去打破各欧洲形式的不和谐结合'。这些'态度'——最终在'对立的和解'中得到解决，而在这点上叶芝、艾略特、庞德都没能成功——这种追求引导斯奈德去尝试，最终创建了自己的诗歌合成。从哲学上来讲，那已超越现代诗歌传统一两步"②。

　　斯奈德的自然和扎根美国西部的情结最明显的体现是他的口语体。尤为重要的是在他的诗歌节奏中能感受到荒野世界。斯奈德的大部分诗是根据感觉而非意念来写，许多诗都如此靠近肌肉及呼吸的节奏。在创作《山水无尽》时，斯奈德说："大盆地的形式和空告诉我们如何靠近它；年轻人的勇猛，不可能是荒野中的玛纳。"③ "空即形式，形式即空。"对斯奈德来说，自由体和场域构成使诗歌的形式更加开放，能在打印纸上拥有最大的灵活性和可能的变化，能够任意进行选择。反之，就注定要受形式束缚。在现实生活中，"空"产生同情，也就是说，如果心是空的，那么你就会按事物的本来面目去回应事物。没有扭曲，没有打扰。像平静的水面，万物都能在镜中留下自己的影子。

　　① Snyder，Gary. *The Gary Snyder Reader：Prose，Poetry and Translations*. New york：Counterpoint，1999，p.333.

　　② Steuding，Bob. *Gary Snyder*，Boston：Twayne Publishers，1975，p.30.

　　③ Snyder，Gary. *Mountains and Rivers Without End*，Washington. D. C.：Counterpoint，1996，p.158.

　　无声是一种技艺高超的艺术形式。在音乐中，无声不是可以机械地计算的节拍；通过打断持续的展开，它创造出这样一个空间，这空间则使声音得以自我超越并达到一种声外之声。斯奈德曾经回忆在早年中国文学对他的影响时说道："我特别被一些自然的诗歌所打动，某种宁静浸透在某些中国诗中。"[①] 陶渊明《饮酒诗》中的"此中有真意，欲辨已忘言"这句诗，我们也可以看出陶把无声当做艺术的倾向是显而易见的。维特根斯坦上楼抽梯的比喻与道家"得意忘言"的典故异曲同工。描述本身好比是楼梯，借助它登上高楼，楼梯只是登向高楼的必经之路，只是达到目标的手段。下一步则是登楼弃梯。柏拉图认为："任何明智的人都不会鲁莽到把自己用理性思考过的东西，用语言表述出来，尤其不会用固定不变的形式来表达，而那正是文字符号的情形。"[②] 这段话是说事物的真理难以形之于语言文字，文字不过是不得已而用之的标记，指点你去认识那超越语言的实在。同样在翻译实践中，无法翻译的当然是文字无法传达的内容，但同样也是文字添加给语言的内容。符号是人类精神活动不可或缺的；所有的表意制度均由符号组成。通常认为，符号的用处是为了表意，意思一旦表达了，符号即可扔去，即所谓"得鱼忘筌"。

　　斯奈德深信诗歌之声来自人类也来自无言而生动的非人类世界——自然。自然有自己的节奏，有时是无法言说的。语言的任务是保持自然的原初性，不是去改变万物天性。语言的该功能在斯奈德的诗"表面的涟漪"中得到了很好的阐明。

　　　"表面的涟漪——
　　　像银色的蛙鱼，从微风泛起的涟漪下面
　　　游过，一个接着一个"

---

　　① 区鉷：《加里·斯奈德与中国文化》，《中国人文社会科学博士硕士文库》文学卷，浙江教育出版社 1998 年版，第 1824 页。

　　② 张隆溪：《同工异曲：跨文化阅读的启示》，江苏教育出版社 2006 年版，第 24 页。

风儿吹起的浪花——

一只驼背的鲸鱼

跃出水面呼吸

一口吞下青鲱鱼

——自然，不是一本书，而是一场演出，一个

非常古老的文化

永远新鲜的事件

挖出，擦出，用了再用，再用——

如辫的江河分流

隐藏在草地的下方各处——

辽阔的蛮野

那房屋，孤独。

小小的房屋在蛮野，

蛮野也在这房屋。

两者都已被忘却。

无性

两者聚拢合起，一个偌大的空房①。

　　此诗从如何区别水面上不同的涟漪的引用开始，这是指一种阅读自然的方式。"自然不是一本书，而是一场演出。"通过对房子和蛮野，人类和非人类的野性的二分解构得出结论："无性/两者聚拢合起，一个偌大的空房。"最后这行反映了所意识到的现象世界是非必需的佛教意象。斯奈德

---

① Snyder, Gary. *No Nature：New and Selected poem*，New York：Pantheon，1992，p. 381.

在禅宗训练中说过:"真实是无法言说的;因此'澄明真理'只是徒有虚名。"① 这也是斯奈德喜欢的方式,"当你到那儿时就没必要交谈,好像我们是动物只通过无声的心灵感应交流"②。"它是一种不适应于语言的内在的体验秩序。语言无词可谈,当你用语言表达时,你就已经失去了它;因此最好是不要谈。"③

斯奈德认为"诗歌处在思维的非言语状态和语言天赋的相互交错的复杂体系中"④。"真正的诗行介于能说和不能说之间。那是真正的危险困境(如履薄冰)。达到此境界的诗非常令人激动,远离这种境界的诗不会很奇妙。那些让人惊心动魄的诗才是真正的诗,才是写得漂亮的诗。其中大多数都无法言说。"⑤ 写出来的是"实",未写出来的是"虚"。"实"与"虚"是不可分离的合作伙伴。从中国的观点来看,虚,并不像人们可能设想的那样是一种模糊的或者不存在的东西,而是一种至为生机勃勃的、活跃的因素。它与生气和阴阳交替原则的思想联系在一起,构成了杰出的发生转化的场所;在那里,"实"将能够达到真正的圆满。实际上,正是它,通过在一个既定的系统内引入间断性和可逆性,从而使得系统的构成单位超越僵硬的对立和单向的发展,同时为人类提供了一种整体化的方式接触宇宙的可能性。⑥ 一个成功的诗行能够创造语言的这两种效果,像中国的山水画一样,让读者接受"实"与"虚"的融合。作为一种负面的空间,画中的空能够产生一种发人深省的和沉思的状态,允许万物按自己的方式呈

---

① Snyder, Gary. *The Real Work*: *Interviews and Talks* 1964—1979, New York: New Directions Book, 1980, p. 21.

② Keroruac, Jack. *The Dharma Bums*, New York: the New American Library, 1959, p. 50.

③ Snyder, Gary. *The Real Work*: *Interviews and Talks* 1964—1979, New York: New Directions Book, 1980, p. 21.

④ Murphy, Patrick. D. *A Place for Wayfaring*: *The Poetry and Prose of Gary Snyder*, Corvallis: Oregon State University Press, 2000, p. 169.

⑤ Snyder, Gary. *The Real Work*: *Interviews and Talks* 1964—1979, New York: New Directions Book, 1980, p. 21.

⑥ [法] 程抱一:《中国诗画语言研究》,涂卫群译,江苏人民出版社 2006 年版,第 321 页。

现。整个画面可能无限伸展至无穷。诗行通过调整语法变得更加灵活，因此，意象和事件能保持自己的多重空间和时间的延展。尼采说："在语言的牢笼里，如果我们拒绝见到，我们就不能不思考，因为我们不能不怀疑我们所见到的极限是否真是极限。"①

没有语言，诗人不可能进行表意活动，但是一个好的诗人应该试着朝向这样的一个目标：意犹未尽。斯奈德的诗歌就是朝着一个这样的方向。像在荒野中，斯奈德的诗暗示着一种深的和复杂的有机体结构，此结构是如此丰富以致看上去像是混沌一片。斯奈德的写作体裁和他的主题相符；读他的诗和散文像是在草地上散步而非在阅兵典礼中迈步。在他诗歌中斯奈德常提到各种工作节奏的重要性，他的经验观在很大程度上是指工作观，那是一种缓慢的注入世界的力量。"你不能依靠，也就是说你所积累的智慧技能和声誉——你只不过担任着那些走向你的事物的乐器。"② "每首诗在能量—思维—田野—舞蹈中成长，有自己内在的年轮。任其生长，任其为自己辩护，这就是诗人的大部分工作。"③

不同于任何一种传统诗歌形式，斯奈德的诗歌就是让万物各就各位，没有人为的介入。诗人只不过是一台留声机，将自然界中的天籁记载下来；诗人只不过是个能量转换器，将大自然的语言翻译出来。因为文明现代人越来越脱离他们的根，已经听不懂自然界最生动的、最原初的语言。文明现代人习惯把万物纳入到一种规范的人为秩序中，就像走入商场一样，每样货物都放好在物架上。而不明白表面看上去混沌一片的大自然秩序。在这种秩序中有能量流动，有生态循环，完全不受外界干扰。这种无序的有序才是真正秩序。人为的井然有序只是表面的，它不产生任何生命。所以无序中的有序才是本真的秩序，自然是有规律的，规律只能为人所发现，却永远不可能为人创造。就如木匠做工，那一套技艺好像是人为

① Jameson，Fredric. *The Prison—House of Language：a Critical Account of Structuralism and Russian Formalism*，Princeton：Princeton University Press，1972，p. 111.

② Steuding，Bob. *Gary Snyder*，Boston：Twayne Publishers，1975，p. 34.

③ Steuding，Bob. *Gary Snyder*，Boston：Twayne Publishers，1975，p. 35.

的，但事实并非如此。门该怎么修理是由门来决定的，高明的木匠知道与门交流，遵循门的指令。外行者听不懂门的语言，自然也就无从下手。

从本质上来说，斯奈德的诗表面简朴实则深奥，而这正是斯奈德诗歌最具魅力之处。斯奈德写诗追求雅俗共赏。他的诗浅显易懂、直接素朴，绝非晦涩难解；但是他的诗又不容易完全领会。翻译斯奈德的诗可非易事，在中国至今尚未有斯奈德的译诗集出版。斯奈德曾说道："我试着用那些粗糙、朴素、简短的词，但其复杂性深藏在远离表层结构之处。"① 其诗歌表明了陈述的直接和简朴，思维的明确和闪耀，情感的深奥和深厚。措辞的简洁让人联想起文学民谣的传统，高明的诗人用一个简单的结构去叙述一些原始的和根本的东西。世界上有两种简单：表面的简单和深奥的简单。圣人的生活是深奥的简单——即看上去简单但实际上深奥，而野人的生活是彻底的简单。斯奈德的诗属于前者。

第五节　生态文化

斯奈德的写作主要关注今天美国文化最关键的问题和人与星球中其他部分之间的全球性关系。他一直在努力塑造生态文化，一种新的文化建立是在治疗而非掠夺性的。斯奈德本能地理解扎根于生态系统健康的保护和重建社会正义文化的成功成长要求对文化传统的深厚理解。斯奈德真正感兴趣的是帮助我们治疗地球。真正的文化存在于学习地球和人类多年来如何居住，而不只是任何符号；学会在符号的混沌中理解地球的声音；学习如何与他者进行对话，现在的他者以及我们之后的他者。文化的真正价值不仅是生态圈而且是人类的健康。"所有的工作都应该根据它是否有助于精神的、思维的、身体的——个人的，家庭的，僧团式的，自然的和地球

---

① Steuding，Bob. *Gary Snyder*，Boston：Twayne Publishers，1975，p. 28.

的健康。"① "在许多程度上能够治愈但并不真正是心理治疗——主要是治疗，真诚地、继续地唤醒以地方为中心的美好传说，神话传说，自由流动的国际主题和主旨，唤醒每个人意识中这些美好的东西，向每个人展示他们的身份，给予人们一种地方感。"②

"斯奈德对文化的贡献是其区别真伪的能力，他对右翼观点和右派实践的坚持。"③ 他的文化培养不仅来自图书馆，而且来自与土壤、树木、岩石、机械、人们观念有关的和最原初的未经加工的自然有关的工作。在这方面，文化关注自然中生长的，纯天然的东西；文化关注地域的野性。统一庞大的国家文化应该受到批判和挑战。"斯奈德跳出国家文化的圈子走向更大程度的文化，成为一种积极的人类塑造的几代人的努力，同时正成为全社会跨越时空极限的某时某人的工作。"④ 正如谢尔曼·保尔所说的，"我们不能期望文学治愈我们"，它将"……通过展示新的和真的可能性，以及通过生活中和艺术中所取得的诸多有意识的努力来鼓励我们。斯奈德的著作……就是如此"⑤。

真正让斯奈德感兴趣的不是分类的和取得辉煌成就的零星文化，而是能帮助我们治疗地球的思维模式和世界观。斯奈德提醒我们土地耕种、植物和动物群落的古老意义，提醒我们维护和谐相处所必要的精神和物质发展。斯奈德不是文化进化的代理人，而是将最近4000年的原始的和文明的智慧收集起来并灌注于实践的瑜伽徒，他积极地努力克服狭隘的文化人类中心主义的观点，关注非人类。他对龟岛的生活和土生的文化感兴趣，同时，对欧亚的文明也感兴趣。斯奈德比大多数人更早更好地理解自然、生

① Halper, Jon (ed.). *Gary Snyder: Dimensions of a Life*. San Francisco: Sierra Club Books, 1991, p. 423.

② Snyder, Gary. *The Real Work: Interviews and Talks* 1964—1979, New York: New Directions Book, 1980, p. 176.

③ Halper, Jon (ed.). *Gary Snyder: Dimensions of a Life*. San Francisco: Sierra Club Books, 1991, p. 423.

④ Murphy, Patrick. D. *A Place For Wayfaring: The Poetry and Prose of Gary Snyder*. Corvallis: Oregon State University Press, 2000, p. 125.

⑤ Steuding, Bob. *Gary Snyder*. Boston: Twayne Publishers, 1975, p. 168.

态，人和自然的关系。

斯奈德的文化理论主张对话，主张不同文化"交互灌溉"。他说："当今的人类约有 40000 年历史，至 1900 年止横跨 3000 种不同语言和 1000 种不同文化。每一种仍存活的文化和语言，都是无尽交叉灌溉的结果——不是文化的'起与落'，而是像花一样有周期性地吸收——开花——绽放并播撒种子。今天我们比以往更清楚人们生活方式的多样性和可能性……我们现代化的原因之一是因为我们了解到我们与我们的起源——即所有其他文化里的人，和所有的时代——是一体的。每一社会结构或习俗的种子都在我们的心灵里。"①

斯奈德的诗学观是一种整体论生态诗学观，无论是从主题、形式、语法、语言还是其文化观无一例外的都是来自于自然界，而非人类社会。将生态学和文学创造联系得如此之紧密，贯彻得如此之彻底，恐怕是首推斯奈德的诗。斯奈德的诗不是人类关于自然的赞歌，而是自然的自我歌唱，是"一幅生动的自然律动的速写画"②。斯奈德只是起着摄像机作用，将自然的状况如实地反映；斯奈德只是起着留声机作用，将自然的声音如实地记载。诗人用一生的荒野实践获得的对荒野的敏感理解，使他担任了人类和自然之间的联络员，他的诗歌是人类和自然共存的荒野国度。

---

① ［美］加里·斯奈德：《山即是心》，林耀福、梁秉钧编选，（台北）联合文学出版社 1990 年版，第 243 页。

② Murphy, Patrick. D. *A Place for Wayfaring*：*The Poetry and Prose of Gary Snyder*，Corvallis：Oregon State University Press，2000，p. 18.

| 第三章 |

加里·斯奈德诗歌的后现代维度

后现代主义是 20 世纪五六十年代出现在西方发达资本主义国家的一种社会文化思潮。第二次世界大战之后，尤其是 60 年代以来，一些美国诗人为日益尖锐的种种社会问题所困扰。他们转向东方文化寻找出路，探索人和自然的关系。努力通过自己的诗歌创作呼唤人性与人情的复归，号召人们重返大自然，与他人真诚合作，追求勤劳自足的心态。这样的精神与现代主义诗歌所表现的人与自然、人际关系冷漠的危机意识之间既存在联系，又恰恰相反，这正是后现代主义思潮在美国现当代诗歌中的一种表现。后现代主义并非一种特定的风格，而是指超越现代主义的一系列尝试。它包括现代派美学准则的突破，恢复被它抛弃的艺术风格，一统天下的精英意识的消退和大众化美学的兴起。

1955 年 10 月 13 日晚在六艺画廊，金斯伯格朗诵了《号叫》的第一部分。这声情并茂的吟诵成了美国诗歌的转折点，拉开了美国后现代诗歌的序幕。一些期刊化的杂志评论家，认为像斯奈德这样的诗人必须被当做是"后现代的"，环境哲学家马尔克斯·奥尔斯拉杰尔（Max Oelschlaeger）

声称"斯奈德是第一个真正的后现代人"①。

　　垮掉一代的艺术特征主要体现在以下几方面：（1）诗人毫无顾忌地在诗中坦述自己最隐私、最深刻的感性，提倡"自发写作"。（2）反对学院派晦涩深奥，创造一种更为普及的大众化"开放诗"体，强调感觉的自然流露，主张打破作者与读者的障碍，将诗歌变为艺术演出，创造所谓"放射诗"。雷克斯罗思说："他们都相信诗歌是人与人言论上的交流，所以都避免学究式的含糊不清和上代人形而上学的词句游戏，并寻求意向的明晰和语言的简单。"②（3）深受法国超现实主义影响，推崇非理性和潜意识，爱好描写梦魇、幻觉和错觉。想象丰富、感情奔放，但缺乏逻辑性和整体性。斯奈德认为"欧洲的农民巫术，孟加拉的祖教，英国的教友会，日本的立川流，中国的禅联结在一起，组成了伟大的亚文化……奥妙的精神与肉体爱的幻象"③。斯奈德的诗能启发人的灵感。《砌石》起着清扫地面的作用，在拥挤的文学风景中建立自身空间。斯奈德诗歌的典型特色是：（1）荒野，或东方背景；（2）避免抽象，强调精确；（3）简单有机的形式，意象清晰明了；（4）注重口头传统；（5）深奥难解的典故；（6）偶然的性爱场面。④ 这些特色共同组成了斯奈德诗学中的后现代维度。本节从"在路上"的生活方式、后现代的精神探求、不确定性、"垮掉一代"与爵士乐、感官诗学、"没有意念，只在物中"、草根诗学七个方面来探讨。

---

　　① Halper, Jon（ed.）. *Gary Snyder：Dimensions of a Life*. San Francisco：Sierra Club Books，1991，p. 365.

　　② 柳鸣九编：《从现代主义到后现代主义》，中国社会科学出版社 1994 年版，第 306 页。

　　③ 曾艳兵：《西方后现代主义文学研究》，中国社会科学出版社 2006 年版，第 62 页。

　　④ Steuding, Bob. *Gary Snyder*. Boston：Twayne Publishers，1975，p. 22.

第一节　"在路上"的生活方式

20 世纪 60 年代的美国文化是"现代社会向后现代社会转换最为明显的一个年代"①。"垮掉一代"是 50 年代初发端于旧金山和洛杉矶，随后风行全美国的一场文学艺术运动，属"后现代主义"②。"垮掉一代"作家鄙视一切规章制度和传统观念，过着放荡不羁的生活，披长发、穿奇装异服，玩世不恭，以怪诞言行来发泄对社会现实的不满，形成了自己独特的社会圈子和处世哲学。他们在书店、俱乐部、咖啡馆、餐厅等各种场所朗诵诗歌和小说，讴歌他们群居、吸毒、饮酒等"反叛"生活。"六十年代美国青年纷纷接受'垮掉'的生活方式，一时爵士乐、摇滚舞、吸大麻、性放纵乃至参禅念佛和'背包革命'（即漫游旅行）风靡全美，乃至影响了整个欧洲。"③

《在路上》是杰克·凯鲁亚克的第二部小说，"在极度的时尚使人们的注意力变得支离破碎，敏感性变得迟钝薄弱的时代，如果说一件真正的艺术品的面世具有任何重大意义的话，该书的出版就是一个历史事件……"④吉尔伯特·米尔斯坦给《在路上》以充分肯定："这部小说的出版极具历史意义……是数年前被克鲁亚克本人命名为'BG'的最不拘一格、语言最朴实无华却最为重要的一部作品。他无疑是 BG 的化身。"⑤ 历史证明以克鲁亚克及其 BG 伙伴经历而写成的这部汽车—流浪小说具有其他经典作品那样的历时性/永恒性价值。

---

①　［美］戴维·斯泰格尔沃德：《六十年代与现代美国的终结》，周朗、新港译，商务印书馆 2002 年版，第 227 页。

②　曾艳兵：《西方后现代主义文学研究》，中国社会科学出版社 2006 年版，第 155 页。

③　曾艳兵：《西方后现代主义文学研究》，中国社会科学出版社 2006 年版，第 155 页。

④　［美］杰克·凯鲁亚克：《在路上》，王永年译，上海译文出版社 2006 年版，封底。

⑤　文楚安：《"垮掉一代"及其他》，四川大学出版社 2002 年版，第 146 页。

《在路上》描写一群不满战后美国社会现状，精神陷于苦闷彷徨的青年，对前途感到渺茫，就以性爱、吸毒、流浪等来充实自己，麻痹自己。这部小说正是上述反主流文化的艺术表现，在美国青年中广受欢迎。《在路上》一直被公认为是以离经叛道和无视权威为主要特征的"垮掉派"文学不折不扣的代表作。正如书中所写"我愿意放弃一切，听从她的支配，假如她不要我，我就一走了之，浪迹天涯"①。"我们在前排，接过了方向盘。迪安又高兴起来。他别无他求，只要手里握着方向盘，脚底下有四个轮子在转动，他就心满意足了。"② "垮掉一代"完全是个人化行为，他们在寻求/探索一种新的生存方式，身心在感受一种新的生存体验，"因为疯狂而生活，因为疯狂而口若悬河，也唯有疯狂才能拯救他们自己"③。

表面上，这些症候可以归结为拼命而疯狂地追求感觉的宣泄，极端的神经质，不停地摧残自己的身体（"垮掉一代"总是"寻欢作乐"，总想"尝试"任何事，无论是纵酒、吸毒、性滥交、高速开车，还是信奉禅宗佛学）。就内在而言，他们之所以做出过度反常的行径，是出于一种精神目的。"垮掉一代"自诞生之日就不抱任何幻想，他对迫在眉睫的战争无动于衷，对政治生活的贫瘠空洞以及来自社会其他方面的敌视冷漠也同样熟视无睹。他甚至对富裕生活丝毫不为所动。他不知道他寻求的避难所在何处，可是他一直不断地追寻。正如霍尔姆斯指出，《在路上》中的人物实际上是在"寻求，他们寻求的目标是精神领域的"。"虽然他们一有借口就横越全国来回奔波，沿途寻找刺激，他们的真正旅途却在精神层面；如果说他们似乎逾越了大部分法律和道德的界限，他们的出发点也仅仅是希望在另一侧找到信仰。"④

"on the road"一词已进入美国人的日常用语，有着特殊含义，与"背

---

① ［美］杰克・凯鲁亚克：《在路上》，王永年译，上海译文出版社 2006 年版，第 291－292 页。

② ［美］杰克・凯鲁亚克：《在路上》，王永年译，上海译文出版社 2006 年版，第 269 页。

③ 文楚安：《"垮掉一代"及其他》，四川大学出版社 2002 年版，第 171 页。

④ ［美］杰克・凯鲁亚克：《在路上》，王永年译，上海译文出版社 2006 年版。

包革命"同义：向往自由，精神独立，敢于冒险，勇往直前。"在路上"已经演绎为一种新的生活方式的代名词。"在路上"，昭示的是一种自由自在、无拘无束的生活，可以说它触及人与生俱来的本能要求，唤醒的是一种美好、温馨、浪漫而又刺激冒险的情怀。"在路上"生活方式象征着追求自由、敢于冒险、不循规蹈矩、不知疲倦的人类精神和创造。在美国战后最沉闷乏味的 50 年代，他们穷困潦倒，可仍然充满活力，面带微笑；尽管岁月流逝，但他们仿佛仍在向读者昭示，就精神追求而言，BG 绝没有"垮掉"，永远在向命运挑战，永远"在路上"。实际上，《在路上》已成为美国甚至世界当代文学经典。①

后现代的思维方式是以强调否定性、非中心化、破碎性、反正统性、不确定性、非连续性以及多元性为特征。美国学者 B.G. 常德形象地称之为"流浪者的思维"②。流浪者流浪的过程是不断突破、摧毁界限的过程。后现代生活方式的特征是游戏式的生活。人们醉心于赌注式的游行活动，不再遵守传统道德和规范所规定的协调祥和的生活，宁愿在不断突破传统规定的叛逆生活方式中尝试各种新的生活的可能性。游牧式的主体性将生活艺术化和美学化，不但使生活充满艺术气息，而且使生活本身也成为艺术。美国 R. 法尔克认为："所谓流浪者，是指为了寻找美好的、神圣的家园，坚持探索，永不满足的人。"③

常德也指出："流浪者四海为家而永远不在家，对他而言，无家存在。没有任何地方可以称其为家。"④《在路上》中有一段这样的描述："我的家在密苏里，我的家在特鲁基，我的家在奥佩路萨斯，我无家可归。我的家在古老的门多拉，我的家在伍恩地尼，我的家在奥格拉拉，我从来就没有家。"⑤ 这段话体现了处处无家处处家的思想。现在，流浪者之所以流浪不

① 文楚安：《"垮掉一代"及其他》，四川大学出版社 2002 年版，第 158 页。
② 王治河：《后现代哲学思潮研究》，北京大学出版社 2006 年版，第 8 页。
③ 王治河：《后现代哲学思潮研究》，北京大学出版社 2006 年版，第 1 页。
④ 王治河：《后现代哲学思潮研究》，北京大学出版社 2006 年版，第 1 页。
⑤ ［美］杰克·凯鲁亚克：《在路上》，王永年译，上海译文出版社 2006 年版，第 339 页。

再因为不情愿或难以安定，而是因为缺乏赖以安定的地方。也许他在流浪中碰到的人们也都是流浪者——今天的或明天的流浪者。比如斯奈德在《海员小调》中写道：

不知你现在何方
已婚，发疯，或自由：
无论身在何方，你都会高兴，
但是，记忆总将我困惑。

我们本应有孩子，
我们本应有家——
但是，你当初不以为然，我也是这样，
于是，这九年，我们漫游，闲逛，徜徉。

我今天工作在深而黑暗的油轮里，
从中爬出，观看海洋：
海鸥和咸咸的波浪经过身旁，
还有那阿拉伯半岛的山峦。

我旅行孤独的海洋
我徜徉寂寞的市城。
我受益匪浅，我损失多多，
证明了地球本来就是个圆。

现在如果我们是待在一起，
就会有很多我们无从晓得——
但是，沉闷的书籍和疲倦的陆地

像一块石头压在我的心里。①

诗的开头："不知你现在何方无论已婚，发疯，或自由：无论身在何方，你都会高兴"，这也是"垮掉一代"中的另外一种典型生活方式，那就是及时行乐。诗中的我是属于另一类的，表明诗人充满对"流浪生活"的渴望，在流浪中，他既受益匪浅，又损失多多。但是如果他按部就班的生活，就会有很多无从晓得，所以斯奈德的流浪更多的是一种游历，是一种对社会和对知识的探寻。"但是，记忆总将我困惑。""沉闷的书籍和疲倦的陆地/像一块石头压在我的心里。"这也许是他出去游历的原因，为了不再困惑，为了远离现代的都市文明（书本和被人类弄得千疮百孔的地球）。游牧式的生活是一种创造与变化的实验，具有反传统和反顺从的品格。后现代游牧者试图使自身摆脱一切根、束缚以及认同，以此来抵抗国家和一切规范化权力。

"在路上"的生活方式成为了"垮掉一代"所追求的理想生活方式，斯奈德掀起了一场美国式的"背包革命"，他们远离都市那种纸醉金迷、铺张浪费的消费占有型的生活方式，而是深入到美国的荒莽山区探险，自凯鲁亚克的《达摩流浪汉》出版后，斯奈德的生活更是成为一个美国的现代传奇。而且，在"垮掉一代"中的游牧式生活中，斯奈德的生活属于更具建设性的一种，垮掉派其他的诗人多数在流浪的过程中吸毒、酗酒、滥交，而斯奈德则是练习禅宗、打坐，在自然中沉思。在面对社会文明的异化时，他不是宣泄自身的不满，采取一种自残的生活方式来表达对社会的抗议，而是积极寻找一种能够治疗现代文明中各种弊病的良方，那就是回归自然，那就是简单的生活，那就是走向荒野，那就是非人类中心主义。

《在路上》最后这一段告诉人们在路上的理由。他们不停地追逐理想，仿佛离现实越来越遥远。这是一条没有尽头的路。正是因为没有尽头，所以就只能不停地在路上。"我们的破破烂烂的手提箱又一次堆放在人行道

① Snyder, Gary. *Left Out in the Rain*. San Francisco：North Point Press，1986，pp. 30—31.

上；我们还有更长的路要走。不过没关系，道路就是生活。"① 正因为没有明确的目标，所以他们才永远没有尽头，只能永远地浪迹天涯。他们在寻找他们所失去的东西，迪安在寻找他消失了的父亲，而"我"的父亲早已不在人间，斯坦在路上是为了逃避疼爱他的爷爷。这表明在路上的人，是在渴望一种流浪的生活。他们找出各种理由和借口去寻找一些并非真心想追求的。与其说他们在追求，倒不如更多地说他们是在逃避现实的生活。人在旅途，常常会忘掉缠绕四周的日常事务，只在乎沿途的景色，瞬间的感受，人很容易地融入到这无边的自然中去。正如《在路上》中所描述："在美国太阳下了山，我坐在河边破旧的码头上，望着新泽西上空的长天，心里琢磨那片一直绵延到西海岸的广袤的原始土地，那条没完没了的路，一切怀有梦想的人们，我知道今夜可以看到许多星星，你知不知道熊星座就是上帝？今夜金星一定低垂，在祝福大地的黑夜完全降临之前，把它的闪光点撒落在草原上，使所有的河流变得暗淡，笼罩的山峰，掩盖了海岸，除了衰老以外，谁都不知道谁的遭遇，这时候我想起了迪安·莫里亚蒂，我甚至想起了我们永远没有找到的老迪安·莫里亚蒂，我真想迪安·莫里亚蒂。"② 在这本书中，迪安·莫里亚蒂放荡不羁，不受任何世俗的约束，成为"我"的崇拜偶像。他代表着一种绝对的自由的生活方式。

其实在这部作品中的迪安·莫里亚蒂就是生活中的尼尔·卡萨迪，是金斯伯格的同性恋伙伴。他是一个绝对自由的化身，有无尽的性欲能力。毫无拘束地和自己喜欢的女人做爱，唯一的快乐就是手里握着方向盘毫无目标地在一个无尽头的道路上行驶。这是凯鲁亚克塑造的一个典型形象。《在路上》成为一代美国民众尤其是青年人中大受欢迎的读本。它着重刻画的是一种流浪情形。那个年代的年轻人狂热的游走于各地，尽情地享受一种绝对的自由生活，随心所欲地做着任何自己要做的事情。

书的结尾是一种不确定的结尾，应该不是对未来的展望，而更多的是

---

① ［美］杰克·凯鲁亚克：《在路上》，王永年译，上海译文出版社 2006 年版，第 271 页。
② ［美］杰克·凯鲁亚克：《在路上》，王永年译，上海译文出版社 2006 年版，第 394 页。

对过去生活的一种留恋。而萨尔最终选择和雷米去看演唱会，尽管他根本就不想去。然而，他选择的仍然是对迪安的放弃，尽管他在内心是那么迷恋。应该说迪安代表的是那种在西部流浪在车轮上颠簸的流浪生活，这一度是萨尔所选择的生活。而现在对萨尔来说，他还是回归到了现实生活，把曾经的"在路上"的生活当成一种永久记忆。这也意味着歇斯底里狂欢过后开始的一种循规蹈矩生活。

在《达摩流浪汉》中凯鲁亚克塑造了另一经典流浪汉形象。主人公杰斐是以加里·斯奈德为原型的。因为这部作品，斯奈德一举成名，成为美国的"寒山"。这一部作品是关于两个西岸的流浪汉和他们在自由的车轮上对反叛和真理的追求。他们的探索开始于对酒、周末女孩以及东方神秘主义的狂热迷恋，但此书最后的高潮处是主人公在一孤独的山顶上……在西埃拉的亲密孤独中。此书体现的流浪方式更是一种精神上的追求。而最终杰斐的方式成为了一种榜样的力量。虽然《在路上》比《达摩流浪汉》应该说更为家喻户晓，然而在思想上《达摩流浪汉》体现出一种更为有意义的精神探求。这也体现出凯鲁亚克在思想上的一种进程。《在路上》体现的更多的是疯狂。虽然他们也是在为探索而追寻，但追寻的到底是什么？无人知道。这也是到最后迪安被人厌烦和离弃的原因。因为直到最后也没有知道出路何在？而在《达摩流浪汉》中，选择的是一种回归，回到西埃拉山的孤独中去。年轻人从一种绝对的疯狂状态中找到了出路，那就是对禅宗的信仰和对自然的热爱，回归到自己的本土。所以说，这部作品在思想上更趋向于成熟。从《在路上》出发寻找出路到《达摩流浪汉》中回归到一种宁静的生活，这表明寻找到了最终的出路。青年从疯狂的状态回到了现实的沉静中，而且因为曾经疯狂过、流浪过，现在才开始意识到回归真正生活的那份宁静的难能可贵，而且也找到了信仰，开始充满希望的生活，而且成为榜样的力量。斯奈德的生活就是这样的一种生活。

《在路上》更多的是一种车轮上的流浪，而《达摩流浪汉》则是一种行走中的流浪。《在路上》是一种疯狂的探寻，但四处的奔波带来的是更多的迷惑。他们的追求正如书中描述的这样一个情节："一晚，我的老爸把当天收的货款放在保险箱上，忘得一干二净。不曾想夜里来了个小偷，带着乙炔火焰切割器等作案工具，小偷打开了保险箱，翻出了里面的文件纸张，踢翻了几把椅子之后就离开了。那一千元现款放在保险箱上面安然无恙，你瞧，真有这类怪事！"这个情节也在表明甚至是那个年代的小偷偷东西也如此荒谬，暗示着目的就在你眼皮底下，你却在四处寻找。所以总是白费心思，一切都是徒劳的。那么整个"垮掉一代"的青年当时也处于这样一种荒谬的生存状态。真正的生活就在眼前，但由于不甘心这样的生活，他们四处流浪去探寻，结果当然是一无所获。为了流浪，他们找来了各种借口。"我们三个人——迪安在寻找他的父亲，我的父亲早死了，斯坦在逃避他的爷爷，我们三个一起出发准备进入茫茫黑夜。"①迪安在寻找失踪多年的父亲，"我"在寻找一个不知名也未曾谋面的传奇人物，而斯坦则是为了逃避疼爱他的爷爷。每个人都在追寻，可最终都是没有结果的。他们可能追求的是一种不需要结果的。"我"认为《在路上》标志着他们流浪生活的开始，标志着他们追求的起始阶段。而《达摩流浪汉》则应该是疯狂的流浪后开始慢慢沉寂下来后所开始的寻找出路阶段。他们的精神追求更多的是学习禅宗，在自然中感悟人生真谛。虽然并未找到最终归宿，但至少不再麻木和疯狂，开始静静地思考人生，开始乐观地展望未来。从这一层面来看，"我"觉得《达摩流浪汉》已经属于另一阶段的流浪，而这类流浪更具积极意义。

《达摩流浪汉》的主人公杰斐以斯奈德为原型，现实生活中的斯奈德的一生的确也是在探寻。他也曾经吸毒，曾经流浪，但是从东方文化中他找到了慰藉，找到了精神信仰。而且他也的确找到了自己的最终归宿，那就是回归自然，把自己切切实实地当做是自然生态中的一个链，生生不息能量循环圈中的一个结。而且，他的自然也包括现代的城市，这说明他的生态理念比较理想、比较健全。

---

①　[美] 杰克·凯鲁亚克：《在路上》，王永年译，上海译文出版社 2006 年版，第 341 页。

第二节 后现代的精神探求

战后的西方世界创造了繁荣的物质文明，但高度的工业化使人成为自己创造物质的异化物，人的个性和愿望被泯灭。人们看不到希望和前途，深感苦闷彷徨，纷纷在思索和寻求出路。在这样的社会背景下，反主流文化大行其道。如女权主义运动、反对传统的性观念、"新左派"思潮、黑人民权运动、校园反叛运动和反越战运动。在反主流文化的潮流中，与上述那些大张旗鼓、轰轰烈烈的反叛形式形成鲜明对照的是，一些青年人和文学艺术家采取了消极的反叛形式，其中最突出的就是文学艺术领域里的"垮掉一代"和社会上的"嬉皮士"青年。

"垮掉派文学"的人生哲学核心是个人在当代社会的生存问题，他们的作品是在当代工业文明的狂热下，当代的社会道德价值与令人眼花缭乱但危险丛生精神和物欲追求之间的冲突。"垮掉一代"作家笔下塑造的是一些"反英雄"。他们是一些没有固定职业的小资产阶级青年。既没有远大理想和抱负，也没有创造丰功伟绩。他们四处游逛，为了生计，也临时干点活，他们吸毒、酗酒、偷窃、恶作剧。"这些形象与战后不久许多作家致力于塑造美国在海外的高大形象截然不同，但却更真实地反映了美国战后的社会状态和一代人的精神风貌。"[①] "垮掉一代"在思想倾向上表现出两个特点：第一，以虚无主义目光看待一切；第二，用感官主义把握世界。

垮掉派成员中有许多是生活在社会下层、饱受生活蹂躏的潦倒文人，他们对战后美国社会有一种情绪强烈的怨气和反感。为了排遣怨气和反感，他们采取了自暴自弃的非理性主义方式。"垮掉一代决定消除幻想与

---

① 曾艳兵：《西方后现代主义文学研究》，中国社会科学出版社 2006 年版，第 74 页。

现实、疯狂与理智、艺术与生活之间的差距，他们也开始消除放荡不羁生活与文明之间的鸿沟，而这种消除对放荡不羁生活所造成的损害比对社会的损害更大。"① "垮掉一代"作家们，为了对自己的仇敌进行鞭挞，就以愤怒地鞭挞自己来代替。他们的这种反抗和斗争，除了牺牲自己之外，实在无异于劳苦百姓，也无益于社会的进步，但他们对资本主义制度的揭露却令人震惊和深思。

《在路上》不仅描绘了一种消极反抗美国社会的生活方式，而且宣扬了一种新的价值观念，尼采的"酒神精神"成为他们的上帝。他们的抗议并不针对具体对象。他们是一群没有社会立足点的流浪者，到处流浪，以吸毒、同性恋和激进主义来发泄心中的苦闷，并从东方禅宗佛教文化中寻求安慰。如加里·斯奈德50年代在旧金山参加了"垮掉的一代"，他在作品中的抗议一直延伸到60年代，后来竟提倡一种近似梭罗林中的隐居生活。②

历史地看，在当代美国社会的特殊情势下，正如摇滚爵士音乐、"在路上"背包革命生活方式的风行，作为一种为寻求新的感觉刺激和特殊的精神经历，对美国人具有特别复杂的意义。霍尔姆斯暗示垮掉派成员吸毒、酗酒、乱交并非由于绝望，而是为了更充分地体验生活。"他正用只有自己知道的极端方式来肯定生活。"③霍尔姆斯曾说："我坚定地相信，我们的收查是一条精神之路。""垮掉一代，是几个世纪中过度迷恋忠诚行为的第一代人，除了有特别信仰或无信仰，在每个方面，它都展示了令人困惑的许多方面，都渴望完美。"④

冷战唤起的是恐惧和绝望，而非愤怒或反抗，激进主义活动的实质仅

① ［美］戴维·斯泰格沃德：《六十年代与现代美国的终结》，周朗、新港译，商务印书馆2002年版，第230页。
② 杨仁敬：《20世纪美国文学史》，青岛出版社1999年版，第620页。
③ ［美］M. J. 迪特曼：《"垮掉一代"文学名著》，人民大学出版社2007年版，第8页。
④ Murphy, Patrick. D. *Understanding Gary Snyder*. Columbia：University of South Carolina Press，1992，p.11.

只是一代人的情绪宣泄，那些绝望和恐惧在疯狂的宣泄中得以消解。人们没有偏执的信仰和绝对的社会目标。① 1960 年，美国联邦调查局局长胡佛在共和党全国代表大会上宣布，"垮掉分子"是美国面临的主要威胁之一。直到 20 世纪 90 年代，还有人撰文称垮掉派运动是"我们社会的道德和文化堕落的一个篇章"，是"一场虚无主义的冲动"和"最严重的道德、美学和思想上的灾难。"② 人们完全可以根据自己的立场和信念对"垮掉一代"的所作所为和生活方式做出价值判断，但金斯伯格等垮掉派诗人和作家绝非"虚无主义者"。恰恰相反，他们是精神上执著的探索者，他们总是在不停地追求建立新的信仰和价值观念。许多人寄希望于东方宗教来获得新的体验。比如说，这一代年轻人对中国的寒山是顶礼膜拜的。"垮掉一代"和嬉皮士大多是白种人，却崇拜一位亚洲神僧，这是由于背弃西方传统的宗教信仰，他们需要填补心灵的空缺，非西方的"他者"宗教人物如寒山，便恰巧能适时满足其需要。此外，异国情调也起了重大作用：17—19 世纪欧洲流行中国文物，并推崇中国为圣贤君主统治的国家，寒山可视为西方人心目中圣贤的继承人。

　　凯鲁亚克笔下的寒山成为"垮掉一代"崇拜的偶像，他将斯奈德和寒山并称为"垮掉一代的宗师"，成了"美国文化中新兴的英雄"，这位英雄沉着、冷静，试图"通过主观经验来实现生命意义上的叛逆"。③ 这部小说对寒山思想在美国的推广起到媒介和推动的作用。约翰·舒特所说："盖瑞（史耐德）为现代的寒山创造了一种强韧、有洞察力和孤寂的人格面具。"④ "垮掉一代"从寒山的诗作和思想言行中吸取了巨大的精神力量。他们认为，"垮掉一代"在思想艺术上的特质，跟 1000 多年以前的寒山一脉相承。嬉皮士们认为寒山其人其诗跟他们是完全相通的，他们把寒山视

---

　　① 陈晓明编：《后现代主义》，河南大学出版社 2004 年版，第 25 页。

　　② ［美］费林格蒂等：《透视美国——金斯伯格论坛》，文楚安主编，四川文艺出版社 2002 年版，第 181 页。

　　③ 朱徽：《中美诗缘》，四川人民出版社 2002 年版，第 470 页。

　　④ 钟玲：《史耐德与中国文化》，首都师范大学出版社 2006 年版，第 172 页。

为思想上精神上的英雄，推崇备至。从外貌打扮和言行举止上看，寒山和"垮掉一代"都表现出反叛传统的强烈意识；但在精神上，寒山是远离尘世，以回归自然为其生命的目的。寒山是以与世无争、回归自然的方式来求得自我解脱，进入理想境界。与之非常相似的是，"垮掉一代"要努力摆脱工业飞速发展带给现代人的精神压力，摆脱现代文明的物质享受，摆脱社会和家庭的束缚，向往回归自然的精神生活，他们在公路上流浪，在丛林中生活，无忧无虑地置身于大自然中。

在1982年参加讨论的阿比·霍夫曼说："如果我们是社会变革的勇士，那么'垮掉一代'就是预测并指引这场变革的预言家。他们的确功不可没。历史上一直都有像'垮掉一代'这样的人。只要有帝国存在，就有他们的身影。"[①] "垮掉一代认为社会充满虚伪、性压迫、服从，但他们并未因此而拒绝社会，而是力求动摇这些痼疾，使社会本身变得放荡不羁。"[②]

根据1959年《生活》杂志的一篇文章，垮掉派是"唯一无处不在的反叛"，不管其小说和诗歌是否改变了人们的思考方式，感知反映社会和文化的变化，垮掉派作家的写作最为有力。正如垮掉派本身一样，在20世纪中叶美国历史上具有重要意义，其主要成就即为他们的作品。[③] 斯奈德是生态中心而非自我中心最具想象力的提倡者。……其作品代表一种不可抗拒的反中心力量，体现出一种"战斗性"[④]。

诺曼·梅勒写道："当今时代是随大流和消沉的时代，一股恐怖的臭气从美国生活的每个毛孔中冒出来。我们患了集体崩溃症……人们没有勇

---

① ［美］费林格蒂等：《透视美国——金斯伯格论坛》，文楚安主编，四川文艺出版社2002年版，第22页。

② ［美］戴维·斯泰格沃德：《六十年代与现代美国的终结》，周朗、新港译，商务印书馆2002年版，第229页。

③ Murphy, Patrick. D. *Understanding Gary Snyder*. Columbia：University of South Carolina Press，1992，p.1.

④ Snyder, Gary. *The Gary Snyder Reader：Prose，Poetry，and Translation*，1952－1998. Washington，D. C.：Counterpoint，1999，p. XIX.

气，不敢保持自己的个性，不敢用自己的声音说话。"① 正是在这种情势下，在战后成长起来的一代青年很容易在西方存在主义，弗洛伊德主义，东方佛教、禅宗中找到共鸣。《在路上》对迪安及伙伴们的"垮掉"生存方式（酗酒，性爱，迷爵士乐，流浪，宗教信仰，对政治，社会的鞭挞等等）作了相当深刻的全景式描述。正如保罗·古德曼在其《荒诞的成长》（1960）这本影响 60 年代知识分子整个思想方式的著作中所说的那样，"垮掉一代"青年不是单纯地逃避现世，因为"不给青年一代成长余地的社会现实就显得'荒诞'而毫无意义……他们是在以实际行动对一个有组织的体制进行批判，而这种批判在某种意义上得到了所有人的支持"②。因此主人公迪安及其伙伴的玩世不恭在当时的确惊世骇俗，但绝不能由此简单地认为是"颓废""堕落"，而是具有深刻的现实意义。

"垮掉"分子从 50 年代开始，对美国现存体制无论有多么不满，甚至上街游行、示威、抗议，却并不试图摧毁这一体制本身，而是更多地从"精神"方面去追求他们理想的人生至善至乐的境界，即 beatitude（"垮掉"的另一内涵），类似佛教禅学境界。他们崇尚享受人生，但并不大讲求物欲。"垮掉一代"留给诗坛的财富是他们心灵的坦率和正直。就艺术风格而言，"垮掉"诗人从梭罗和惠特曼那儿继承了我们文学的伟大传统——心地坦然，宽大为怀，豪放不羁，寻求新奇，勇于冒险，以及像哈克贝里·芬那样并不循规蹈矩，也喜好"在路上"奔走游历，热衷于超灵感受；直接同禅宗学说和西藏喇嘛教义接触，到过印度。我们或许更能够身体力行。在艺术上标新立异的人是一些不被认可的立法者，一旦为新的激情所冲击，他们会全神贯注、如醉如痴。这是社会赋予诗人的崇高使命。它本身并不给予诗人以褒奖，然而给诗人报偿的作为以及诗人从中体验到的情感却具有神奇的震撼人心的力量。既然每个人都无法回避衰老死亡，在漫

---

① ［美］莫里斯·狄克斯坦：《伊甸园之间》，方晓光译，上海外语教育出版社 1986 年版，第 12 页。

② 文楚安：《"垮掉一代"及其他》，四川大学出版社 2002 年版，第 60—61 页。

长的生涯中，诗人可能一无所获，除非借助于诗歌。诗人有助于人们去改善现存环境，给他们以某种教益和启迪。①

第三节　不确定性

世界上没有什么东西是绝对的，除了变化本身。一方面，世界从未像今天这样充满着变化和不确定性；另一方面，人们内心深处也从未像今天这样强烈地渴望某种牢固的东西和确定的东西，纵然不能指导人生，也可用来安慰人生。"垮掉一代"作家的生活与创作充满浓重的个人主义和体验美学色彩，初显后现代主义端倪。他们以一种随心所欲的方式解构和颠覆了传统、体制和日益经典化的现代主义，其文本在原则上都不是由既定的规则所支配，而且他们并不通过运用已知的范畴而服从确定的判断。不确定性是后现代作品中的最为基本的维度，对垮掉派更是如此。"垮掉一代"的不确定性，不仅表现在"垮掉一代"的定义上，而且也表现在作家的身份上和诗歌的个性化上。垮掉派的代表人物以不同方式、不同程度，在美国以至世界文学和诗歌历史上留下了自己个性鲜明的清晰印迹。

找到一个明确概括"垮掉一代"特征的词实在徒劳无功，找到一个单词描写垮掉分子甚至更困难。中文贬义词"垮掉"与"颓废"、"堕落"显然几近同义，虽然也有称之为"疲脱的一代"，甚至是寻求"解脱的一代"，"垮掉一代"研究专家文楚安建议就用 BG 来代替"垮掉一代"，然而大部分学者还是仍然沿用"垮掉一代"的称呼。但"垮掉一代"却随着时代不同而被赋予新的含义。所谓 Beat Generation，英文原文很含混，连美国人都说不清"Beat"的准确含义。英文"Beat"的意义有十几种：令人

---

① 文楚安：《"垮掉一代"及其他》，四川大学出版社 2002 年版，第 330－331 页。

厌倦、疲惫、困顿、不安、被驱使、用完、消耗、摇滚音乐中的节拍、敲打，等等。有的美国人说"Beat"是打击乐打拍子之意，因为这些人强调写诗要突出节拍；还有人说此字是"精疲力竭"之意，因为英文字典上确实说"Beat"为"被击倒"、"被打败"之意。克鲁亚克干脆说："Beat 就是 beatitude（'至善至福，精神完善的最高境界'）。当然，某些极端作为或许也由此而生。不过，这些理念，还包括对崇尚自然、自由，反对一切形式的压抑束缚，就成为评论家所说的垮掉理念/哲学"①。克鲁亚克曾解释什么叫 beat。"beat"就是形容一种被社会经验所打败了的精神沮丧状态。正是在这种精神状态下，垮掉的一代同美国社会彻底决裂。他们宣称自己是"没有目标的反叛者，没有口号的鼓动者，没有纲领的革命者"②。

美国《读者文摘插图本百科辞典》对"Beat Generation"这一条目的定义是："五十年代包括杰克·克鲁亚克、艾伦·金斯伯格和威廉·巴勒斯在内的一批美国年轻人，这些人对西方价值观念幻想破灭，因而改向东方宗教寻求鼓舞，进行文学样式上的试验，而且采取一种放荡不羁的生活方式。"可见所谓"垮掉一代"绝非"颓废派"，而是指当年美国对西方价值观念不满的一批年轻人，这些人正如周恩来总理生前所指出的那样，采取特定形式"抗议资本主义社会"③。早在 20 世纪 50 年代美国批评家对于垮掉一代就已有十分精辟的见解："'Beat'还指精神意义上的某种赤裸裸的直率和坦诚，一种回归到最原始自然的直觉……一个'Beat'无论到什么地方都总是全力以赴，精神振奋，对任何事都很专注。"④

霍尔姆斯说："想要给这一整代人贴上任何标签的举动都徒劳无益，"但是，仍旧他还是试着定义"Beat"，称尽管许多美国人不熟悉此单词，但

① 文楚安：《"垮掉一代"及其他》，四川大学出版社 2002 年版，第 120—121 页。
② 曾艳兵：《西方后现代主义文学研究》，中国社会科学出版社 2006 年版，第 162 页。
③ ［美］费林格蒂等：《透视美国——金斯伯格论坛》，文楚安编，四川文艺出版社 2002 年版，第 92 页。
④ ［美］费林格蒂等：《透视美国——金斯伯格论坛》，文楚安编，四川文艺出版社 2002 年版，第 207 页。

他们熟悉它所描写的状态，"不只是疲惫，它也隐含着被使用过的，最初的感觉，它是指心灵的祖露，最终也是灵魂的祖露，一种只有降为意识基础的感觉。"简单说："它意味着非戏剧性的推倒自我之墙。"① 霍尔姆斯暗示，垮掉派成员并非精神空虚；相反，他们对现有文化绝望，所以选择逃避从而追求更高的精神世界。"垮掉一代"并非指出生在同时代的作家，他们被归成一代只是因为作家们想摆脱旧传统如格律诗的限制，拥有同样的哲学观。"对大部分主流美国文化来说，他们的哲学是不负责任的弃理想不顾，但是作家们视之为寻找无感官的现代生活的宗教探索，想消除仿佛世界已日益临近原子时代危险的焦虑。"②

斯奈德、华伦、麦克卡尔、埃华森和费林根在他人面前都不承认他们的垮掉身份，金斯伯格有一段话颇耐人寻味。"一个不争的事实是我不知道自己是谁，在场的各位谁也不能确切地知道他们都在说些什么，我不确定自己在说什么，……谁知道呢，也许宇宙本身就是一个错觉，事实上它就是，由此我是彻头彻尾的虚无，就和你们一样，所以我们都放松了，因为没有什么东西会依我们是谁而定。"③ 斯奈德曾取笑压根没有"垮掉一代"，它只是一群安排在同一房间，美国人正居住在一个比 50 年前更自由的社会，"垮掉一代"为这种自由而斗争，为这种自由的建立付出了很多。④ 斯奈德说垮掉是用来"谈论整体的社会现象"，但是"作为一个诗人我属于旧金山文艺复兴，……我并非垮掉诗人"。斯奈德被当做垮掉派成员是因为：斯奈德和"垮掉一代"作家关系密切，媒体经常把他们放在一起。斯奈德被当做"垮掉一代"也由于克鲁亚克的《达摩流浪汉》。事实

---

① Dittman, Michael J. *Masterpieces of Beat Literature*. Beijing：China Renming University Press，2007，p. 7.

② Dittman, Michael J. *Masterpieces of Beat Literature*. Beijing：China Renming University Press，2007，p. 2.

③ ［美］费林格蒂等：《透视美国——金斯伯格论坛》，文楚安主编，四川文艺出版社 2002 年版，第 9 页。

④ Dittman, Michael J. *Masterpieces of Beat Literature*. Beijing：China Renming University Press，2007，p. 4.

上，他说：我从来都不知的"垮掉"的绝对含义。费林根坚持在任何情况都不会受垮掉影响并拒绝出版"裸露的午餐"，"因为不喜欢这类写作"①。当有人问巴勒斯（"垮掉一代"中心人物），是否是"垮掉一代"成员时，他回答："我根本不想和他们联系在一起，永远都不想，也不想和他们的目标或者文学体裁联系在一起。"他曾暗示克鲁亚克，金斯伯格和科索"都是许多年来的私交"②，实在找不出如他们那样不同的四个作家，那么独特。"垮掉一代"只是一种合成而不能算作任何文学体裁或者整体目标。斯奈德试图远离其他"垮掉派"垮掉作家。被称为"垮掉派的教父"的雷克斯罗思也从不把自己当做"垮掉派"诗人，虽然他和"垮掉一代"作家交往频繁，在很多方面成为他们精神上的导师。雷克斯罗思是一个独立不羁、变化无常的人，他的创作经历了漫长的风格上的试验，同垮掉派的联系只能算作试验的一小部分。他对垮掉运动的支持也是暂时的和有保留的，因为他反对一些垮掉分子的歇斯底里、无知和不道德。

后现代主义是一种行动和参与的艺术。艺术不再是静观的对象，而是一种行动的过程。它要求被书写、修正、回答、演出。没有一成不变的本文，本文即行动。艺术本文存在于每次补课重复的参与之中，存在于每次"行动"所产生的新意义中。没有艺术家，容易发现自己被完全归入某种派别。麦克卡尔德的戏剧和诗歌与巴勒斯的小说几乎无共同之处，斯奈德的美学不同于金斯伯格。例如，金斯伯格和斯奈德，就其创作思想和风格而言，他们是两个完全不同的诗人：金是一个极端的激进主义者，而斯是一个平和的社会主义者；金是一个城市诗人，而斯是一个属于乡村的大自然诗人；金是开着汽车奔驰在高速公路上，而斯则是一步一步独自攀上了陡峭的悬崖。但是，他们对文学传统的背叛，对诗歌艺术领域的开拓却有

---

①　Murphy, Patrick. D. *Understanding Gary Snyder*. Columbia：University of South Carolina Press, 1992, p. 2.

②　Dittman, Michael J. *Masterpieces of Beat Literature*. Beijing：China Renming University Press, 2007, p. 34.

着惊人的相似。①"垮掉"是非常原始的感觉。它包括一种心灵的裸露，最终，灵魂的裸露。然而对这些作者的"原始"我们倾向于将其考虑成更加不同而非公众的假定。几乎没有一个垮掉"党派诗行"。加里·斯奈德，至少一段时间是一个共产主义者，艾伦·金斯伯格是一个无政府主义者；在60年代期间，两个诗人都反对美国卷入越南战争。然而，杰克·克鲁亚克和格里高瑞·科索却支持美国参战。"垮掉"一词太容易被恰如其分地去描述试验性的或创新性的诗人小说家，他们之间并无多少共同之处，只是在20世纪50年代美国的保守政治和价值语境下共同抵制学术性诗歌。②

虽然这一代作家在美学上各自独立和相互影响，他们之间也有相似处。他们共享一种特别态度，都感觉美国有些走错路。正如科索所说："克鲁亚克、金斯伯格、巴勒斯他们在写作体裁上各式各样，但是，'他们有相似之处'，他们能感觉到什么将要到来，将来是什么样。"③ "垮掉一代"作家绝大部分人是从麦尔维尔和惠特曼那里而非詹姆斯和霍桑那里汲取养料；绝大部分人在诗歌创造上和威廉姆斯·卡洛斯·威廉姆斯有着兄弟般的情谊。"垮掉一代"在被称为"旧金山文艺复兴"流派的写作、诗歌、绘画中已经出现，当然，这并不是一回事。这一现象并不是地方性的。"垮掉一代"及其艺术家所表现出来的症候是不难识别的。④

第四节 "垮掉一代"与爵士乐

第一次世界大战后，美国进入享乐主义阶段，大众文化的象征是爵士

---

① 曾艳兵：《西方后现代主义文学研究》，中国社会科学出版社2006年版，第50页。
② Murphy, Patrick. D. *Understanding Gary Snyder*. Columbia：University of South Carolina Press，1992，p. 3.
③ Murphy, Patrick. D. *Understanding Gary Snyder*. Columbia：University of South Carolina Press，1992，p. 5.
④ 文楚安：《"垮掉一代"及其他》，四川大学出版社2002年版，第358页。

乐。爵士乐的冲击力，既是美学的又是社会的，它的即兴表演特征和多重风格迫使人们打破艺术束缚，发出各种不同的文化声音。它来源于黑人文化，但最终超越种族的限制，而成为全社会共享的艺术。它在打破高雅艺术和通俗文化之间的界限、弥合文化间的差异所起的作用方面，都与后现代小说极为相似。

"垮掉一代"与40年代兴起的爵士乐革命有深厚联系，从演奏舞蹈乐的大型摇滚乐队如查利·帕克、狄兹·格莱斯皮、蒙克这样的波普艺术家令人惊讶的表演中获得启发，受益于他们那即兴般的生动丰富和自发性的演奏，而且努力表现在自己的诗歌散文作品中。克鲁亚克的《在路上》中就有热衷于爵士乐的精彩描写（第二部第4章、第三部第4章等）。克鲁亚克在《在路上》第2章末写道："我从未见过如此疯狂之音乐家。在旧金山每个人都在吹。它是这块土地的末日，他们没觉得什么不好。"横过海湾（凹处），他们正在油田上敲黑人爵士乐，但路在召唤，"它是世界尽头，我想出去"。①

"垮掉一代"和爵士乐渊源深厚，作品中体现出强烈的爵士节奏。其主要代表人物本身也是音乐界人物。金斯伯格同美国爵士音乐、摇滚/滚石乐的关系可谓深厚，他认为诗歌本质上是语言音乐，所谓"歌"也，主张诗歌回归到其本义，要接纳口语，要能朗诵又能歌唱。他的一些诗歌广为朗诵不说，还被谱成普鲁斯。爵士、摇滚音乐中的那种即兴灵感同克鲁亚克、金斯伯格身体力行的自发性创作原则是吻合的；爵士、摇滚音乐歌手、艺术家在精神上与"垮掉一代"的联系更是不言而喻，因此在西方青年中很有影响的《滚石杂志》1967年在"垮掉一代"发祥地之一的旧金山创立后，同"垮掉一代"关系密切，发表过金斯伯格、斯奈德等"垮掉一代"作家的诗歌，不断登出有关"垮掉一代"的书评和对"垮掉一代"作家的访谈录，而"垮掉一代"作家、艺术，包括金斯伯格、巴勒斯、鲍

① Warren, Holly George. *The Rolling Stone Book of the Beats : the Beat Generation and Amierican Culture*. New York : Hyperion, 1999, p. 30.

伯·迪伦等也常常为此杂志撰文。约翰·列农在读了"垮掉一代"的作品后，把他的乐队的名字"Beetles"改为"Beatles"，以表达对他们富于创造与灵感的艺术精神的敬意。迪伦和"披头士"不仅改变了一种特殊的艺术形式，即摇滚乐，而且转变了青年人的观点和追求，最终改变了整个大众文化。如果没有金斯伯格和克鲁亚克早期作品的影响，这些早期的艺术家们很可能不会走上这条创作之路——或者至少不可能在这样宽松和富于创新的社会气氛中进行创作。

爵士乐本身是一种精神状态，是平民的音乐，而它的内容则包括生活的许多方面，是真实的反映，诸如对不公正的反抗，对美好爱情的向往，挫折后的失意，等等。同时，幽默自嘲，有时甚至是流着眼泪的笑。它为爵士乐手提供了宣泄感情的机会。垮掉派诗人爱听传统爵士乐，垮掉派诗人常常在混合媒体的参与下朗诵他们的作品，使诗歌和小说的口头形式复活。朗诵这样的诗歌对普及诗歌的确起了不小的作用。诗歌朗诵的形式使诗歌走出了小范围学术圈，具有强烈的平民色彩，颠覆或解构了精英文化价值观和传统批评系统。出席诗歌朗诵不是去听诗人朗诵，而是去瞧热闹、参与评点和叫好。当评审员给朗诵的诗评分，这些评审员并不一定要有多少文学修养。所以，诗的最后评审员是你本人。一首诗不需要在家评析，诗歌应该迈出脚步，走到户外，和大众一起交流。诗歌是一种演出，这是垮掉派的典型特征。垮掉派作家强调行为艺术，不仅表现在他们的诗学创作中，更表现在他们的社会实践中。金斯伯格和斯奈德最重要的贡献不在于他们的作品，而在于他们所参与的社会公益活动。

斯奈德认为评判一首诗，第一件事情就是声音。人是否知道如何置放单词？大声朗读时，它听上去是否合适？第二点是心理的和道德的准则：诗歌是否直接，是否真实，是否在撒谎?[1]"马的干柴堆"展示了斯奈德诗歌的那种价值：面向观众，特别直接、清晰，刻意加强诗和假想观众之间

① Snyder, Gary. *On Bread & Poetry: A Panel Discussion with Gary Snyder, Lew Welch & Philip Whalen*. California: Grey Fox Press, 1977, p. 33.

的交流，赋予观众最深的尊敬。诗歌确切地说是歌。摇滚乐、民谣和所有其他形式的歌曲都是大气圈的真正组成部分。自古以来，诗歌一直是所应该的样子。如果把诗当做歌，那么已有足够多的歌做了大部分工作。的确，文学的歌曲声，唱声或是吟唱声，在诗歌中可能用处更多，因为语言的加强和以现存口头语言本身的声音系统的音乐性能在诗歌朗诵中得以呈现。诗歌也许比任何其他形式更加原初简朴——主张呈现较少技术。而声音应该是判断诗歌的首要标准。例如，中国古典诗歌比现代诗歌更为广大读者喜爱，两三岁的孩子即使根本不懂诗词的意思，也能很快将唐诗宋词背诵出来。这正是因为古典诗歌中所体现出的音乐性所致。这也正是抓住了人的天性本能特征，因为人对声音的敏感和识别是与生俱来的。斯奈德曾经说过："我做任何事情时并不充分了解音乐所起的作用，像路所说，有意地。但我知道，我潜意识所演奏的节奏和声音是爵士音乐……它们影响着我所写的诗行。"① 斯奈德诗歌的一个重要特点是对声音和节奏的特别使用，他常用内在的节奏。斯奈德强调口头传统，所以其诗歌简单，口语化，读起来朗朗上口。他尤爱寒山诗，因为寒山是用白话文口语体创作的缘故。他自诩其诗歌的节奏与爵士乐的节奏相吻合，但更与周边的地理环境、自然律动相吻合。诗人就"用节奏进行思考"进行了阐释，指出元音随着节奏进行，各种辅音聚集在元音周围，从而产生意义。诗歌与身体呼吸有关。他的范例是爵士乐的韵律，布鲁士音乐和快板歌的韵律。

后现代主义作家强调创作的随意性、即兴性和拼凑性，并重视读者对文学作品的参与和创作。现场的即兴合作和偶然性是爵士乐的灵魂。爵士乐即兴演奏是鼓励创新的一个重要因素。创造性表演，创造出来的曲子，不像传统乐曲，根据现成音乐演奏。爵士是创作中的表演，表演中的创作。文本不按固定模式，如同诗人的指纹，独具一格。克鲁亚克对"真正爵士乐"进行了如此描写："音乐是不能事先拟定的——不受任何限制的

---

① Snyder, Gary. *On Bread & Poetry: A Panel Discussion with Gary Snyder, Lew Welch & Philip Whalen*. California: Grey Fox Press, 1977, p. 38.

即兴演唱，它是激情音乐家的感情迸发，他们将全部精力注入乐器，追寻灵魂的表达和超即兴创作。"①

爵士乐是即兴演奏音乐，有自己演奏的声调和旋律。其中有些旋律是某些歌曲的旋律，在此基础上变化和变奏，不完全遵循它，每次演奏都不完全一样，和声也是在基本调的基础上，尝试各种不同变化。这种即兴演奏完全靠临场发挥，也可根据听众感受和自己的情绪适时演奏出令人意想不到的音乐。可以说，演奏者就是作曲家。即兴是这两种乐曲的特点，也是爵士乐的灵性。另外，它们的演奏形式活泼，演奏实际上是一种表演，而这种表演又是很投入的，往往台上台下融为一体，使人不由自主地随乐起舞。爵士乐能把人的情感毫无保留地表现出来而无所顾忌。在所有的艺术中，特别是在音乐中，民间艺术的主题颇受欢迎。"像印第安人一样，/我要大地朝我微笑，/我轻松歌唱，帮我抓住（捕捉）其带字的音乐。"②

即兴演奏打破了创造性和表演性艺术之间的严格界限，克鲁亚克和其他人写连续，编辑的散文手稿，表演通过行为进入视觉艺术。即兴演奏是爵士乐的灵魂和传统，它是指在演奏过程中的临场发挥，将头脑中的音乐转变成实际音响，表现其丰富的内心世界，让人们听到他自己的言语，自然展现其情感的喜怒哀乐。"你不必马上有所维度，书本知识、诗歌加上表演，加上音乐伴奏，如果你都有他们，他们就都将处于良好状态，那样就很好，某种节奏是周期性的。但另一方面，我不去记忆它，如果你事先没有意识就总会有某些不同。因此我喜欢面前有文本，并每次都会有新解读。"③ 金斯伯格的诗是"真实"的。那种面对超越的真实，那种表达此种体验时语言的自发性，那种了不起的即兴创作之声。即兴的音乐是自发

---

① Warren，Holly George. *The Rolling Stone Book of the Beats：the Beat Generation and Amierican Culture*. New York：Hyperion，1999，p. 29.

② Murphy，Patrick D. *Farther Afield in the Study of Nature—Oriented Literature*. London：U Pr of Virginia，2000，p. 135.

③ Warren，Holly George. *The Rolling Stone Book of the Beats：the Beat Generation and Amierican Culture*. New York：Hyperion，1999，p. 258.

的，不经过排练的。爵士音乐家在一既定背景下，总是努力不重复前一次即兴，每次追求都不同。作为一种文化现象，"垮掉一代"比 20 世纪的任何运动影响都要大，现在我们仍然能感受到这种变化。作为一场文学运动，"垮掉一代"给了我们不和谐的声音，新鲜的、新的美国声音。所有这一代人作品的共同特征就是每部作品的语言就如每个人的手指纹一样是独一无二的，与众不同的。

《在路上》是即兴式自发性写作，任凭思绪闸门打开，如果试图在小说中寻求完整情节，只会徒劳无益。小说中的"故事"、"情节"、"事件"皆为超越时空的自发性思绪的拼接或混合。爵士乐是由美国黑人原创，它自由不羁的形式和从心灵深处迸发出的激情与狂想对古典音乐/新学院派音乐发出了最致命的挑战。爵士乐是通往自由的道路。爵士乐是一条永不终结的旅途。

在爵士乐中，旋律和节奏一样重要。听爵士乐时，感觉最明显的是节奏。在一定程度上，这种"强烈的摇滚乐"组织魅力在于其音乐，较好的摇滚乐演奏无疑具有真正感人的力量和创造性。但是，对大多数摇滚乐爱好者来说，聆听节奏强烈、震耳欲聋的音乐，置身于众多友好的、处于半催眠状态的真正音乐迷之中，他们会产生完全发自内心深处的快感，这似乎是摇滚乐的魅力所在。涌入摇滚乐音乐会的听众，会把每一场成功的演出都变成一次名副其实的精神复兴的狂欢，他们发出的各种各样的怪叫，常常淹没音乐台上如痴如狂的演奏者演奏的音乐、歌词以及疯狂的笑声。许多大众的快感，特别是年轻人的快感（他们可能是动机最强烈的规避社会规训的人），会转变成过度的身体意识，以便生产这种狂喜式的躲避。摇滚乐震耳欲聋地播放着，以至于只能靠身体去感受，不能用耳朵倾听。对于爵士音乐人，例如查理·派克（Charlie Parker），迪兹·吉利斯皮（Dizzy Gillespie）等人，垮掉文人欣赏他们敢于打破传统主流的艺术形式，以独创、自发的音乐深深打动听众的心灵和情感。由于爵士乐在作曲上随意性很强，与现代娱乐业的内容与包装格格不入，而这却正是"垮掉文人"们想要参照学习的,不受任何规矩的束缚,自由自在,遵循内心深处的意愿与灵感,在美国文学领域打造出独具特色的一片天地。

　　和许多其他方面一样,在艺术上,垮掉派态度自相矛盾。这个世界最革命的事件之一是艺术走出学院、博物馆和音乐厅,走向街道、咖啡屋和夜总会。"垮掉一代"在街角和桌面上朗读,"垮掉一代"的画挂在酒吧间、商店橱窗内,在喧闹的俱乐部中。爵士乐是这世界上最革命的事情之一。像孔子说的:"当你改变音乐的模式,社会在改变。"[1]"垮掉一代"与爵士摇滚乐直接有关:顺从一切,开放,倾听;你所感受到的自会找到它自己的形式;写出你的内心不断感受到的一切;写出狂乱的、无序的、纯粹的、内心深处的东西,越疯狂越好。金斯伯格也一向主张"最初的思绪,最好的思绪"。显然,这些正是视自发性/即发性为第一要素的爵士摇滚音乐所认同的创作原则。[2]"垮掉一代"并未给生活定义,没有什么相关,既非自我也非时间,没有因果,生活非正在进行的程序,而只是永恒的现在,爵士时刻的瞬间,要求绝对虚无。他们追求自发性和本能性,因为这两者都不依赖之前和之后,自发性和本能分离的标准,既没意识到极限,又没意识到可依赖性或义务。对自发的强调是害怕生活的一方面。在卡车中他们远离生活和居住,好像一个在地面上海岸至海岸的没有因果碰撞的舱。[3]

第五节　感官诗学

　　20世纪50年代和60年代,美国诗坛搞得沸沸扬扬,高级文化和大众文化之间的界限被取消,粗声粗气、直来直去的美国腔代替了被艾略特称

---

① Snyder, Gary. *On Bread & Poetry: A Panel Discussion with Gary Snyder, Lew Welch & Philip Whalen*. California: Grey Fox Press, 1977, p.37.

② 文楚安:《"垮掉一代"及其他》,四川大学出版社2002年版,第163页。

③ Bartlett, Lee. *The Beats: Essays in Criticism*. London: McFarland, 1981, p.7.

之为"可以听见的想象"的富于音乐感的韵律，优雅、推敲、严谨的诗风让位给松散的、支离破碎的诗风，端庄、稳重、抑制的声音让位给感情激烈的大吵大闹的声音或神经质的、赤裸裸的"自白"声音。形形色色的"后现代"流派为美国诗歌提供了新的样板，在诗坛造成了一个风格多元化的局面，它们各有自己不同的主张，有时相互之间还发生对抗，但它们都反对精心制作的象征主义诗，都在寻找能捕捉暂时、当下经验的诗歌形式和"返回生活"①。

后现代主义发展了一种感官审美，一种强调对初级过程的直接沉浸和非反思性的身体美学，这被利奥塔称为"形象性感知"②；以感性活动代替逻辑思考，是对主体中心本位主义的传统思考模式的彻底批判。"后现代主义强调无中心、无主体、无体系和不确定的思考活动，并把这种思考活动直接同实际的行动，特别是同日常生活行动结合在一起，试图彻底克服传统文化中理性脱离实际的思考活动，特别是抽离出日常生活世界的倾向。在后现代思想家看来，在直接性活动中，将思考同生活结合在一起，就是不再将认识活动和思考活动神秘化，从而使各种概括、比较、综合和判断活动，将各种一向被传统逻辑中心主义垄断化和分割化的思考活动，直接体现在生活的各个领域中。"③

"垮掉一代"认为："诗歌不是'美丽'的，不是宣传布尔什维克或资本主义，不是饮酒和欣赏月光，也不是'在宁静中回忆'（华兹华斯），而是所培养的最高智慧活动和培养直觉、本能、情感的大脑，组合最深洞察力，'所有这些能力'——如麦克·麦克莱尔称之为'蛋白质与火'——它是由呼吸（查理斯·奥森）创造的正式诗行，一种类似词的体裁。"④ 法国

---

① 彭予：《二十世纪美国诗歌：从庞德到罗伯特·布莱》，河南大学出版社 1995 年版，第6 页。

② 陈晓明编：《后现代主义》，河南大学出版社 2004 年版，第 303 页。

③ 高宣扬：《后现代论》，中国人民大学出版社 2005 年版，第 69 页。

④ Snyder, Gary. *A Place in Space*: *Ethics, Aesthetics, and Watersheds*. Washington, D. C.: Counterpoint, 1995, pp. 14—15.

评论家祈雅理在解释柏格森的直觉理论时说："一首诗就是一个整体，而不是分析的总和，而且人们不可能从分析过渡到直觉，既然这样，人们就只好从直觉开始。"① 后现代文本是一种"语言构造物"，是一个网状结构，读者可以从任何地方开始阅读，也可以从任何地方停止阅读。读者无须去探求或推敲隐藏在文本之后的内容，他只要关注自己每时每刻的体验和感觉就行。

垮掉派诗歌的创作是一种即兴的/属于准文化的反诗歌，他们敢于冲破形式主义束缚，恢复惠特曼传统，采用庞德、威廉姆斯的"开放"诗体和奥尔森提倡的"抛射诗"手法，用呼吸调节诗行节奏，发扬林赛和桑德堡开创的现代诗朗诵艺术，把诗歌从文学讲台重新带回街头。垮掉派诗人非常坦率、直露，他们无遮无掩地向读者呈现一般人羞于启齿、只愿向牧师或医生叙说的个人隐私。

作为后现代人，他们不再估价逻辑思维和反思等严谨的和系统性的理性活动，只注重"当下"立即可以达到欢乐目的并直接得到验证而生效的感性活动。问题已不在于追求复杂曲折的真理或各种抽象的理念，而在于能否及时满足个人的欲望，特别是满足随社会激烈变动而不断改变的个人欲望。"垮掉一代"作家的作品虽然个性鲜明，但也不乏共同特征。其中，重视直觉感性的诗学观就是他们共同的特征。这不仅和他们所受的原始文化、佛教而且也和爵士乐的影响密切相关。斯奈德说："关于技巧我还有一些没有触摸到的，我的确不能做出任何解释，我只是想把它当作某东西去保存，那就是，你进展怎样——你采用了哪种标准——怎么判断一首诗？它异常精细，但是部分只能被品味。一种直觉的美学判断哪儿虚假，哪儿过度，哪儿夸张，哪儿说不明，哪儿未成熟，哪儿过度成熟，用自己的方式理解正确与否。诗人努力给诗歌定一适合调，恰当平衡。诗歌应表达所想。否则无法解释，因为诗就是它之所想，然后，呈现自己的生命，

---

① ［美］约瑟夫·祈雅理：《二十世纪法国思潮》，商务印书馆 1987 年版，第 37 页。

在此过程中不会失去任何能量。"①

　　斯奈德与垮掉派诗人有许多相似之处，如他有时像他们那样罗列自然景物、世俗事件和感性印象，像他们那样表现嬉皮士放荡不羁、玩世不恭的生活，像他们那样求助于直觉、梦境、宗教、神话和毒品。他的《我走进漂泊者酒吧》是一首典型的垮掉派诗：

　　　　我去了迷路人酒吧
　　　　在法明顿，在新的墨西哥。
　　　　饮了两杯波旁酒
　　　　掺了啤酒。
　　　　我长长的头发，卷起，放在帽子里
　　　　把耳环丢在了汽车里。

　　　　两个牛仔在池塘边的桌子旁
　　　　动手打闹，
　　　　一个女服务生问起我
　　　　你来自何方？
　　　　西部乡村乐队开始演奏
　　　　"在马斯考基我们不吸大麻与烟花"
　　　　然后是另一首歌伴舞，
　　　　一对于是开始把舞跳。

　　　　他们彼此拥抱像是在五十年代
　　　　中学的舞蹈；
　　　　我回想起曾在森林的工作

---

　　① Snyder, Gary. *The Real Work: Interviews and Talks* 1964—1979. New York: New Directions Book, 1980, p. 43.

和俄勒冈，马德拉斯的酒吧。

那短发的粗狂与狂欢——

美国——你的麻痹与无聊。

我几乎能再一次把你爱上。

我们离开——到了高速公路的路旁——

任凭顽强而古老的星星把星光下泻 ——

在悬崖与绝壁的阴影下

我找到了我的自我，

来到了真正的工作，自问

"下一步将如何操作"①。

    诗歌是怡情的。当人们开始感觉，诗歌流淌。"垮掉一代"是彻底的，毫不留情地嘲弄痛苦和悲伤，用疯狂的、兴奋的号叫把痛苦踩得粉碎。当痛苦企图泛起时，他们就吸毒、酗酒和沉入性疯狂，用极度的放荡赶走痛苦，然后大号："我们活得多开心啦!"

    斯奈德的性爱诗，如《洗澡》将感观感受淋漓尽致地展现在读者眼前。

    ——他的眼睛火辣难受——

肥皂滑滑的感觉

经屁股，沿身体曲线

直到胯部，

洗着，挠着他的阴囊和屁股眼，

向上翻卷的鸡巴，变得硬挺

卷起包皮去冲洗

---

①   Snyder, Gary. *No Nature*: *New and Selected Poems*. New York: Pantheon, 1992, p. 211.

笑着，跳着，挥着胳膊，

我也全裸蹲坐，

这就是我们的肉体？

……

我女人的修体，曲美，如山谷似的骨脊，

我穿行大腿间的空地，

从后面把她弯抱，

肥皂泡弄得她咯吱笑 一手拿着鹅卵石

敬畏的门户

从后面敞开，旋转的双面镜，一个世界

子宫里的子宫，一环套一环，

从音乐中开始，

这就是我们的肉体？

种子藏起的地方

纹脉沿肋骨绵延，奶液

聚拢，使乳头坚挺——喂养着

嘴唇——

所供的奶水来自我们的身体，输送在

轻微的摇晃中；儿子，父亲，

分享着母亲的快乐

带来了敬畏花朵的温柔

敞开发卷的睡莲的门户，我亲吻，我做饮酒状

会儿笑着抚弄妈妈的乳房，此时，他已

断奶，我们

彼此擦洗，

　　　　这就是我们的肉体

　　　　会儿小小的阴囊几乎贴近他的腹股沟，
　　　　种液被畅饮，从我们浇灌至他
　　　　在流淌中带着喜悦的精与力
　　　　麦莎作为他后来的养育者，
　　　　玩耍着她的乳房，
　　　　或者，我在她之中，
　　　　或者，他从她中生，
　　　　这就是我们的肉体。①

　　这首诗通过一种直觉的赤裸来表达人类的存在。当阅读时，感觉到人只是像自然界中的动物那样赤裸生活，爱是彼此间联系的纽带。虽为赤裸画面，然而它挑起的并非色情联想，而是纯天人合一的生态画面。

第六节　"没有意念，只在物中"

　　主体散成碎片后，以人为中心的视点被打破，主观感性消失，主体意向性自身被悬隔，世界已不是人与物的世界，而是物与物的世界，人的能动性和创造性消失了，剩下的只是纯客观的表现物。在诗歌创作中，斯奈德一直信奉威廉姆斯的"没有意念，只在物中"和斯蒂文斯的"不在事物理念而在于事物本身"的诗学观点。这些观点强调在写诗时不要强加诗人本身的理念和逻辑，应该让事物直接呈现。直接素朴的诗风是斯奈德诗的显著特色。在许多诗歌中，主体客体不分，有助于读者多角度欣赏诗歌，

---

　　① 　Snyder, Gary. *No Nature: New and Selected Poems*. New York: Pantheon, 1992, pp. 213—214.

不拘泥于一个预设视角，让诗歌自己说话。与传统的诗歌不同，斯奈德的诗歌反西方的知性、逻辑，呈现松散的并置结构。

斯奈德的诗描述荒野、禅宗大师和亚美利坚神话中的动物。对他来说，诗只是精神探求的仪器，建设性行为并不要求自己与众不同。他对诗歌材料处理很随意，没有主客体争执，没有关于新形势的戏剧性争斗，诗不关注形式而只关注形状。约翰·R.卡品特如此评价他的作品："是对世界的忠诚让他的诗歌如此有价值。它是深厚的非我论的。这种分离经常允许我们步入的生活（内在世界/外在世界；理智/非理智；主体/客体；自我/本我）自我是缺乏的。"斯奈德的现实主义和生态神秘主义，融合"内"、"外"世界，尤其表现在他对细节的客观处理中。①

从斯奈德诗歌中我们好像什么也没看到。似乎每一段叙述着一件事，可事与事之间却毫无联系，不见因，不见果，不见时间的轨迹，没有解释，没有意义，不见世界之构成，这些描写只意味其本身。它们是"自显符号"。把事情看做本来应该的样子。诗歌本身不再是任何主体/客体理想结合。其写作深入到重新定义历史的问题，传统、文化、神话和文学本身，都被看做与现实无关。斯奈德最终的和最为激进的假设是将其工作撤回到一个纯粹的物理世界，重组人和自然的"无缝网"②。斯奈德称诗歌的主要功能是让事物自己说话，正如"八月中旬于萨沃都山瞭望哨"③。

> 三日酷暑，谷里
> 烟雾缭绕；五日雨后，
> 树脂熠熠于冷杉之巅。
> 掠过草地，瞥过石岩，
> 飞虫又是云集一片。

---

① Steuding, Bob. *Gary Snyder*. Boston: Twayne Publishers, 1975, p.41.
② Bartlett, Lee. *The Beats: Essays in Criticism*. London: McFarland, 1981, pp.153—154.
③ Bartlett, Lee. *The Beats: Essays in Criticism*. London: McFarland, 1981, p.153.

已忘却过目之文，

可记得城里些须好友。

饮杯中雪冷之水，

透静谧高空而视，

望数里遥去。①

　　《砌石》中的诗清楚地体现了"没有意念，只在物中"的创作理念。它主要包含荒野经验，作者所发现的经验，首先最为重要的是"已忘却过目之文"，那种普通的精神经验有些被改变。在此诗中，纯粹的外部物体和事件的演奏占优势，作者放弃了自我主体性，暗示着自我之外世界的最纯洁关注。句子主体的消失，一种省略导致话语最终呈现一种纯粹的表现形式，没有人为规定因果主题。他表达的是事物本身，而不是其带来的主观联想和思维定式。

　　"对我来说，每首诗都是独一无二的。一个人将正式诗歌写作理解和欣赏成人类和文明实验的一部分。发明一种抽象结构游戏然后注入经验的东西。用这种方式生产的力度是——它反对自我束缚的压力和用功的程度。每首诗是一'能量—思维—场—舞蹈，有自己内在的年轮。让它增长，让它为自己说话，是诗人著作的很大一部分'。"② 成功的诗人经常考虑到前辈的影响以及自己的贡献。斯奈德深受庞德、威廉姆斯和雷克斯罗斯的影响，但这些影响并没有在其创作中泛滥成灾，诗人还有足够的空间专注自己的工作。斯奈德的诗扩展了该现实。意识到这儿"没有物体，没有物质，只有相互作用的能量场，用人类的术语，经验或者是程序，这些诗人沉浸在经验中，融合所谓的内部外部世界"③。"我并不真正的把他们看作那么不同——思维交流，可采用任意结构。试图让诗行清晰，也就是说，

---

①　Snyder，Gary. *No Nature*：*New and Selected Poems*. New York：Pantheon，1992，p. 4.

②　Steuding，Bob. *Gary Snyder*. Boston：Twayne Publishers，1975，p. 35.

③　Steuding，Bob. *Gary Snyder*. Boston：Twayne Publishers，1975，p. 41.

笔记本的日志，日志的简短笔记，——再者真正诗行有音乐性有力度感。——的确，公平来说，我的诗歌中，并非所有的诗歌都必然有很强劲的内容，但有些可能有比较强的音乐性。"①

　　斯奈德诗歌的主题往往是小而美，是关于日常生活中的普通事物。普通事物对他来说更加重要，前辈诗人并非最重要，诗人受自我、热情或魔幻的影响，经验比阐释更为精确紧凑。斯奈德强调解释性语言，不要受结构限制太多。"砌石"所描述的是放松和自发的方法。自发创作不把写诗当工作；它是创造性回答，而非有意识的努力。诗歌自发不再被当做自我强势行为。这是一种不同的技艺技巧，更加恰当地删除修改；诗人省略非"真"的，消除有意识思维。对斯奈德来说，技艺是知道如何不提。在《神话与文本》中，斯奈德使用省略进行诗歌创作，这越发靠近去捕捉幻觉状态中的语言。这种技巧体现了斯奈德称之为"······一种完全新的方法渠道形式的理念"②。如《语篮女》一诗：

> 华沙起义
>
> 幸存数年后，
>
> 她为平凡百姓写诗
>
> 中枪时，她正在设路障，
>
> 短短的诗篇
>
> 离生死
>
> 如此之近，如此生动感人
>
> 没有装饰，没有虚掩。
>
> ······

① Snyder，Gary. *The Real Work：Interviews and Talks* 1964—1979. New York：New Directions Book，1980，p.36.

② Steuding，Bob. *Gary Snyder*. Boston：Twayne Publishers，1975，p.34.

这么远来，是为了让

曾祖母哈里特·考里考特的坟墓自己

诉说，在堪萨斯州，在一个低矮的山脊上。

砂岩塌乱，

墓上的名字几乎因风化而模糊不清，

在雨中，在湿漉的草里找到了它

跪下，闭上眼

然后，用力去挖

那烂泥土，手握她的虚空

在她弓形的趾骨

上，留下冰冷的

一吻。①

"唯我"的观念将会像冻冰一样越发禁锢个人。对但丁来说，地狱的底部不是火，而是冰。艾略特也把艺术当做个性的逃避。正如华莱士·史蒂文斯在《只关于存在》中所写：

一棵棕榈树（在心的尽头，

在最后思维之外），升起

自铜色的远处。

一只金羽鸟

在棕榈树里歌唱（没有人的意义，

没有人的感受），唱一首（异国的）歌。

（如此你便知道这不是使我们愉快或不愉快的理由。）

鸟鸣唱，羽毛闪耀。

---

① Snyder, Gary. *No Nature*: *New and Selected Poems*. New York: Pantheon, 1992, p. 373.

棕榈树站在太空的边缘上，

风缓缓地在树枝间移动，

鸟火爆的羽毛遥遥坠下。①

　　这首诗让我们学会不受任何打扰和干涉去展示事物本身。也就是说，让事物成为事物本身，让事实成为事实。它确认了什么使事物成为事物本身。如庄子所描述："天地有大美而无不言，四时有明法而不议，万物有成理而不说，圣人者，原天地之美而达万物之理，是故至人无为，大圣不作，观于天地之谓也。"② 无我在斯奈德的诗歌中处处可见。举《李瓣落了》为例：

李瓣落了

樱桃仍是硬芽

喝酒

在院子里

女房东出来

在暮色中

拍打垫子。③

　　在这首诗中，如果在"喝酒"前增加"他"，那么读者将以诠释性的角度欣赏诗，他们会处于一外在旁观者的角度。如果在"喝酒"前加上"我"，会让读者有身临其境之感，但这样读者就只是主观地从内往外看，

---

　　① Kermode, Frank. *Wallace Stevens: Collected Poetry and Prose*. New York: Literary Classics of the United States, 1997, p. 477. 参照叶维廉译文。

　　② Wang, Rongpei [Trans]. *Library of Chinese Classics: Zhuang Zi*. Changsha: Hunan People's Publishing House, 1999, p. 365.

　　③ Snyder, Gary. *Left Out in the Rain*. San Francisco: North Point Press, 1986, p. 49.

叙述者只被当做诗中的主要角色。代词（他和我）的省略能让读者同时体验到来自两种角度的审美。

"从主体观客体"会使视角僵化；同样，"从客体观主体"会限定视角。如能克服这两者各自的缺陷，那么诗歌就会更加灵活。主体，实际上扮演了双重的作用——既是主体又是客体。对我是主体，对你，即是客体；反之亦然。这在"八月中在萨沃都瞭望塔"中有充分体现。在这首诗中，人类只是自然中很渺小的一部分：在此诗中叙述者的心志融化在山谷清冽的空气之中。丹·麦克里欧认为这种自我之泯灭具有后现代主义之色彩，并把作品归为后现代时期的诗歌，他说："很多后现代诗人发现，必须要把武断的自我溶解掉，才能写出一种以最佳方式获得自我真实的诗歌，由于太多的文明因素，夹其各种复杂的人之角色，已把自我真实变得模糊了。"① 在这首诗中，斯奈德在"饮杯中雪冷之水，……望数里遥去"那两行诗前省略了代词。主体的消失使诗歌没有固定在单一角度，有利于更加灵活地解读诗歌。一旦理解了人类在自然中的真实位置，人类自然不会过度强调自我。自我的消失是一个"大跃进"，把人先前的那种视角和诠释的方式转变成了沉默的，对立的，实况的，让万物按照其自然的状态展现。这种"以物观物"的角度相当不同于"以主体观客体"的角度。前者强调没有为人类所歪曲的前指意状态。这种方式能使人直接地接受，推理和展现自然，这常被当做是最高审美理想——服从自然并从自然中寻找无穷乐趣。这类写作受中国和日本语法影响，常省略冠词，常使用分词和不定式以及碎片式句子。

斯奈德的诗常省略代词，常采用并置结构，尤其是短行诗。"并置结构增加了意义多样性的可能。许多词取决于读者如何调整其与之前之后的词，无论是名词还是动词。最有效的解读常是对并置结构产生多重意义的

---

① 　钟玲：《史耐德与中国文化》，首都师范大学出版社 2006 年版，第 128 页。

同步回应。"① 斯奈德的诗,画的玩味多于语言的玩味。意象的并置并非是线性连接—并非因果关系的相互作用。两种不同意象的并置,是一有机的创造,不是两意象的叠加。

并置结构在"八月中旬于萨沃都山瞭望哨"中处处可见,如"山谷、烟雾、热、雨、群群的苍蝇、冷杉、静止的空气、岩石、草地"。并置结构可以避免孤立这些意象,这也是诗人的努力,作为观察的参与者去适应世界节奏,而不仅仅是观察者。"为避免固定,为赋予土地自身代理权,斯奈德远离自我中心的利己主义,并挪去了大多数浪漫主义山水诗中的困扰。"② 斯奈德为诗歌创造提供了新方向:"……有一个方向是美丽的,那就是有机物越来越少的锁定于自身的角度,越来越少的锁定于自身的结构以及相应的不够充分的感官,而是走向这样一种状态:在那儿,有机体能够走出自己并和他人分享。在语言中,诗歌和外界分享内在自我的最伟大秩序,因为无我……人类能够互相分享其真正的感觉。"③ 主体和客体,意识和自然现象互参互补互认互显,同时兴现,人应和着物,物应和着人,物应和着物至万物万象相印认。④

第七节　草根诗学

后现代主义诗人反对"精英主义"倾向,希望能扩大读者圈,他们追求自然、朴实、白话的表达,使用口语句式,使语言贴近生活,更容易为普通读者接受。垮掉派分享平民主义视角,一种艺术观,艺术是非精英分

① Murphy, Patrick D. *A Place For Wayfaring*: *The Poetry and Prose of Gary Snyder*. Corvallis: Oregon State University Press, 2000, p.45.

② Murphy, Patrick D. *A Place For Wayfaring*: *The Poetry and Prose of Gary Snyder*. Corvallis: Oregon State University Press, 2000, p.46.

③ Murphy, Patrick D. *A Place For Wayfaring*: *The Poetry and Prose of Gary Snyder*. Corvallis: Oregon State University Press, 2000, p.65.

④ 叶维廉:《道家美学与西方文化》,北京大学出版社2002年版,第3页。

子的、非等级的，是主张平等的。在街道比在学院学到的要多，他们绝大部分寻找易读文体，把诚实当做最为重要的。他们关注实际情感的原初性，强调体验而非敬畏高雅文化。① 垮掉派作家们矛头直指重形式轻内容、远离现实的学院派传统。以英国诗人布莱克、华兹华斯，美国诗人惠特曼、威廉斯这些不落俗套、具有反叛精神同时又深切关注社会状况和人类命运的文学家为楷模。垮掉派以虚无主义目光看待一切；用感观主义把握世界；具有反学术、反精英的特点。后现代主义反对现代主义的理性，是一群走出象牙塔的人。垮掉派作家"挑战学院派传统，蔑视新批评派的清规戒律，不讲写作规范、格律辞章，而以张扬个性、表现自我和抒发情感为主导。他们的作品为主流批评家们所不容，但却成为寻求刺激、不甘平庸、竭力摆脱束缚和苦闷、要求表达自己心声的青年们眼中的经典。他们说出了人们，特别是在痛苦中探索的青年们想说而又说不出的话，所以他们的作品才具有那样强烈的感染力，能够振聋发聩，在美国文化和文学史上开辟了一个新时代"②。

斯奈德的作品并非传统意义上的学术，而是另外一种意义上的学术。诗人在寻找适合世界历史现阶段的钥匙或至少是一套问题，把世界看做是反人类的。目前，人类纯粹、粗鲁及控制的力量威胁着整个星球。斯奈德尽最大努力去发现、检查和建立某准则：因为斯奈德题材中的文学性、所指性和提喻性倾向均可模仿，所以真正有价值的是它表现的广泛理解、坚定看法和某种希望。诗歌词语间和所指代间关系可信，所指代的事情，即外部世界，是主要的价值核心，反对诗歌本身是斯奈德诗学和其现代主义前辈诗学的区别。③

从《砌石》开始，斯奈德越发远离已有诗歌形式。《关于声波》是斯奈德最佳时期的创作。他经常被当做"缪斯"的工具，揭示代言人。诗人

① Tytell，John. *Paradise Outlaws*：*Remembering the Beats*. New York：W. Morrow，1999，pp. ⅱⅹ—ⅸ.

② 文楚安：《"垮掉一代"及其他》，四川大学出版社 2002 年版，第 2—3 页（序言）。

③ Bartlett，Lee. *The Beats*：*Essays in Criticism*. London：McFarland，1981，p. 151.

罗伯特·邓肯正确理解了斯奈德后来作品的这一面，在会谈中，他说斯奈德是"非制造者"①。只有在最原初状态，诗人自己才成为制造者。在《神话和文本》之后，斯奈德改变和发展了技艺概念。斯奈德的后期诗歌中，"诗化更是监守员行为而非手艺人行为"②。在1965年录制的国际教育电视中，斯奈德曾有如此陈述："我的诗是关于工作、爱情、死亡和对智慧的探寻。我们所要的是脚下的土地，我们的思想和身体，生育我们的男人和女人，我们生活在一起的男男女女，我们生育的孩子和我们所认识的朋友。"③ 这些陈述是反形式主义的，是直接性的陈述，是即时性的表述，雷克斯罗思称之为"对文学烹饪术的强烈反对"。很明显，斯奈德的题材是直接的、跨文化的或者是不拘一格的，反学术的。除此之外，在其作品中诗人的存在明显，因为诗中充满逸事性元素，斯奈德的工作浸透在诗歌中。"他是一个有意识的神话制造者，接受自己的建议坐在路边孵育新神话。"④

20世纪50年代早期的文学世界中，一个明显错误是认为诗不能有听众，一首流行诗将会是一件令人蒙羞的事。然而"垮掉一代"却非常重视听众，强调诗人能真正与观众建立联系。这可以发生在路上，用声音和身体演出，问候人们，有时代责任感。如果精确的和有意识的叙述说出了时代状况，那么也就说出了将来。因此作为一种新型的文化形式，诗歌朗诵提升和强化了诗歌本身以及诗人的作用，也告诉我们，诗歌的确是一种真正的口头艺术。进行创作诗歌的时候，应该考虑观众的反馈，根据观众的感觉修改、调整和提炼。这样就能确保艺术演出的某些共性。这说明诗人为观众写诗，也意味着观众听诗的水平会提高，观众越成熟，诗歌随之也更成熟。在纽约和旧金山（最近在像明尼泊斯这样的中西部城市）寻找一位成熟的观众，并非难事。诗歌朗诵对诗人的创作影响很大，不再把诗当

---

① Steuding，Bob. *Gary Snyder*. Boston：Twayne Publishers，1975，p. 35.
② Steuding，Bob. *Gary Snyder*. Boston：Twayne Publishers，1975，p. 35.
③ Steuding，Bob. *Gary Snyder*. Boston：Twayne Publishers，1975，p. 22.
④ Steuding，Bob. *Gary Snyder*. Boston：Twayne Publishers，1975，p. 22.

做坐在打印纸边和属于图书馆的写作艺术，诗人应学习如何大声朗读，甚至获得经济报酬。诗歌属于每个人，但是这儿总会有几个熟练的善于讲故事的人，或创造者或歌手，中间个别创造者尤受器重。如果制造人的姓名不为人所知，艺术也不会灭绝，诗歌的激动是共同的，社会的，人类的。诗歌并不是借助字典在小房间里闭门造车，而是为大众共有。像科克提（Cocteau）曾说："一个天才的工作要求天才的公共性。"①斯奈德也说过："当写诗时，我会更多考虑朋友，家庭，群落，以及面对面的社会网络。我未将面对面的观众抽象化。既然我面对许多人，我会感觉到他们——，是的，我写他们，有时候朝着他们，有时候有点超越他们，但至少把他们放在心中。"②诗歌朗诵的形式"导致了诗歌的民粹主义精神，一种和观众接触的愿望以及和美国的公共契约。诗歌朗诵会增加了，走进了各大学城和大城市，这种现象大约是从1956年开始，美国诗歌进入了一个转型期。那就是回归口语传统，建立更接近大众的东西"③。

　　"诗歌每天都在那儿，在禅宗中，在日常工作中，在对话中，在每天的邮件和拜访中。我正在听，看，学习。我没有试着多写。诗歌自然出来。"④粗话也是常人生活的真实一面，有时它无法回避。斯奈德曾说过："我爱查尔斯（Charles Bukowski）的诗。他刚好展示了一种人类生物学。……吃，喝，放屁。还有什么比这更自然？"⑤在《致中国同志》中，"斯奈德，你越来越像他妈的中国人啦"。还有在《浆果宴席》中，他写道：

　　① Snyder，Gary. *On Bread ＆ Poetry：A Panel Discussion with Gary Snyder，Lew Welch ＆ Philip Whalen*. California：Grey Fox Press，1977，p. 27.

　　② Snyder，Gary. *The Real Work：Interviews and Talks 1964－1979*. New York：New Directions Book，1980，p. 42.

　　③ Snyder，Gary. *The Gary Snyder Reader：Prose，Poetry，and Translation*，1952－1998. Washington，D. C.：Counterpoint，1999，pp. 326－327.

　　④ Halper，Jon（ed.）. *Gary Snyder：Dimensions of a Life*. San Francisco：Sierra Club Books，1991，p. 125.

　　⑤ Snyder，Gary. *The Real Work：Interviews and Talks 1964－1979*. New York：New Directions Book，1980，p. 157.

你不能这样做终身的杀手

人们正来——

——当喜鹊

惊醒了他，软软的毛皮碎布在河里

沉下水，漂逝而去，

"滚你妈的蛋!"草原狼在号叫

然后，跑掉。

微妙的蓝黑色，比草地还香甜

在山谷里，小小的，酸酸的，似乎蒙着淡蓝的薄雾

黑果散布在松林里，

沿溪谷而挤拥，顺绝壁而攀缘

由鸟儿携入天空；

由熊代谢于粪便里

……

唱着歌，一个酒鬼突然把车急转

亮妞! 快从梦里醒来!

把腿夹紧，把邪恶

从裤裆里挤滚

红眼的小伙即将来到

软的变得勃起，假装虔诚的哭泣

滚到太阳下，晒干你僵直的躯体![1]

在《诗人，你应该知道什么》中，斯奈德写道：

亲一口魔鬼的屁股，然后，坐着吃；

---

① Snyder, Gary. *The Back Country*. New York：New Directions Book，1971，p. 5.

搞他妈的带刺的那玩意；

再搞那女巫，

和天上的天使

以及香气扑鼻，光亮的少女—①

在这些诗中，"脏话被当作精美典故，健康男人或女人具有无法抵挡的纤细感"②。对年轻人来说，粗话显而易见的力量是吹开利比多的窗门。克鲁亚克把斯奈德当做杰斐，就是强调"身体的裸露和灵魂的袒露"，这也是"垮掉一代"的主要思想。《达摩流浪汉》的主人公杰斐，在其生活中或者写作中当谈到人体或者性的时候完全没有顾忌。在晚会上，在宗教仪式时，甚至在加利福尼亚西埃拉山的爬山探险中，他经常脱光衣服但并没感到羞耻。斯奈德的诗是开放诗，提升了一种艺术的纯粹高度，正如杰斐·瑞特在"六艺画廊"诗歌中所阅读到的："杰斐本人阅读他关于胡狼，北美平原印第安人的上帝……""滚你妈的蛋！胡狼唱到，抛开了！"这些脏话让那些优秀的观众开始号叫，它是如此纯粹，作为脏话的词从而也变得干净。裸露的，原初的，性爱的，还有斯奈德语言中的粗俗元素，呈现出许多不同的形式，从娱人的笑话到神圣的唱词，有很多的功用——从精确的捕捉伐木营的语言到美国与荒野关系的难以达到的社会准则——但每个人都会有渴望亲密的最终目标，渴望与自然世界融为一体。对粗话的运用确实是"垮掉一代"文学的重要特征。相对于当时的政治背景，"垮掉一代"用粗话表达自己的真实内心感受是一个很好的途径。因为是叛逆青年，他们的言行极具破坏性，粗话和俗话是他们最有可能选择的话语，并且以对此类话语的拥有和掌握作为一明显标志，区别于那些主流社会的代言人，从而形成具有自己特征的语言形式。

---

① Snyder，Gary. *Regarding Wave*. New York：New Directions Book，1970，p. 40.

② Halper，Jon（ed.）. *Gary Snyder：Dimensions of a Life*. San Francisco：Sierra Club Books，1991，p. 48.

　　诗歌对每个人来说都是可能的。你所要学的是一些经验——坐在山上的瞭望塔中，像一个普通海员那样站岗，在高高北岸的木屋上。然后当然是艰苦的工作、技艺等等。斯奈德带我们走进山水。他也做到了。像一股大的、新鲜的、寒冷的风，他带我们走出了诗歌，走出了学校，走出了我们时代的疯狂，深深地进入到松树，冰冲刷的花岗岩，鸟，蛙，鹿，和郊狼的精神世界，走进工作中人们干脆利落又粗俗的大脑。"斯奈德是一位歌唱家，一位没被雇佣的伐木工。唱着深层的，能引起共鸣的曲调，不时夹杂着西部的弹拨声。一种吉他的声音，可以根据意愿使人平静和令人激动。他的诗歌如一小口冰块纯洁、直接、清爽宜人。没有复杂的歧异性，没有希腊和犹大的痕迹，只有佛、印第安部落文化以及沙林鱼的典故。"①

> 已开车到半夜，
> 他来自远方，奔向圣华金河；
> 穿过玛瑞普萨，爬上
> 险峻的山路，
> 上午八点到达到终点。
> 把一大卡车的干草
> 堆放在畜棚后面。
> 用绞盘，绳子和钩子
> 码起草包，
> 直到高处黑黑的屋椽，苜蓿草的
> 灰尘借助屋顶裂缝的光线飞扬、盘旋；
> 而溻湿的衬衫和鞋子里，
> 到处瘙痒。
> 黑色的橡树下，炎热的畜栏外，

---

① Halper, Jon (ed.). *Gary Snyder*: *Dimensions of a Life*. San Francisco: Sierra Club Books, 1991, p.47.

吃了午餐——

那年迈的驴子嗅着桶里的午饭。

蚂蚱在杂草里噼里啪啦作响。

"今年我六十八岁",他说,

"第一次扎草我十六岁。

那时我就认定一生都不会喜欢扎草。

该死！我竟然一直做到现在。"①

"马垛"展示了这样一个价值，特别直接，清楚，将诗歌看成是诗人和观众的共同行为，从而给予观众最深的尊敬。斯奈德面向各类观众朗诵诗歌，从未失败过。观众却能感受到诗人作品的优秀，精神的慷慨以及所包含的信息和所付出的努力。诗人诗歌的清晰明确来自于其蓝领背景，其众生平等的思想。他把诗歌当做面向观众的口头和听觉的实况表演。如果诗人/歌者不能打动周围的朋友和邻居，部落和亲属，艺术就真的成为学术。在获普利策奖后被问道，"你想要多有名？"斯奈德回答"5英里"②。斯奈德的作品之所以广为人阅读，是因为它们是以地域为中心，关注一个包括植物、动物和人类群落的地域。在他的心中，"成为一个天生本土的讲话者是多么美妙的事情，的确，应将每件事情本土化。我在家一直用同一种语言——它让人放松，它使人娱乐，这么多年无论我居住何地，都会用它浏览"③。

"垮掉一代"觉得诗歌应该属于人民大众，他们拒绝现行美国中层阶级的价值观，拒绝现代社会的无目的性。斯奈德也有类似的观点："成为

---

① Snyder，Gary. *No Nature：New and Selected Poems*. New York：Pantheon，1992，p. 11.

② Snyder，Gary. *The Gary Snyder Reader：Prose，Poetry，and Translation*，1952—1998. Washington，D. C.：Counterpoint，1999，p. xviii.

③ Philips，Rod. *"Forest Beatniks" and "Urban Thoreaus"：Gary Snyder，Jack Kerouac，Lew Welch，and Michael McClure*，New York：Peter Lang Publishing，Inc.，2000，p. 34.

一名诗人不必像牛津大学的教师那样去写作。"① "诗歌并不是那种独自坐在宁静的小屋子中阅读，旁边放一本字典，而是一种充分能够为一个团体所分享和感兴趣的激动。"② 诗歌应该是最崇高的和最谦卑的结合，即最伟大的诗人和最浅显的老妇人的结合。在这方面白居易是真正的大师，他的诗雅俗共赏。他常将写出来的诗念给从未听过诗歌或曾想过听诗的老妇人听。这也是为什么斯奈德如此钟情于白居易的缘故。"我发现有几首诗是令人激动的，我们展示给学术界人士，或者说，关于旧金山的艺术和文学种类，他们将说，'是的，那就是诗'。同时，我将它们朗读给伐木者和海员听，他们将说：'那是伟大的。哦，我喜欢那。'"③ "那就是一个标准，那就是我感觉要达到的标准。"④

斯科特·麦克利昂指出斯奈德的工作是"为我们生命的根本问题"说话。像如何理解平等和优雅的居住。这并不意味着斯奈德有所有答案，但是他直接关心大众的关心，关心大众化的言辞。他的诗歌表面简朴并不意味着真正的简单。简朴并不意味着容易。斯奈德工作的本质是自然——特别是"野生自然"，"野生思维"——经常当你置身在斯奈德的池塘中，你会发现自己的情况特别糟糕。⑤ 斯奈德再三强调群落感的重要性，认为诗人和真实的民众而非捏造的听众产生共鸣很是必要。斯奈德更多地把观众当做朋友、家人、群落和面对面的社会网络。

从本质上来说，斯奈德的诗歌是表面简朴实则深奥。"我试着用粗糙、

　　① Snyder, Gary. *On Bread & Poetry*: *A Panel Discussion with Gary Snyder*, *Lew Welch & Philip Whalen*. California: Grey Fox Press, 1977, p. 9.

　　② Snyder, Gary. *On Bread & Poetry*: *A Panel Discussion with Gary Snyder*, *Lew Welch & Philip Whalen*. California: Grey Fox Press, 1977, p. 13.

　　③ Snyder, Gary. *On Bread & Poetry*: *A Panel Discussion with Gary Snyder*, *Lew Welch & Philip Whalen*. California: Grey Fox Press, 1977, p. 12.

　　④ Meltzer, David. *San Francisco Beat*: *Talking With the Poets*. San Francisco: City Lights Books, 2001, p. 311.

　　⑤ Snyder, Gary. *The Gary Snyder Reader*: *Prose*, *Poetry*, *and Translation*, 1952－1998. Washington, D. C.: Counterpoint, 1999, pp. xviii－xix.

简朴、短的词写诗，但其复杂性深藏在远离表层结构之处。"① 其诗歌表明了陈述的直接和简朴，思维的明确和闪耀，情感的深奥和深沉。措辞的简洁让人联想起文学民谣的整个传统，在其中，高明的诗人采取一个简单的结构去说一些原始的和根本的东西。世界上有两种简单：表面的简单和深奥的简单。圣人的生活是深奥的简单——即看上去简单但实际上深奥，而野人的生活是彻底的简单。

斯奈德的生活和写作跨越 20 世纪 50 年代的"垮掉一代"和 60 年代的嬉皮士，同时包括生态中心的/生态地域的/深层的 70—80 年代的生态运动。斯奈德曾说过："诗歌不是非常有趣的，仍旧很大程度上是法国超现实主义派生出来的；政治是太脱离实际的……我对无政府主义政治感兴趣……"② 通过所有这些混乱、骚动和第二次世界大战期间的虚无主义，斯奈德在最为肯定的 20 世纪后半期的文化进程中坚定地做着理论和实践的融合：（1）引进东方宗教思维和精神的/心理的技巧到美国；（2）重估和理解原始文化和居住在星球上的"古老方式"；（3）倡导生态学和理解人在自然中的位置。③

① Steuding，Bob. *Gary Snyder*. Boston：Twayne Publishers，1975，p. 28.
② Halper，Jon（ed.）. *Gary Snyder：Dimensions of a Life*. San Francisco：Sierra Club Books，1991，p. 94.
③ Halper，Jon（ed.）. *Gary Snyder：Dimensions of a Life*. San Francisco：Sierra Club Books，1991，p. 365.

第四章

加里·斯奈德的诗学成因

加里·斯奈德深受各种异质文化的影响，包括日本文化、中国文化等。对异质文化的吸收成了斯奈德诗歌的主要特色。诗人和日本文化，和中国文化的关系已有博士论文。异质文化的影响渗透到斯奈德生态思想的大熔炉里，有机地结合形成了独特的斯奈德生态观；同时，异质文化也影响了其诗学观，形成了其独特的生态诗学。但尽管如此，在和异质文化对话的过程中，其"本土意识"起了很重要的作用。斯奈德本人绝对不会同意是中国文化或日本文化造就了他这个美国诗人。相反，他十分强调"本土意识"。

第一节　加里·斯奈德的中国情结

20世纪是一个新阶段。一方面，西方人在新的文化视野内发现了利用中国的新可能性；另一方面，中国知识分子也开始在世界新格局内寻找中国文化建设性价值。如果说中国思想、中国哲学精神在18世纪造就了启蒙作家们推崇备至的政治乌托邦，那么可以说，在19世纪，便助成了外国作家，特别是唯美主义诗人们心驰神往的艺术乌托邦，到20世纪成为一代西方作家所梦寐追寻的精神家园。20世纪五六十年代，美国诗人为社会问题所困扰，他们转向学习中国古典诗歌、中国传统思想文化和老庄哲学所体现的人与自然的融合，天人合一的思想。大批的文化经典和文学理论经典如《易经》、《道德经》、《论语》、《庄子》、《文心雕龙》、《文赋》等在美国有译本出版，而有些经典是一印再印，例如，《易经》在美国从1950年到1985年已经重印了21次（王晓路统计），成为了仅次于《圣经》的普及读物；《道德经》在60年代译本已经达40多种（赵毅衡统计）。①几乎所有50年代后的重要诗歌派别的领衔人物都接受过中国文化的影响甚至传播过中国文化。随着50年代末60年代初从西部旧金山和东部纽约起始的垮掉派的兴起，介绍中国诗的风气开始回升。介绍中国诗的热点西移，从芝加哥转移到旧金山。佛教和东方文化对整个垮掉派作家、对美国六七十年代的青年、对美国当代文学和文化都产生了广泛而深远的影响。这次热潮的特点是，"中国式"诗人大都倾心于道与禅，都希望更深入到中国美学的核心中去。"垮掉一代"的诗人们吸收中国的禅宗和老庄哲学，在他们的诗作中不时体现出"天地与我并生"以及"众生原本与佛平等"的东方哲学和禅宗思想。英国历史学家阿尔诺德·汤因比这样说："二十世纪最有意义的事件之一，也许是佛教到达西方。"②1974年，美国出版了大型中国诗歌译集《葵花集——中国诗歌三千年》（*Sunflower Splendor*），上至《诗经》，下至毛泽东诗词，达140首。

斯奈德毕生深受包括中国和日本在内的东方文化的深刻影响，在创作中融汇东方文化和印第安文化，糅合儒道和禅宗，在美国后现代诗人中具有非常鲜明的特色。在讨论中国和美国的诗歌与文化的相互交流和影响时，斯奈德是一个必须提到的重要诗人，他不仅是一个时代的代表，也是

---

① 董洪川：《文化语境与文学接受：试论当代美国诗歌对中国传统文化的接受》，载《外国文学研究》2001年第4期。

② 张弘：《跨越太平洋的雨虹：美国作家与中国文化》，宁夏人民出版社2002年版，第10页。

一种思潮的代表。凝聚在斯奈德诗歌生涯中的东方情结就是一个典型例证，印证着现代美国诗歌是如何接受东方文化，尤其是中国古典诗歌和中国传统文化的影响。

一 中古哲学思想的影响

在庞德和艾米·洛厄尔之后，介绍中国诗最得力的美国名诗人当推垮掉派的父字辈肯尼斯·雷克思罗斯和垮掉派诗人加里·斯奈德。[①] 作为当代诗坛的领袖之一，加里·斯奈德撑起了"中国风格"的大旗。他在当代美国文化中的地位不可低估。斯奈德对中国文化确实非常了解，十分热爱。他的确是一个十足的中国通。他学饮茶，学用筷子，学禅宗，学中国书法，学中国哲学和中国古典诗歌。除了中国古典诗歌、儒家和道家思想、禅宗哲学之外，中国画也对他的创作产生了影响。斯奈德说："中国文化的精神财产有两种：禅宗佛教和体现在诗里与画里的美学，而孔子、老子、庄子和孟子的思想则具体体现在中国的诗与画里。"[②]他曾经在日本居住 10 多年，其间在寺庙当侍僧 3 年，专习禅宗佛学，禅学思想深刻地影响了斯奈德的诗歌创作和艺术思想。斯奈德阅读了《道德经》等多种中国文化典籍，在自己的创作中常引用中国文化素材。斯奈德认为："我对大自然和荒野的思考把我带进了道家学说，然后带进禅宗。"[③] 早在里德学校时，他就发现了韦利和庞德的翻译，《孔子》、《道德经》和许多中国印度佛教文学。斯奈德努力将中国的儒教和道教综合形成了 20 世纪 60 年代和 70 年代的美国环境保护哲学。当被问及："你认为你究竟是个怎么样的人？"他回答："我是个儒佛道社会主义者。"[④]

---

① 屈夫、张子清：《论中美诗歌的交叉影响》，载《外国文学评论》1991 年第 3 期。

② 李平：《西方人眼中的东方艺术》，上海教育出版社 2004 年版，第 201 页。

③ 董洪川：《文化语境与文学接受：试论当代美国诗歌对中国传统文化的接受》，载《外国文学研究》2001 年第 4 期。

④ 赵毅衡：《对岸的诱惑》，知识出版社 2003 年版，第 225 页。

斯奈德像寒山一样是个佛教徒。禅宗思想不仅反映在他的诗中，而且反映在他的诗学原理中。庄子的"得意而忘言"，道不可名，佛性也是如此。斯奈德也确信此观点。"内在的体验不是语言能够表达的。语言中没有词语能够表达你的意思。当你用词语来表达时，你就失去了它；因此，最好就是别谈它。"① 他每天坚持坐禅，通过沉思达到忘我的境界，体现在诗歌中就是主体意识的消亡。他的诗句"树木，花草，风和我一起跳舞，我能理解鸟儿的歌唱"②；"石头的生命，小草的生命，和爱因斯坦的生命一样的美丽、睿智而有价值"③，体现了佛的"众生平等"的观点。"我们学习自我的目的是忘掉自我。当你忘掉自我时，你就与万物一体。"④ 他在诗中努力把禅宗与中国的儒、道两家思想糅合，以此作为六七十年代美国环境保护主义的哲学。

斯奈德在回答《当代美国作家词典》编者的问卷时说，他最敬仰的英雄人物是毛泽东。在《致中国同志》一诗中，他还劝毛泽东戒烟、写诗和游泳。

> 毛主席，你应该戒烟。
> 不要理那些哲学家们
> 建水坝，种树就好，
> 别用手拍死苍蝇。
> 马克思是另一个西方人
> 一切都在脑海中

---

① Snyder，Gary. *The Real Work：Interviews and Talks* 1964—1979. New York：New Directions Book，1970，p. 21.

② Snyder，Gary. *Earth House Hold：Technical Notes And Queries To Fellow Dharma Revolutionaries*. New York：New Directions Book，1968，p. 123.

③ Snyder，Gary. *The Real Work：Interviews and Talks* 1964—1979. New York：New Directions Book，1970，p. 17.

④ Snyder，Gary. *The Real Work：Interviews and Talks* 1964—1979. New York：New Directions Book，1970，p. 65.

你不需要炸弹。

继续耕你们的田。

写写诗，游渡大江。

那些蓝色长袍帅极了。

别射杀我，我们喝酒去吧。

等着

瞧。①

　　同样，在《革命中的革命的革命》一诗中，斯奈德用了毛主席的游击战术理念做诗歌的首行，然后接下来又是将毛泽东游击战术进行解释。

农村包围城市

后方的农村又包围着前方的乡村

"从群众中来，到群众中去。"最

革命的思想觉悟产生于

最无情的剥削阶级：

动物，树木，水，空气和草

我们必须先通过

"无意识的独裁"，在我们能

期望枯萎掉这些国家之前，

而最终达到共产主义。②

　　杜甫、白居易是他最欣赏的诗人，司马迁是他最喜欢的作家之一，他

---

① Snyder，Gary. *The Back Country*. New York：New Directions Book，1971，p.114.
② Snyder，Gary. *Regarding Wave*. New York：New Directions Book，1970，p.39.

还将《红楼梦》里的女性形象列入他所喜爱的作品人物。在《龟岛》中他写道："我对中国已毫无怀疑。"① 在另一篇通信中他又指出："人民中国给我们树立了许多光辉的榜样。"② 尽管斯奈德如此钟情于中国文化，但是他对中国有着不同的态度，他对中国的态度极为矛盾。他并没有像马可·波罗那样将中国理想化。

二 中国画的影响

据斯奈德回忆，他最早接触中国文化不是中国诗歌，而是中国画。在1972年，叶维廉见斯奈德曾问："你对中国的山水画为什么有如此浓厚的兴趣？"他说："我生长在太平洋西北部的森林里，年幼时，有一次父亲带我到西雅图的博物馆去看正展出的中国画，我立刻就喜欢了，因为那是我认识的山认识的水，和我实际生活所看见的一模一样。"③ 他的一首短诗《进城劳作去》就十足是一幅中国立轴画。他后期的诗歌集《山水无尽》是一幅中国宋人山水画长卷的标题，据斯奈德自称，数十年间，这幅长卷一直给他以启迪和灵感。

斯奈德的诗风的确深受中国画影响。从中国山水画中他意识到：混沌宇宙中万物各就各位，事事无碍。主体和客体，意识和自然现象同时兴现，人应和着物，物应和着人，物应和着物，至万物万象相印相认。这也是中国山水画给予他的最重要的启示。中国山水画让观者不锁定在单一的透视。你不需要有任何角度，空创造空间，空就是空间，空产生同情。由于中国山水画的启发，画中之"空"作为一种负面的空间，一种寂静沉思的状态，任万物兴现。斯奈德认为语言的最高境界是无言化境。他的诗歌最妙之处是语言文本之外所延伸的虚实结合，而"实"之处的"虚"更能

---

① Snyder, Gary. *Turtle Island*. New York: New Directions Book, 1974, p. 104.

② Snyder, Gary. *The Real Work: Interviews and Talks* 1964—1979. New York: A New Directions Book, 1980, p. 127.

③ 叶维廉：《道家美学与西方文化》，北京大学出版社 2002 年版，第 75 页。

体现诗歌的张力和诗歌的本质。"实"的出现只是为了更好地体现"虚"，从而达到："不着一字，尽得风流。"

正如画房子，无论是画法国房子，还是日本房子，还是德国房子，观画者都能辨别出画的是房子，可采用语言描述就很难理解了。同样，歌曲也以语言为载体，可它在很大程度上能够超越语言障碍。不同语言的人们虽然不能精确地说出歌曲所反映的内容，但是他们能够毫无困难地感受歌曲，达到交流和沟通。的确，物物之间有一种互通消息的团结性，有一种文字，一种犹未发生的文字。所以诗歌应该跨越语言的牢笼，这似乎不大可能，或许这是一个永远不可能达到的目标，但是在追求目标的过程中，我们能够无限地靠近目标。正因如此，斯奈德的立场很明确，如果诗要发声，它必须发自人身以外无言而活泼的世界，它必须同时是自然和人的声音。物物之间有一种我们犹待学习的原始交谈，即"天籁"。通过调整语法，诗变得非常灵活，可以让物象或事件保持它们多重空间与时间的延展。物与观者可以并立而不对立，构成一种独特的亲密社团。"任万物不受干预地、不受侵扰地自然自化的兴现的另一含义是肯定物之为物之本能本样，肯定物的自性"，也就是"见山是山，见水是水"。所以，斯奈德的诗歌一直贯彻卡洛斯·威廉姆斯的"没有意念，只在物中"[1] 创作原则，他反复希望做到"不是关于事物的意念而是事物本身"[2]。

三　中国诗的影响

早在 22 或 23 岁时，斯奈德开始钻研中国诗歌，并且发现自己深受中国诗歌影响。1955 年夏天在山区工作时，他也在钻研中国古典诗歌。后来他写了一些关于岩石和蓝色鸟的诗。这些诗看起来跟他以前写的迥然不

---

　　[1]　Litz，A. Walton. *William Carlos Williams*：*The Collected Poems*（1909—1939）. Volume I. Manchester：Carcanet Press Ltd.，2000，p. 262.

　　[2]　Kermode，Frank. *Wallace Stevens*：*Collected Poetry and Prose*. New York：Literary Claasics of the United States，1997，p. 451.

同。中国古典诗歌对他的影响到底有多大？当赵毅衡追问斯奈德，他不假思索地回答说："在五六十年代是百分之八十。"①

东方的宗教哲学对他有一种内在影响，他像中国和日本古代诗人那样对名利不感兴趣，关心的是沉思和想象。他的家庭幸福是东方人给的，他的灵感也多来自东方，他的事业更是与东方密切相关。他第一次接触中国诗的情景："我第一次读中国诗的英译是在19岁，当时我理想中的大自然是一面45度的火山冰坡，或一片绝对处于原始状态的雨林。是中国诗帮我'看见'了田野、农庄，纠缠在一起的灌木，旧砖房后的杜鹃花丛——它们使我从对荒山野岭的过度迷恋中解脱出来。中国诗人有一种超绝的诗艺，能使最荒莽的山林现出人性，证明大自然是人最好的住处。"② 斯奈德"（在中国诗里发现了）世俗的品质和与历史的衔接，对神学、对精致的象征或隐喻的回避，友爱精神，对工作的豁达态度，当然，还有对自然的敏感性。西方的传统是象征主义、神学和神话学，而中国的传统却似是而非，我们不妨说，更具有现代性。中国的传统，集中在历史和自然上，就表现出世俗性。这对我是一个推动"③。他认为："唐朝和宋朝往往表明中国文学也许能成为人类所能达到的最高文学的一种，但在二次大战后，美国文学，特别是美国诗歌，日益分成受中国影响的和不受中国影响的。如果不搞清楚这一点，对整个一代的文学潮流就难以理解。"④ 他师承名师陈世骧教授，在陈的"指导下读原文的中国诗歌，并且越来越喜欢中国诗歌严谨的形式，精炼的语言和复杂的意蕴。所有这些都对我的诗歌创作产生了影响"⑤。当被问："你是从庞德还是从中国诗歌中获得表意法的？"斯奈德回答："直接从中国诗歌里。"⑥ 斯奈德曾经说道："我爱日本文学和日本

---

① 赵毅衡：《对岸的诱惑》，知识出版社2003年版，第225页。
② 赵毅衡：《对岸的诱惑》，知识出版社2003年版，第222页。
③ 万海松：《诗歌的艺术：加里·斯奈德访谈录》，载《外国文学动态》2002年第3期。
④ Snyder, Gary. *The Real Work*. New York: A New Directions Book, 1980, p.174.
⑤ 区鉷：《加里·斯奈德面面观》，载《外国文学评论》1994年第1期。
⑥ Snyder, Gary. *The Gary Snyder Reader: Prose, Poetry, and Translation*, 1952-1998. Washington, D. C.: Counterpoint, 1999, p.324.

诗歌，但中国诗歌能引起我很深的共鸣。"[①]

根据区鉷先生的统计，斯奈德的诗作里直接引用中国典籍的就有 51 处[②]，如"国破山河在"、"欲穷千里目，更上一层楼"、"天为庐，地为枕"、"踏破铁鞋无觅处，得来全不费工夫"、"初生牛犊不怕虎"。在《伐柯》中，斯奈德将老师比作斧头，学生比作斧柄。这也是在诗经中的一则隐喻。他还习惯用拼音的 shan 代替 mountain，如黄山，他不用 yellow mountain，而是用 Huangshan。还有，在他的诗中常有汉字出现，如《龟岛》中"光的用处"，A higher tower /on a wide plain. /If you climb up / One floor /You'll see a thousand miles more. / 禅。[③] 在这首诗里，汉字融入英诗。最后的几句将古典汉诗典故"欲穷千里目，更上一层楼"进行倒置：高楼 / 在辽阔的平原上 / 若上 / 一层楼 /可穷千里目。

斯奈德对中国文化的吸收体现在四方面：隐士风、山野魂、禅家境和白话诗。[④] 斯奈德熟悉一批中国古代诗人，如王维、苏轼、杜甫、白居易、寒山等。事实上，他也喜欢谢灵运、陶渊明这样的诗人。他尤其喜爱寒山诗，寒山对他产生了极大的影响。斯奈德翻译了唐代诗僧寒山的诗，出版了《砌石与寒山》，在诗中糅合禅宗与中国的儒、道思想，以此作为六七十年代美国环境保护主义的哲学。在斯奈德心中的荒野就是寒山心中的寒山［它象征诗人与大自然（物我两忘）的结合，它象征永恒的自由与解放］。1958 年斯奈德在《常春藤》杂志上发表了 24 首寒山诗，这 24 首是有关寒岩与禅境的。这些诗不是随随便便拣出来的，它们生动地体现了寒山所经历的心路历程。

如寒山自述诗："时人见寒山，各谓是疯癫。貌不起人目，身唯布裘

---

① Snyder, Gary. *The Gary Snyder Reader: Prose, Poetry, and Translation*, 1952—1998. Washington, D. C.: Counterpoint, 1999, p. 328.

② 区鉷：《加里·斯奈德面面观》，载《外国文学评论》1994 年第 1 期。

③ Snyder, Gary. *Turtle Island*. New York: New Directions Book, 1974, p. 39.

④ 区鉷：《加里·斯奈德与中国文化》，《中国人文社会科学博士硕士文库》文学卷，第 1804 页。

缠。我语他不会，他语我不言。为报往来者，可来向寒山。"① 最能体现寒山思想的是第 12 首。这首诗原文如下："出生三十年，常游千万里。/行江青草合，入塞红尘起。/炼药空求仙，读书兼咏史。/今日归寒山，枕流兼洗耳。"② 这首诗表现了诗人对不同人生道路的看法。斯奈德也写过一些山水诗，如：五日雨连三日热/ 汲子松上脂闪亮/ 横过岩石和草原/ 一片新的飞蝇/ 我记不起我读过的事物/ 几个朋友，在都市中/ 用洋铁罐喝冰冷的雪水/ 看万余里/ 入高空静止的空气。③ 这和寒山的诗歌有很多相似之处：杳杳寒山道，落落冷涧滨。啾啾常有鸟，寂寂更无人。淅淅风吹响，纷纷雪积身。朝朝不见日，岁岁不知春。④ 从这两首诗，我们可以看出寒山和斯奈德在诗中用了相同的意象：雾，松树，岩石，草荫，除此之外，还有诗人和大自然共处时的孤独平静的心态。尤其是两首诗的结尾，两者之间有异曲同工之妙。他的诗歌《皮尤特涧》：

在花岗岩的山脊上

一棵树，足够；

一条小溪里，一块岩石足够；

一个池塘里，一片剥落的树皮足够。

一山又一山，层峦叠嶂，

倔强的树木硬是从

薄石片的裂痕里长出。

一个普照其上的大月亮，过于浪费铺张。

思绪在徜徉。

无数的夏季，静静的夜空，还有

暖暖的岩石。绵延山脉处的天空。

---

① 姜子夫编：《寒山拾得诗》，大众文艺出版社 2005 年版，第 117 页。
② 姜子夫编：《寒山拾得诗》，大众文艺出版社 2005 年版，第 161—162 页。
③ Snyder, Gary. *Riprap and Cold Mountain Poems*. San Francisco: Grey Fox Press. 1982, p. 1.
④ 姜子夫编：《寒山拾得诗》，大众文艺出版社 2005 年版，第 21 页。

　　与人类相伴的垃圾

离开散去；坚硬的岩石开始退让，

即使沉甸甸的礼物也不能激起

这颗幻想的心房。

文字与书籍

像从高处岩石流下的小溪

飘逝在干渴的天空。

一个冷静又专心的头脑

已经没有意义，只是

在那儿真实地观赏。

没有人喜欢岩石，尽管我们就在这地方。

寒夜彻冷。一声拍翅，

在月光下闪进了杜松树的阴影。

回到隐藏处，

美洲狮或草原狼

露出冷酷自大的目光。

窥视着：我，起身，离去。①

　　这首诗无论是从意象、意境、情趣，还是从语言结构，读者分明从中读到了寒山的诗行："碧涧泉水清，寒山月华白"，"默知神自明，观空静愈静"，"万物静观皆自得"等。当克鲁亚克的《达摩流浪汉》出版时，其中的主人公杰斐的原型就是现实生活中的斯奈德，此书的出版也标志着斯奈德成为了美国的寒山。他寒山似的生活方式更是成为一个现代传奇。

　　斯奈德的诗有禅意，所以叶维廉教授在他的《藏起宇宙：王维的诗》

　　①　Snyder, Gary. *Riprap and Cold Mountain Poems*. San Francisco: Grey Fox Press. 1982, p. 6.

一书中称斯奈德在当代美国诗人中无论哲学、气韵、风格都最接近唐代诗人王维。在王维的诗中，事物原始的新鲜感和物性原原本本地呈现，让它们"物各自然"地共存于万象中，诗人融会物象，作凝神地注视、认可、接受甚至化入物象，使毫无阻碍地跃现。[①]斯奈德在给区鉷先生的信中说道：我很欣赏隐逸的、历史的、宴饮唱和的以及学识渊博的中国诗。特别能感动我的是一些写自然的诗，比如王维的诗，还有诗中一些静的意境。[②]他翻译过一些王维的诗，如："空山不见人，但闻人语响。返景入深林，日照青苔上。"寒山和王维等人充满禅机佛理、歌颂大自然的诗篇，在垮掉的一代看来，既是对他们所反感的资本主义工商社会的否定，也指出了新的精神追求和新的生活方式。

斯奈德的诗非常口语化，而且浅显易懂。在这方面他特别欣赏中国诗人白居易。在他的许多谈话中，他都会提到白居易读诗给不识字的老姬听的典故。他认为："这就是标准，这就是我写诗歌时的标准。"[③]他也曾经翻译过白居易的《长恨歌》和《琵琶行》。

在诗风上，他深受中国古典律诗的影响，他的诗注入了禅宗、道家思想，他也利用中国古诗的格律与语法来重新锻炼英语诗句。他对中国句法模仿供认不讳，"由于某种原因，把中国古典诗歌迻译到英语中并不是那么困难的事，因为中英语语汇都很精炼，句法十分相近，在某些诗人你甚至能把整个诗句结构从汉语搬入英语"[④]。如他所翻译的柳宗元的《江雪》：

These thousand peaks cut off the flight of birds （千山鸟飞绝，）
On all the trails, human tracks are gone. （万径人踪灭。）

---

① 叶维廉：《叶维廉文集》第一卷，安徽教育出版社 2003 年版，第 89 页。

② 区鉷：《加里·斯奈德面面观》，载《外国文学评论》1994 年第 1 期。

③ Meltzer, David. *San Francisco Beat：Talking with the Poets*. San Francisco：City Lights Books, 2001, p. 311.

④ 赵毅衡：《诗神远游：中国诗如何改变了美国现代诗》，上海译文出版社 2003 年版，第 241 页。

A single boat—coat—hat—an old man（孤舟蓑笠翁，）

Alone fishing chill river snow.（独钓寒江雪。）

　　后两句已经摆脱了英语传统语法的羁绊，最后一句彻底疏离了英语语言符号的常规秩序，放弃介词和冠词，采用逐字翻译。罗列句法一反西方主宰性导向性的做法，直接呈现强烈视觉性的事物，提高物象的独立性，使物象与物象之间形成一种共存并发的空间张力，一如绘画中所见。显而易见，蒙太奇的效果——保持多重暗示的并置替换了主宰性的陈述。这是一首中国味十足的诗。美国诗歌语言已经不像印欧语了：从逻辑上环环紧扣的印欧语句法转到尽可能松懈的并置结构的中国式句法，中国诗，是这种变化的基本推动力。① 在他的《山水无尽》中，这种手法的有意运用表现得尤为明显。

　　斯奈德的诗集《关于声波》中那首诗《波》对于斯奈德借鉴中国古典诗歌的文体特征以背离传统英文表达方式所做的尝试，颇具代表性。

Grooving clam shell,

streakt through marble,

sweeping down ponderosa pine bark—scale

rip—cut tree grain

sand—dunes, lava

flow

Wave wife.

Woman——wyfman—— …

"veilked; vibrating; vague"

saw tooth range pulsing;

---

　　① 赵毅衡：《诗神远游：中国诗如何改变了美国现代诗》，上海译文出版社 2003 年版，第242页。

veins on the back of the hand.

Forkt out: birdsfoot—alluvium
wash

great dunes rolling
Each inch rippld, every grain a wave.

Leaning against sand cornices til they blow away

——wind, shake
stiff thorns of cholla, ocotillo
sometimes I get stuck in thickets——

Ah, trembling spreading radiating wyf
racing zebra
catch me and fling me wide
To the dancing grain of things
of my mind!①

    首先，这首诗像汉语一样，动词没有时态变化。诗中大量使用现在分词表现事物一系列生生不息、共时存在的过程，将读者带到浑然不分时空、万物并发的宇宙原初状态，消除了机械时间律对经验的限制造成的阻隔。要表达的经验是恒常的，故不应该把它狭限于某一特定的时空里。无时态可以使我们更接近主客不分的存在现象本身，存在现象是不受限于特定时间的，时间的观念是人为的，机械地硬加在存在现象之上的。其次，

①　Snyder, Gary. *Regarding Wave*. New York: New Directions Book, 1970, p. 3.

以意合连接的方式排比列出，形式上接近中国古典诗歌中的"意象叠加"。两个不同镜头的并置，是整体的创造，而不是一个镜头和另一个镜头的总和。再次，像中国古典诗歌一样，很少使用人称代词，主语也常省略，个人感知的经验常以无我的方式表现，这样既使物象成为独立自足的语言，也使经验摆脱个人视觉的限定而成为共有的情景，任读者移入直接感受。这样，读者可以不断换位去消解视线，让几种认知的变化可以同时交汇在观者的感受网中。

在整个 20 世纪里，中国古典诗歌对美国的影响甚至超过了以往对任何国家的影响。美国作家在创作风格与技巧上对中国诗歌的有意识借鉴，为世界文化交流史写下了光辉的篇章。斯奈德为中美诗歌交流史写下了浓墨重彩的一页，他对中国古典诗歌的借鉴已成为世界文学交流史上的一段佳话。斯奈德受中国文化的影响的确是全方位的。当其他"垮掉派"诗人以虚无主义的玩世态度和疯狂而绝望地"号叫"，发泄对西方现代文明的不满时，斯奈德却回归原始素朴的自然和深入到古老的东方文化之中，寻找矫正西方现代文明的支点，在超然恬淡、独立于世的隐者精神之下，表现出一种深沉的进取。到底是什么使斯奈德在"垮掉派"中独树一帜？赵毅衡认为：是东方诗，尤其是中国诗歌的影响。[①]中国元素是其诗歌最引人注目之处，而这类特质已经成为美国现代诗不可或缺的一部分。总之，世界巨变的机遇使世界诗歌进入了异质交汇的新时期，从而形成国际性与多元化相统一的新格局。具有鲜明的民族特色和现代国际美学理念的诗歌，将会成为引领世界诗歌发展的新潮头。

第二节　加里·斯奈德与禅宗智慧

斯奈德被公认是当代美国诗坛以写禅诗著称的代表性诗人。他身体力

---

① 赵毅衡：《加里·斯奈德翘首东望》，载《读书》1982 年第 8 期。

行地实行"抛弃腐朽的现代文明,走向自然"的艺术和人生理念。其诗集《山水无尽》出版后激起过热烈反响。斯奈德的生活经历为其写作的灵感。禅宗对其生活与著作的影响是显而易见的。像受禅宗影响的中国自然诗人一样,斯奈德远离尘嚣,过着简单平静的生活。只有在需要钱时他才去工作,他一直像一个习禅的学生那样学习思考。斯奈德是一位"偶像派诗人","他的生活方式比他的诗歌给人印象更深"①。禅对其作品的影响很明显。他所创作的大量作品的灵感与主题都来源于禅宗。对禅宗和东方译本的研究使他成为一个作家和诗人。斯奈德将禅的原理应用到一种园艺和采集的生活,把禅当做生活的教义和教律,坚持以禅指导他一生的实践。而且,斯奈德的禅宗生活方式还影响了居住在其周围的人们。"在斯奈德家园四周的社区宗教为佛教禅宗。可以说没有他的坚持,禅也不可能如此深地扎根于此。正是由于他的关注,这个社区才一直在创造和发现美国的禅宗,美国的禅宗正在将曾经的单个乡村集合体转换成一个社区,这就是加里的工作。"②

禅宗对斯奈德的影响几乎是全方位的,它渗透到斯奈德生活的方方面面。不仅贯穿于他一生的生活实践,而且也体现在他的诗歌创作中。斯奈德对禅宗的接受并未生搬硬套,而是将禅宗与美国的本土文化紧密结合,形成了具有美国特色的禅宗。本节从习禅、写禅、化禅三方面来探讨禅宗思想对斯奈德的全方位影响。

一 习禅

作为一个热衷于环保和禅宗的诗人,斯奈德把禅宗当做生活中一个必不可少的部分。他对禅宗推崇备至,甚至到了顶礼膜拜的地步。他说:

---

① 区鉷:《加里·斯奈德面面观》,载《外国文学评论》1994 年第 1 期。

② Halper, Jon (ed.). *Gary Snyder: Dimensions of a Life*. San Francisco: Sierra Club Books, 1991, p. 164.

"我越习禅，我就越发信任它。"① "中国文化的精神遗产基本上就是佛教的禅宗。"② 斯奈德最喜欢大乘佛教的哲学和教义。"我发现最令人激动不已的就是中国发展的大乘佛教智慧和古老的道家传统相汇合。它是中国诗歌最鼎盛时期——早唐和中唐的禅师与同时代的诗人有很多都成为朋友——这是令人不解的。"③

斯奈德22岁时就开始读六祖慧能的《坛经》。他赴日本习禅之前三年，已经学习体会禅宗的境界，并以禅的体验入诗了。以下是他1952年7月9日在贝可山上日记中的诗文：开矿者法兰克·毕伯所盖的小木屋已倾斜/由路的一端要走两天才到这里。/日本的艺术：望月/听虫/读慧能的经。④作为一位虔诚的佛教徒，斯奈德从20多岁开始每天打坐，一直坚持了几十年。坐禅已经变成其生命的一部分，非常有用而美妙的一部分。他每天早上至少打坐20到25分钟。斯奈德以佛教徒的生活来教育子女。当有人问及他的子女信仰什么时，他们会回答："我们属佛教徒这个族群。我们不知道是否真正信仰它，但那是我们的文化。"⑤。

斯奈德身体力行的禅宗习自日本。1956年他前往日本学习禅宗，断断续续达12年之久。在《大地家族》（*Earth House Hold*）一书中有一篇文章详细描述他在京都诸国寺学习禅宗的细节，包括坐禅、公案参禅、深入学习华严宗经典继而成为老师等。他研究临济宗，也曾担任禅本研究员和翻译，并起禅名为"听风"。他曾在印度逗留过半年，并在那儿受到了达赖喇嘛的接见。60年代回美国后，他开始构思一种有别于传统佛教思维，独特的佛教式生态哲学。艾里克斯·贝特曼（Alex Bateman）在《文学传

①　Snyder，Gary. *The Real Work*：*Interviews and Talks* 1964－1979. New York：A New Directions Book，1980，p. 154.

②　钟玲：《美国诗与中国梦》，广西师范大学出版社2003年版，第103页。

③　Snyder，Gary. *The Real Work*：*Interviews and Talks* 1964－1979. New York：A New Directions Book，1980，p. 95.

④　Snyder，Gary. *Earth House Hold*：*Technical Notes and Queries to Fellow Dharma Revolutionaries*，New York：New Directions Book，1968，p. 2.

⑤　钟玲：《史耐德与中国文化》，首都师范大学出版社2006年版，第86页。

记词典》（*Dictionary of Literary Biography*）第五卷中说："无论斯奈德的诗多么牢固地植根于美国文学传统之中，不考虑他的禅宗哲学是不能完全欣赏他的诗的。"①

　　垮掉派的先驱人物杰克·克鲁亚克以斯奈德为原型来塑造《达摩流浪汉》中的主人公杰斐。在此书中克鲁亚克写到了这些年来斯奈德对东方及禅宗的兴趣。克鲁亚克写信给斯奈德说："1958 年是伟大的一年，是佛的年。""达摩流浪汉，我的新小说都是关于你，你叫杰斐，让你成名了，我现在能听到，关于居住在奥林根森林中的杰斐的各种民歌，……这是你的一年，达摩之年。"② 斯奈德是个诗人，一个与山为伍的人，一个沉思万物精髓的佛教徒。他是一个享受孤独并完全依赖自我生存的人。在美国，斯奈德是一个完完全全的杰出的传教士。金斯伯格首次遇到斯奈德之后，在其日志中写道："一个留须的名叫斯奈德的伯克力猫，……他一直致力于东方研究，几个月后将离开成为一个禅僧……"③

　　禅的基本概念是唤醒大自我，强调悟。"顿悟并不是禅宗训练的结束，而是禅宗训练的开始。"④ 斯奈德将这些教义运用到他的写作中，并以其指导日常生活。坐禅"毫无疑问让我通向了心灵的国度——一种重新体验的能力——最实际的准确回忆和重视，这些都归根于坐禅的练习，尽管，严格意义上来说，这并非坐禅的最好方式"⑤。斯奈德认为佛不仅是一种宗教或个人的练习，内在的自我和顿悟，而且也是一个通过实践来实现个人洞察力的练习。沉思仍旧是修行的重要部分。它是一种放逐心灵的无辜而获得顿悟的方式。沉思时，佛教徒能摆脱外部世界的一切枷锁而全身心地关注内部自我。只有在完全的放松和宁静中，人才能与其存在的精神完全融

　　① 刘生：《加里·斯奈德的中国文化意蕴》，载《外语教学》2001 年第 4 期。

　　② Suiter，John. *Poets on the Peaks：Gary Snyder，Philip Whalen & Jack Kerouac in the North Cascades*. Washington. D. C.：Counterpoint，2002，p. 235.

　　③ Steuding，Bob. *Gary Snyder*. Boston：Twayne Publishers，1976，p. 48.

　　④ 傅伟勋：《从西方哲学到禅佛教》，生活·读书·新知三联书店 1996 年版，第 319 页。

　　⑤ Snyder，Gary. *The Real Work：Interviews and Talks 1964—1979*. New York：A New Directions Book，1980，p. 33.

合。"不关心政治力量，而是关心自身的知识，无权之权；这也是禅宗的实践。"① 在禅宗里，禅意味着对于所有事物的佛性的沉思体验。首先是指与日常生活相关的事务和人，即强调生活的实际性。一个人完全生活在现在，充分注意到日常事务，通过简单的行动就可以获得关于生活的奇妙神秘的禅的体验。斯奈德比较喜欢中国式的禅，因为中国禅是"非经典化的、更加普遍的、更加生态的、更加嬉戏的"；他所认同的禅与日常生活关系非常密切，可以说是一种生活的方式，不是与世隔绝的苦修，不只强调要修炼到内心空的境界，更强调劳动的重要与对众生的承担；他如此解释"禅"：那是一种使用心智的方式，实践生活方式，与其他人一起努力的方式。它有一种让他人参与的风格。它令大家特别关注工作，注意工作。它重视日常生活，重视如责任与承诺这类古老的名词。没有外在之法能实践它，所以必须深入自我去寻找禅的真谛。②

二　写禅

佛教思想中凝聚了人类对宇宙自然与人的生命问题的深层思考，这是佛教的特点。对宇宙自然的思考和人生智慧的悟解，是佛教思想中的精华。在禅宗思想体系中，人类生活完全取决于野生系统中相互渗透的网络。禅宗教人尊重一切生命和野生系统。一种全面发展的道德意识必须涵盖自然中的所有存在物，从这一点上来说，佛教与生态思潮有着紧密联系。斯奈德将佛教教义与深层生态学密切结合，开启美国的佛教绿色化思潮，最具体地表现在他的《龟岛》（*Turtle Island*，1974）与《斧柄》（*Axe Handles*，1983）这两部诗集中。斯奈德从禅宗中吸收的生态思想主要体现在非人类中心主义、无为、整体论、万物都有佛性、尊重生命、简朴这几

① Snyder, Gary. *The Real Work*: *Interviews and Talks* 1964—1979. New York: A New Directions Book，1980，p. 4.

② Snyder, Gary. *The Real Work*: *Interviews and Talks* 1964—1979. New York: A New Directions Book，1980，p. 153.

方面。

佛教的涅槃说是建立在无我论的基础上的。它不是人类中心主义的，而是宇宙主义的。它把人视为自然的附属物，打破了人自身的优越感，是对狭隘的人类中心论的反对。斯奈德的生态观是非人类中心主义的：人类无法控制自己的命运，世界是由偶然而非人类来设计的。斯奈德认为：人类并不高于自然界其他物体，他们应该忠实于自然，忠实于宇宙中所有的有感知的和非感知的存在。在"为大家庭祈祷"中，他表达了其对自然界万物的感激，表明了他的非人类中心主义观念。他对自然的尊敬和感激也反映了他预测的人类前景，人和自然平等和谐地生活。斯奈德声称："它是我们的责任——正如我们所定义的——佛教徒将和平从人类扩及到非人类，和平的问题影响着我们，影响着世界，包括植物、动物和分水岭，湖泊与河流。"① 他号召实行一种终极民主："我觉得我们应该对人文主义和民主作一些新的定义，也就是必须重新纳入这些人类以外的事物，这些领域必须有代表，这就是我以前说的生态良心的意义。"② "我们必须设法把其他的'人民'——爬行的人民、站立的人民、在天空飞驰的人民、在水中游泳的人民——重新纳入政府议程的运行。"③

禅宗渗透到斯奈德的部落主义和生态观。在斯奈德看来，有来自无，爬山之道即悟禅之道，是世界上最容易的事。由于单调，它比行走平地更容易。爬山时，不会犹豫自己为何走在巨石中，就像禅。扫地时，就想着扫地，那么就会和万物融为一体，那时扫地便成了世界上最重要的事情。最深最难达到的力就是让万物各就各位——万物大和谐状态。通过禅宗我们理解佛的万物为一，人类能够超越其社会特性并明白其在自然中的关系，走向内部和看明白内在的关系。他的诗《为了无》这样写道：

---

① Murphy, Patrick D. *Understanding Gary Snyder*. South Carolina: University of South Carolina Press, 1992, p. 12.

② Snyder, Gary. *Turtle Island*. New York: New Directions Book, 1974, p. 106.

③ Snyder, Gary. *Turtle Island*. New York: New Directions Book, 1974, p. 108.

大地一朵花

草夹竹桃长在陡峭的

山坡上，星光

悬挂在无垠的

坚固的太空中

小小腐烂的晶体；

颗颗的盐粒。

大地一朵花

在海湾边，一只大鸦

拍翅掠过，泛起一道

微弱的光芒，一道色彩

被遗忘，当所有的

消失尽光。

一朵花

不为什么；

一种献出；

无人关爱。

滴雪，长石，和污垢。[①]

　　这首诗明显体现出作者所提倡的无为思想。告诉我们不关心政治权利，关心自我知识，关心无为之为。的确，"平常心是道"、"日日是好日"、"砍柴搬水，无非妙道"等乍看庸常、细察深微的禅语充分发挥了自然无为、只是无事的禅道精神。佛教中的涅槃即道家无为的思想。这些思

---

①　Snyder，Gary. *Turtle Island*. New York：New Directions Book，1974，p. 34.

想有助于人类游离于其个性文化之外。

佛教文化中蕴涵的整体主义思想、"普度众生"的信念和热爱生命的思想深深地吸引西方生态主义者。总的来说，西方生态批评家看中佛教蕴藏生态整体主义观念的缘起论以及佛教热爱生命的生态理念。佛家的生态整体主义自然观与笛卡儿—牛顿的机械论世界观、人与自然对立的二元论截然对立，是西方生态主义可资借鉴的重要思想资源。深层生态学的创始人奈斯曾经写过一篇专门论述佛教的论文《格式塔思想与佛教》，阐明佛家的整体主义思想。佛教的生态伦理便是保持生命体的多样性以及每个事物的自我存在及自我实现的可能性。诗歌《光的用途》深受禅宗影响。在这首诗中，斯奈德表达了对他类的同情，不仅包括有生命物而且也包括非生物，这正是佛教的思想。石头、树、蛾、鹿和世界上的人都是相连的，它们共同组成一个和谐统一体。

佛教设置了一个理想生态国，在这一国度里，各生命体均有其应处位置和存在价值。佛教提供了一种非人类中心主义的生态世界观。在1970年地球日讲演时斯奈德谈道："能够理解网络和关系如何作用的人们是那些能理解真正伦理的、生态伦理的以及包括万物的道德的古老的、原始的、远古的宗教世界观。"[1] 斯奈德用自己无偏见的理念，佛教徒的方式来看待自然中的各元素。在这些观念影响下，他经常回到美国未开发地区，这种生活体现了对当时美国文化社会的颠覆。

斯奈德最害怕的事情是基因池的多样性和丰富性遭受破坏。"生命的宝贵（财富）是万物不同基因中所存储信息的丰富性……多样性使生命具备各种各样的适应能力以及对星球的长程变化作出回应。"[2] 对自然世界整体的直接体现是深层生态学最核心的概念。自然不只是各个现象的总和或相关存在的结合体，整体性有其内在的价值。没有完整的自我就不会有自

---

① Murphy, Patrick D. *Understanding Gary Snyder*. South Carolina：University of South Carolina Press, 1992, p. 15.

② Snyder, Gary. *The Gary Snyder Reader：Prose，Poetry，and Translation*，1952—1998. Washington, D. C.：Counterpoint, 1999，p. 254.

我的实现，完整的自我只有在整体中才存在。自然中的个体变异、死亡、人类、种族、岩石和星星，本身都并不重要，只有整体才高于一切。"鹰击长空，鱼翔浅底，万类霜天竞自由"，这就是宇宙生态。

万物有佛性：禅宗强调"郁郁黄花无非般若，清清翠竹皆是法身"，大自然的一草一木都是佛性的体现，都蕴涵着无穷禅机。基于这一缘由，清静佛土，珍爱自然就是中国大乘佛教的天然使命。英国历史学家汤因比发挥了佛教的无情有性说，指出："宇宙全体，还有其中的万物都有尊严性，它是这种意义上的存在。就是说，自然界的无生物和无机物也都有尊严性。大地、空气、水、岩石、泉、河流、海，这一切都有尊严性。如果人侵犯了它的尊严性，就等于侵犯了我们本身的尊严性。"① 的确，"一切众生皆有佛性，如来常往无有变易"，"草木国土皆能成佛"，"山河大地悉现法身"。

对斯奈德来说，山也是佛。它沉默地坐在那儿成千上万年，好像要在静默中为万物祈祷，准备阻止人们的担忧和愚昧。"在佛教与即将到来的革命"中，斯奈德批判了东方的经院佛教"有预谋地准备接受或忽略政治所带来的不平等及专制"②。这源自于佛教中的"万物平等观"。万物都有自我生存的权利。"我们可以向鸟、植物和动物学习——大自然本身就是一完整的教育——这种学习既是道德的又有利于生存。"③ 佛教认为，众生平等，万物平等，不仅一切生命都有平等地位，就是草木、瓦砾、山川、大地等没有情识事物，也有佛性，也是佛性的体现，必须予以尊重。这与生态学的内在价值观极其相似，具有鲜明的互证特性。生态学要求人们尊敬非人类。斯奈德说："作为最高等的能使用工具的动物，人类必须意识

① ［英］汤因比、［日］池田大作：《展望 21 世纪》，荀春生等译，国际文化出版公司 1984 年版，第 429 页。

② Snyder, Gary. *The Real Work*. New York：A New Directions Book，1980，pp. 100－101.

③ Nordstrom, Lars. *Theodore Roethke，William Stafford，and Gary Snyder：The Ecological Metaphor as Transformed Regionalism*. Sweden：Uppsala，1989，p. 140.

到其他未知生命的进化理应受到尊重，人类应该成为地球的温和监护人。"①在"皮由特涧"中，斯奈德表现的是对"万物皆有佛性"的认识，诗中充满了希望和宁静。

尊重生命：佛教的思想核心是慈悲为怀，劝诫世人要尊重和宽容所有的人和所有的生灵。研究显示只要是佛教普及的地方，那里的自然环境就会受到相对保护，因而获益良多。尊重生命、珍惜生命是佛教的根本观念。斯奈德的一些诗表明：社会并不明白其在自然中的位置。我们将对这颗星球做些什么？它是一个关于爱的问题，并非对西部的人文主义的爱，而是一种扩及对动物、岩石、灰尘和自然界万物的一种爱。没有这份爱，即使没有战争，地球也会成为一个无人能居住的地方。"佛教是一种爱、理解、怜悯，并忠于非暴力理想的宗教……"②斯奈德的诗作"就是让我们爱这个世界，而不是让我们害怕这个世界的末日。只有爱这个世界，爱这世界与人类同等重要的非人类，然后才会开始去关心它"③。

斯奈德认为相对于追求人人平等的马克思主义，"禅主张整个地球、自然界都不受剥削，因此具有更博大的胸怀"，而且禅宗属大乘佛教，"考虑他人的利益，普度众生"④。"不杀生"是佛教的主要思想，有着惊天动地的含义。佛教教导要怜悯包括树木和野生动物在内的一切生命。斯奈德认为："从某种意义上说，生命无等级之分，石头的生命与小草的生命和爱因斯坦的一样美丽、睿智而又有价值。"⑤人类毕竟也是一种动物，也是依赖阳光、水和树才得以生存于生态圈。初民对自然的感应是具体的，他们把万物视为自给自足共同参与太一的运作，其实人与自然未尝分极。在

---

① Snyder, Gary. *A Place in Space：Ethics, Aesthetics, and Watersheds*. New York：Counterpoint, 1995, p. 32.

② 吴晓东：《工程、伦理与环境》，清华大学出版社 2003 年版，第 133 页。

③ Murphy, Patrick D. *A Place For Wayfaring：The Poetry and Prose of Gary Snyder*. Corvallis：Oregon State University Press, 2000, p. 215.

④ 钟玲：《史耐德与中国文化》，首都师范大学出版社 2006 年版，第 86 页。

⑤ Snyder, Gary. *The Real Work：Interviews and Talks* 1964—1979. New York：A New Directions Book, 1980, p. 17.

"万物的村院"中他扩大了关于生态洞察力和生物地域组织的想法，有助于佛教社会免受工业文明扩张的影响。

简朴：佛教告诉人类要节制自己的欲望。在东方文化中，禅宗在尊重生命方面是值得人们钦佩的。它并不在人类与自然之间标定界限。禅学并不是人类中心论说，并不倾向于利用自然；相反，它惩戒和遏止人类的愿望和欲望，使人类与周围的资源和世界相适应。佛教强调顿悟，这样人们就能够去除生活的磨难而进入涅槃状态，一种完全幸福和宁静的状态。为了达到涅槃，人们必须免除各种欲望和世俗的占有观念。佛教在日常生活中推崇简朴的消费观，这种"惜福"的思想与当代环保运动所推崇的"绿色消费"有异曲同工之妙，有利于减轻环境的生态压力。斯奈德号召社会不要使用 DDT，减少汽车，多多步行，过一种简朴的生活，并号召我们保持生态平衡，要有"生态良心"。认为过度使用，进行破坏，都是非生态的。《达摩流浪汉》中以斯奈德为原型的杰斐曾说道："我害怕所有的美国财富，我只是一个老佛徒，和美国高生活标准无关，他妈的，我一辈子都是个穷鬼。我已经不再习惯拥有一些东西。"[1]

三　化禅

铃木在《禅与日本文化》中写道："禅是极端有弹性的。只要它那（般若的）直观教义不受干涉，它可以适应几乎所有的哲学与道德学说。它可以跟无政府主义或法西斯主义，共产主义或民生主义，无神论或理想主义，或跟任何政治的、经济的独断论结婚。"[2]佛教传入中国转化成了具有中国特色的禅宗。继承临济宗衣钵的铃木特别强调，在世界思想史上禅宗的确是一个伟大的革命运动，恐怕也只有在中国这样的地基才能产生。[3]同样，美国的佛教也深深地打上了美国烙印，具有鲜明的美国特征。西方

---

① Kerouac, Jack. *The Dharma Bums*. New York: The New American Liberary, 1959, p. 74.
② 傅伟勋：《从西方哲学到禅佛教》，生活·读书·新知三联书店 1996 年版，第 319 页。
③ 傅伟勋：《从西方哲学到禅佛教》，生活·读书·新知三联书店 1996 年版，第 311 页。

由于过度关注技术和强调自我，对整个星球的生态产生了一个大的威胁。由于西方自身体制已经无法解决所面临的问题，于是转向求助于颇具生态智慧的东方文化。自从 20 世纪六七十年代以后，佛教在美国社会开始逐渐普及。当然，由于其不同的个性和不同的背景，扎根于西部文化、扎根于天主教和基督教的西部佛教徒不可避免地给佛注入一些那样的东西。

斯奈德不仅吸收禅的生态思想，而且根据实际情况改造和发展禅宗的生态思想。斯奈德的生态思想之于禅宗自然审美观，可以说既有借鉴又有发展，借鉴和发展的根据在于斯奈德生态思想的目的和运思方式。斯奈德的佛教生态思想统摄美国自然写作传统、自由主义个体权利的观念、北美印第安人的道德原则、泛灵论及大地伦理等多元思想，已非传统佛教的面貌，而是一种美国式的西方佛教。斯奈德面对当代环境危机，立足于当地文化传统，对佛教进行了新的诠释，形成了具美国特色的禅宗。斯奈德呼吁人们不要贬低北美禅，不要贬低北美居民，尊重大地母亲而非移植东方禅的态度。"佛和即将到来的革命"、"佛及无政府主义"告诉人们：佛在美国和海外的现行巨变中受到了广泛的关注，西方文明正在开始一个转型期的变化，禅被当做一项居住于地球的适当的精神之路。斯奈德利用禅宗去看待世界，改造世界，并积极投身到环境保护的运动之中。他重行动的介入，轻传统经典教义的诠释，实已造成佛教的革命。他认为自己关心时代的具体方式是关心动物，关心植物，关心全球的生物环境保护。正如其所言："我对大自然和荒野的思考把我带进了道家学说，然后带进禅宗。"①

数十年来，斯奈德一直是一个实践中的佛教徒。斯奈德使用的佛的象征是任意的，而且其中一些深深扎根于北美大陆。斯奈德吸取北美原住民的泛灵想法，认为万物有灵，个体的生存不免有能量的传递。他的生态学说主张物种要延续下去，食物不可缺，因此为了生存就不免涉及猎杀，人类应深入了解这层道理，而向自己猎杀的食物谢恩。在生态系中，吃是重

① Johnson, Kent & Pauleninch (ed.). *Beneath A Single Moon: Buddhism in Contemporary American Poetry*. Boston & London: Shanbhala, 1991, p.4.

大生存之道，吃是一种爱的行为。因此，享用生物的能量不仅要受者对施者怀着感恩的心，更不能随便浪费生物的能量，如滥垦、滥伐。在斯奈德眼中，生物与生物间能量传递是对营养物的依赖，是大自然整体的一部分，并非罪恶。这种思想使他像寒山一样，尽管醉心于佛，但也仍然不为佛教社会所容。由于一些性爱诗和狩猎诗，斯奈德受到美国佛教界的批判。尤其是他写的关于吃肉和捕杀动物的诗曾遭到佛教徒严厉的斥责。因为他们坚信"不杀生"的教义。鉴于此，再版《僻壤》（*The Back Country*）《关于声波》（*Regarding Wave*）中，吃肉和捕杀动物这一类的诗被删除，因此再版诗集中所选诗比初版诗集中的诗在观念上更为一致。

斯奈德有许多理由转化禅。他强烈的自然主义，还有他强烈的无政府主义和他成长的太平洋西北的无神论传统，使他全神贯注于宇宙的原初状态：多元生态共存的生态中心论，而非任何形式的中央政权集中制。斯奈德对自然本身的尊重来自于他的经验，来自于他与生俱来的感觉，并因为受到像爱默生和梭罗这样的自然作家影响而加强，还因为他常年浸淫在禅宗的生态智慧中。的确，他用佛教的指称和象征来表达人和自然相互依赖，对地球的尊重——对环境政策的肯定使斯奈德成为 20 世纪 70 年代一位著名的生态活动家。

佛教认为万物都有佛性，万物相连、仁爱、尊重生命等观念展现了一种自然意识。佛教对于自然的亲近感，蕴藏有许多与深层生态学密切相关的观念和原则。一些深层生态学者认为印度教、佛教和道教等复杂的，本质上有差异的宗教传统其精华都是持生态中心论的自然观。佛教无意建立科学的生态学，对生态的终极关怀是通过对生态问题的认识及相应的生态实践，求得生命的解脱。它将生态看作为众生解脱的条件，佛教关注生态，实际是关注人生。它具有知行合一的品格。一旦意识到环境保护的重要，它就不再仅仅是纸上谈兵，而是确立相应的伦理规范，通过千百万佛教徒的日常实践，落实到行动中去。

在推行环保生态方面斯奈德是美国文化界的先行者和精神领袖，他广泛从亚洲宗教思想与印第安人信仰中吸收精华，建立自己的生态观。邓肯·路肯·威廉斯说他是"西方人最早的发现者之一，发现佛教与生态学交互影响之丰富的潜藏之宝库"①。斯奈德对无政府佛的热情在生态学和可行性经济政策和经济意识中极为有效。佛教伦理学在某种程度上相当于深层生态学运动。斯奈德认为：成为佛教徒而不成为生态学家是矛盾的。佛的教义要求同情万物，成为一个生态学家，意味着一个人有意或无意分享一种佛教文化的实践。对斯奈德来说，佛是关于存在的、关于人如何处在这个"非永恒"的世界，而他找到了该问题的答案，并将其提供给读者：那就是将佛和生态紧密结合。

第三节　加里·斯奈德与禅宗美学

自 20 世纪 30 年代起，佛教禅宗在美国大行其道。到五六十年代，许多人尤其是年轻人对禅宗更是顶礼膜拜，达到了狂热的程度。这里面有非常复杂的社会文化背景，当代西方人对基督教以及现代工业文明所带来的生态危机深感忧虑，以致感到自己与世界格格不入。正是在这样的思想文化的背景上，禅宗佛学在美国有了很大的发展。据美国禅宗大师艾伦·瓦茨指出："禅宗艺术品符合现代的西方精神，铃木大佐的作品和禅宗故事具有令人心动的魅力，以及在科学相对主义的环境中，具有一种非观念的、从经验出发的哲学必须具有的吸引力。"②

斯奈德对禅宗佛学进行了长期的深入研究，并接受了包括中国和日本在内的东方艺术和诗歌的影响。这些都影响着他的诗歌创作和翻译。斯奈德关于佛教禅学对文学艺术的深刻影响和巨大作用有很高的评价："一首完美的诗，像一个典型的生命体，具有简洁的表达、无与伦比的完整性和

---

① 钟玲：《史耐德与中国文化》，首都师范大学出版社 2006 年版，第 13 页。
② 朱徽：《中美诗缘》，四川人民出版社 2002 年版，第 462 页。

充分的表露，是在心能网络中的一种天赋交换。能剧《芭蕉》里有一句台词：'所有的诗歌和艺术是献给佛陀的祭品。'这些各式各样的佛教思想同中国古诗的诗感一道是那产生幽雅单纯的织物的一部分，我们称它为禅宗美学。"① 斯奈德把禅宗思想同道家学说、佛教思想以及中国山水画的意境结合起来，从而形成了一种新的美学原则和新的生态意识。这一节主要从不立文字、沉思、禅典、顿悟、无我几方面分析斯奈德诗中的禅宗美学。

一　不立文字

最初吸引斯奈德入禅的原因之一是禅远离学术，并不依赖书、词和教义。这儿有一场总的精神变迁，摧毁旧知识的积累，为新的信仰打下基础。佛教中有两种知识：高级和低级。低级是指吠陀的知识，它包括语言学、仪式、语法、词源学、气象和天文。高级知识是指那种知识，人们通过其可以认识到亘古不变的事实。这种知识超越人的感观，无法说出因果，也无法进行定义，既不用眼睛也不用耳朵，既不用手也不用脚，这是全方位渗透的，比最为精细的还要纤细——它是持久的，万物之源。正是在此思想的指导下，斯奈德认为诗人面对两个方向："其一，面向人群、语言、社会的世界和他传达的媒体工具；其二，面向超乎人类的无语界，就是以自然为自然的世界，在语言、风俗习惯和文化发生之前，在这个境中没有文字。"② 在斯奈德看来，诗是一种远超技艺，远超人为的"揭示声"。这类诗是在个人控制，训练甚至是自我知识之外。在那个王国里是没有语言的，也没有我们知道的任何规则，那也是佛教所要研究的领域，那是无法言说的，因为与你说的一切无关。禅宗六祖慧能从未上过学也没有必要去。斯奈德开始研究慧能时，曾在日志中写到："一个人不需要大

① 朱新福：《美国生态文学研究》，博士论文，苏州大学，2005 年，第 110 页。
② Bartlett, Lee. *The Beats：Essays in Criticism*. London：McFarland, 1981, p.152.

学和图书馆/一个人需要活着。"① 斯奈德走的不是学术之路，而是远西之路。他所从事的工作和所读的书一样塑造他。身体感，语言观和知识以及智慧、洞察力、敏感、意识和闪光处并不局限于受教育的人。智慧和知识属于两个完全不同的国度，而智慧才是人类生存所不可或缺的。洞察力是自发获得的，而非通过工作，通过有意识的努力。这暗示着一个完整的新思维方式，一种不同的意识方式。对大部分人来说，禅宗暗示着，生活不是以事实为中心而是关于现实的观念。人们居住在语言中，而且受语言的束缚。禅强调自我、非言语、自发性和即时性。《僻壤》中的"远东"体现了这种创作理念："平白的，事物的精确面，没加任何想象或知识。"②

然而，禅宗在"不立文字，教外别传"的前提下仍需用语言文字，诗人必须"介于无法交流的非言语状态的透明云层中，——隐约闪光的匕首和语言的闪闪发光的网络中"。一方面，他意识到语言根本就不能表达事实；另一方面，语言表达本身是一种危险和一个圈套，尽管迷人但应该避免。诗人要尽可能地抵制这种压力而非摆脱这种限制，并将之很好地融合，将语言和诗歌打上风景的烙印，《砌石》体现了这样一种努力。

禅宗提倡不立文字，顿悟成佛。禅法所"传"者，乃是智慧相传也。佛的智慧，涅槃般若之境，是空的觉悟，无法用语言表述。《西游记》中唐僧不远万里从佛那里得到的经书，却是纸上空无一字的白卷。后来他们把这些无字白卷换来了有字佛经，但读者意识到，那只是他们悟性低，不会读无字真经，不得已而只能取写成文字的经卷。这就意味着他们所寻求或者应该寻求的，是内在化的佛经智慧，不是取外在形式而写成文字的东西。智慧掌管、操纵、统御以及运用理性知识、直觉知识，以及无知之知的妙道。割裂的知识就像科学惯于运用强调理性的方式所提供的东西一样，很难称得上智慧。正如卡席雷所曾看清的一样，今日"人类在认识自

---

① Suiter，John. *Poets on the Peaks: Gary Snyder, Philip Whalen & Jack Kerouac in the North Cascades*. Washington. D. C. : Counterpoint，2002，p. 22.

② Snyder，Gary. *The Real Work: Interviews and Talks 1964—1979*. New York：New Directions Book，1980，p. xii.

己方面的危机"，在于"能够指出一切个人努力的一个中心势力，已经不再存在"这个事实。不幸的是，卡氏等人寻求这种集中力量，一直没有超出唯我独尊的人性。……若要透入这种人性，必须用一种超越人类界限的语言才行。人类不能靠他自己的知识认识他自己。他必须诉诸宇宙的语言，亦即无知之知的语言才成。①

禅宗的偈语言简意赅。作画如参禅说法，笔法越简练，气势越壮阔，景物越少，意蕴越深长。受禅宗影响，斯奈德认识到凭语言所进行的表意活动，不足以表现浑然天成的自然经验和超越理性的意义，然而无语不成诗，完全的无语界是不可能在诗中实现的。"真正的诗歌介于能说与不能说之间。那也是真正剃头刀的边缘。落入到诗歌能被说的那面仍然是令人激动的，但是它越远离剃头刀的边缘，它就越少有真正的魔力。只有让你的头发立于剃头刀下，那才是它所该站的位置。那儿有一些就太沉入那种不能言说的王国。"② 那些太沉入不能说的国度从某种意义上来说，不再是诗。他们只不过是像唱经，咒语和曼陀罗，也就是说不再是语言本身，而只不过是你读一些有关东西的声音或者方式。

二 沉思

斯奈德把禅诗称为"冥想诗"，将修禅时最基本的冥想静默状态跟诗歌创作的内在直觉体验联系起来。禅诗中经常表现大自然及人与自然的关系，这些在斯奈德的诗中是反复出现的题材。凭直觉感知事物，没有理论化的干扰，注意力处于清澈的状态，这也是禅师的特征之一。《皮由特涧》这首诗表现的是对"万物皆有佛性"的认识，使诗作充满了希望和宁静。

作为实践中的佛教徒，佛教萨满，坐禅是斯奈德的日常练习。"静坐的练习、实践毫无疑问让我无可置疑地放松地通向心灵的国度——一种重

① ［美］佛洛姆等：《禅与西方世界》，徐进夫译，北方文艺出版社 1988 年版，第 76 页。
② 区鉷：《加里·斯奈德与中国文化》，载《中国人文社会科学博士硕士文库》文学卷，浙江教育出版社 1998 年版，第 1848 页。

新体验的能力——因为非常紧缺的重唤和重新视觉化某种东西；我将这归根于许多打坐的练习"①；"这并不意味着我的每日沉思是诗意的或者必然是深奥的，但是我做它们，实际上诗歌更多时候始于工作中，而非静坐中。但是，获得诗行不是必然要通过静坐练习，而是应通过一种直觉的练习，放开思维并不太严格的一种自我意识感。"② 禅是一种有关解放的练习，而不是给人们某些肯定的放心。这种思想确保了诗歌的即时性和原创性。斯奈德的诗歌总的来说是一种自发体，好像是匆忙中做的笔记，没有完整结构。这种没有加过工的形式和禅宗美学的观点和谐一致。

在"简单呼吸"中，斯奈德将坐禅与诗歌联系在一起。他强调了两种自律行为的相似性："坐禅是一种问题的艺术，故意让自己放开好像无数东西在体验自己，另一种体验自己现象的方式体现在诗歌中。诗歌在驾凌于思维的非言语状态和人类语言的精微性中。"③

斯奈德的《冥思、禅与诗》一文讲的不但不是"超越"，而且一再唤起"见山是山，见水是水"的公案来肯定平常心平常物和物之为物的物自性。印发的稿子里有两段话，可以代表他的道心、禅心在诗中的运作："在冥思的中心，完全出乎意料的意象和感觉会爆发。""静坐冥思不只是在溪河的动乱中悠然休止，它而且也是成为溪河的一种方法，我们同时在白水和潮涌中安然自若。冥思也许使人出世，但也把人全身全神地放回世界中。诗有些类此，诗的经验同时是保持距离和参与，既是远离也是近合。"④

斯奈德至今每天都要打坐、沉思。他将打坐沉思比作"静猎"："静猎指的是：你在灌丛中，或者一个地方选取一个位置，不动，于是周围的东

---

① Snyder, Gary. *The Real Work: Interviews and Talks* 1964—1979. New York: New Directions Book, 1980, p. 33.

② Snyder, Gary. *The Real Work: Interviews and Talks* 1964—1979. New York: New Directions Book, 1980, p. 34.

③ Murphy, Patrick D. *A Place for Wayfaring: the Poetry and Prose of Gary Snyder.* Corvallis: Oregon state university Press, 2000, p. 169.

④ 叶维廉：《道家美学与西方文化》，北京大学出版社 2002 年版，第 82 页。

西就活动起来，不久你就会看到松鼠、麻雀、浣熊，它们一直在那里，但就在刚才，当你太靠近看它们时，它们就躲开。沉思就像静猎。你坐下来，不说话，不动，这样一来，你心中的东西就开始从它们的洞里出来，四处奔跑、唱歌，等等。如果你让它们发生，你就把它们联系起来。"①
"现象世界在某种突出的情况下经验是完全活生生的，完全令人兴奋的，完全妙不可言的，使我们心中充满着颤抖的敬畏，使人感激，使人谦卑。"②

　　斯奈德对于打坐和沉思有利于艺术心灵的培养有着直觉的认识。虽然他并不认为对于一个诗人，打坐、沉思是激发创造力的唯一途径。但他认为，打坐、沉思可以除去自我，从而将自己与自己的最深处、与真实的世界联系起来，而这有助于培养"诗心"。他说："打坐并不意味着每天的沉思与诗有关，或获得深刻思想是必须的，但是我做它们，事实上，一般情况下，诗的开始更是来自劳动而非静坐。但是关于打坐的训练和练习给了我接近本心的一条方便之路，一种重新体验的能力，借助于这些，我可以非常逼真地精确回想并再现事物，我将这些归因于关于沉思的大量联系；尽管严格来说，这并非沉思的最佳用途。"③

　　一旦做到这点，艺术的创造性就自然而然地产生。斯奈德强调，这二者是相通的。他说："（沉思）是一种自我消除。是最简单直接的一种，在那里显意识的心临时放弃自我的重要性，自负的、自我是最直接的焦点的感觉，以及直接的判断，而让心的外围的、较低的同时在某种意义上也是更深的方面开始显露自身。我想，上面我所描述的过程是所有人与所有意识的最一般的创造过程，要人们达到这种状态不需要关于沉思的正式训

　　① Snyder，Gary. *The Real Work*：*Interviews and Talks* 1964—1979. New York：New Directions Book，1980，p.34.

　　② Snyder，Gary. *Earth House Hold*：*Technical Notes and Queries to Fellow Dharma Revolutionaries*. New York：New Directions Book，1968，p.123.

　　③ Snyder，Gary. *The Real Work*：*Interviews and Talks* 1964—1979. New York：New Directions Book，1980，p.33.

练，但需要有直觉能力的训练，以便打开心灵，不被自己的显意识自我钳制太紧。"①

沉思是佛禅十分重要的一部分，是去除思维中的无知取得顿悟的一种方式。在沉思时，一个人试图断绝与外界的各种束缚而全神贯注于内在自我。在完全的休闲和安宁中，与精神世界取得联系。"打坐就是保持沉默，将注意力集中到自己的意识和呼吸上，暂时不再聆听或观看户外进来的东西，是一种极其简单普通的行为。有事情发生，你就让它们一掠而过。这样做教给了我关于思想本质的某种东西，并且使我得出结论——语言并非思维的出发点。我的某些诗作追溯到思维本身。"② "诗歌如何向我走来"中描述了这样一种倾向：

> 它笨笨拙拙，在夜间，从
> 大漂石上向我走来，它
> 胆战心惊，呆在我
> 营火光的外缘
> 我走到光边
> 与之相见③

诗歌不是刻意写出来的，是自发流淌的。它原本就存在，诗人的任务是到某地与之相遇，而非搜肠刮肚绞尽脑汁在屋里闭门造车。诗歌是能量的源泉，是生存的工具，是诗意的栖居，是真正的工作。诗人的任务不是去写诗，而是去记录，静听自然谱写的诗。诗人只不过是一台留声机，将天籁之音录下来，给观众听。诗是灵感的迸发，是不可预测的，倾向于在最不方便的时候说话。诗人要做的是，甚至是在夜晚的时候唤醒自己并把

---

① Snyder, Gary. *The Real Work：Interviews and Talks* 1964—1979. New York：New Directions Book，1980，p. 34.

② 万海松：《诗歌的艺术：加里·斯奈德访谈录》，载《外国文学动态》2002 年第 3 期。

③ Snyder, Gary. *No Nature：New and Selected Poems*. New York：Pantheon，1992，p. 361.

它写下来。当然他也需要学习，学会并训练自己的耳朵去听各类语言的
诗。诗是静止的和真正事物的合成。静止的自我，谈话，真正的东西是一
些别的在谈的，你几乎不能说出什么是什么。"你只能是一个所要到来东
西的仪器。"① 所谓"踏破铁鞋无觅处，得来全不费功夫"。你有意的目标
往往不是你所能得。因此"你必须体验一种小心的疏离但真正放松的不注
意，让无意识升起呈现做自己的事情。当您达到十——它就像圆周感，几
乎在你伸出手去抓的那刻，它滑倒。就像是狩猎——像静止的狩猎"②。斯
奈德说："宗教一直倾向替社会制度护航，成为权力谦卑的侍仆，而不能
大胆地解放人心，治愈、启迪人们。舞蹈则与在模仿动物及探索精神上追
寻而起家的意识脱节了。大部分音乐用到太多的乐器。只有诗人光凭他自
己的声音和母语，游走于完全无法用语言表达、如云翳般的状态，与语言
晶亮剔透的纲目、闪闪发亮的利刃之间。"③

三 禅典

斯奈德曾认真研究日本禅宗著作，他发现了禅宗精神对东亚艺术的影
响，绘画、诗歌以至风景、茶道，都具有鲜明的禅宗风格——简朴、恬
静、从容自然。禅佛的基本概念是唤醒某人的真的大自我，禅不能够学习
而是体验。这些成为写诗的灵感和选择的生活方式。禅宗影响了他，斯耐
德曾在日本的一座寺院里学习禅宗多年，对先进的文明的美国生活方式越
来越不信任。禅宗还帮他取得了前语言的经验。禅宗，教我们或诗或悟地
生活在自然中。斯奈德早期受中国禅宗诗歌的影响，认同寒山和王维，视
"清静无为"为人生原则（后来有些变化），他的诗歌里总是浸透着中国两

① Steuding, Bob. *Gary Snyder*. Boston: Twayne Publishers, 1975, p. 34.

② Snyder, Gary. *The Real Work: Interviews and Talks* 1964—1979. New York: New Directions Book, 1980, p. 34.

③ ［美］加里·斯奈德：《山即是心》，林耀福、梁秉钧编选，台北联合文学出版社 1990 年版，第 234 页。

晋以来山水诗的风格。因为禅宗的公案是一个个含有谜语的小故事，又富异国情调，用了颠覆逻辑的思维方式，所以非常吸引西方人。禅学不仅影响了斯奈德的诗歌创作，还影响他的诗歌翻译。他曾翻译过极富禅趣的王维诗，研习和翻译中国唐代诗僧寒山的诗，并与之结下终生的不解之缘。斯奈德也翻译过《景德传灯录》，了解中国禅师百丈怀海的公案及事迹。他在《砌石和寒山诗》前言里的一段话令人深思："从300首选出来的这些诗歌是用唐代白话写成的，虽粗俗却新鲜，反映了道教、禅宗思想。他和他的伙伴拾得手执扫帚、蓬头垢面、满脸堆笑，成了后来禅宗画师最喜爱的画题。"①

　　禅宗不仅影响了他的生活方式，发展他后期的个性，而且也影响了他的创作，为其相当数量的作品提供了灵感和主题。比如，在其日志中类似俳句的便条，《僻壤》中的小节，《山水无尽》中的"诗意卷"，其禅宗译文，以及后期的散文无不浸透着佛的影响。《砌石》中的诗如："东京：三月""石头园"，其灵感都来自于在日本习禅的前几年。斯奈德在写诗中广泛应用禅宗典故，有时是一个意象，有时是一个思想，有时甚至是一种完整的移植。在《瞭望员日记》，他这样写道：

> 如果一位菩萨保留自我的、人的、生命的、或灵魂的
> 想法，则他不再是菩萨
> 你做菩萨
> 我做出租车司机
> 载你回家②

　　前两行诗源自《金刚经》中的"若菩萨有我相、人相、众生相、寿者

① 吴晓东：《工程、伦理与环境》，清华大学出版社2003年版，第137页。

② Snyder，Gary. *Earth House Hold*：*Technical Notes and Queries to Fellow Dharma Revolutionaries*. New York：New Directions Book，1968，p. 10.

相，即非菩萨"，意指要做到菩萨的境界，人是不能对任何表相有所执著的。最后三行取自《坛经》："祖相送直至九江驿。祖令上船五祖把橹自摇。惠能演。请和尚坐。弟子合摇橹。祖云。合是吾渡汝。"这首诗表明任何人都有佛相，都可以是菩萨，故诗人说乘客是菩萨。"载你回家"，也表现了大乘佛教救人度人之愿望。斯奈德还说过："从某种意义上来说，开悟的心，原本的心更为单纯，就如那古老的意象，明镜亦无尘。"①

在散文《生存与圣礼》中，他在前言与结语都引用中国禅师洞山的话。用典故来说明食物链因果关系，动物之间为了生存而争食物。他曾经描述禅师道林与诗人白居易的对话，白居易问在树上打坐的大师："上面难道不危险吗?"道林回答："你所在的地方比这危险多啦。"这段典故出自《景德传灯录》中："元和中，白居易出守兹郡。因入山礼谒。乃问师曰，禅师住处甚危险。师曰，太守危险尤甚。"大师指出了官场的危险，俗话说，伴君如伴虎，身在宫廷，稍有不慎，随时都会惹来杀身之祸。他在《神话与文本》一书中，还两次引用"赵州狗子"的公案来强调业的影响。

在《山河无尽》中斯奈德采用了华严宗里有形和无形两者无分别的理念;《巴比斯河理发》这首诗的关键意象是"双面镜"，这是华严宗的重要意象。因陀罗望网的多重映现隐喻地表达了生物共同体的整体理念，宝石不仅映照所有其他的宝石，也映照着所有其他宝石各自的映照。生命存在不可能被简单地视为机械的、分离的、物质或空间关系的存在，而必须把生命共同体视为有机的、互动的、能量或时间关系的存在。每一种生命更准确地说，关于每一种生命体的意象，必然内在地包含着所有的生命活动，并使这种包含无限往复，以至无穷。该意象广泛存在于斯奈德的诗歌中，也是他强调整体论生态思想的体现。在《驼背吹笛人》中，他写道:

---

① Snyder, Gary. *The Real Work*: *Interviews and Talks* 1964—1979. New York: New Directions Book, 1980, p.99.

　　在多重彩虹之升起

　　并落下发光的雨

　　每一滴雨——

　　小小的人们斜斜地溜下来：

　　每一滴露珠上坐着一位小佛——

　　并加入地面上的

　　百万位摇动的青草——种子——佛①

　　这几行诗说明万物有佛性，世界是一个广大包容、事事平等、无限庄严的世界。

　　四　顿悟

　　禅宗的完美境界是使一个人的日常生活自然而然。一位著名的禅宗大师说过，在你研究禅宗之前，山是山，河是河；当你研究禅宗时，山不复是山，河不复为河；但是一旦你觉悟了，山又是山，河又是河。② 禅宗的觉悟并不意味着摆脱尘世，恰恰相反，是要积极地介入日常事务，强调实际生产性生活，求助于保存家庭的想法，禅是我们日常的经验。强调在日常事务中获得顿悟，并且说明了他们不但看到了日常生活是觉悟之路，且本身就是一种觉悟。

　　在温伯格的那次访谈中，斯奈德指出《砌石》是其诗人生涯的开始。当被问："是什么在那一刻又让你回到了诗歌创作上？主要是当地的风景吗？"斯奈德回答："不，突如其来的，我发现我在创作诗，而并非是刻意去写。"③

---

　　① Snyder, Gary. *Mountains and Rivers Without End*. Washington. D. C.：Counterpoint, 1996，p. 81.

　　② ［美］佛洛姆等：《禅与西方世界》，徐进夫译，北方文艺出版社 1988 年版，第 31 页。

　　③ 万海松：《诗歌的艺术：加里·斯奈德访谈录》，载《外国文学动态》2002 年第 3 期。

禅宗顿悟和审美妙悟有相通之处。顿悟的佛理，是从具体的事与景，悟出相关联的大道，和审美的妙悟一样，都有从具体见抽象、以小见大、以少见多、以有限见无限的特性，是心的理化的重要价值和有效途径。[①] 严羽说："大抵妙道惟在妙悟，诗道也在妙悟。且孟襄阳学力下韩退之远甚，而其诗独出退之之上者，一味妙悟而已。惟悟乃为当行，乃为本色。"诗人运用审美直觉和审美灵感，顿悟审美对象，获得儒化与道化的禅思与禅理，形成美感之真，结晶为理态美感经验系统，形成合乎诗道的审美积累。

斯奈德将禅宗应用在一种奉献于园艺和捕鱼之类，并把禅宗当做一美好生活的教义和教律。禅宗佛教的基本概念是唤醒某人的真自我。禅宗不是去学习而是去体验。斯奈德使用这些东西去激励其写作和选择自己的生活。他肯定禅宗练习继续指导他在世界中的方式："……我的佛是活动"。斯奈德曾经强调即时行动和持续性的练习之间的关系："我的老师曾经对我说，——成为一个人带着自身的结，直到它溶解。——打扫花园。——任何尺寸。"他说到特别关注即时的和成为你正在做的。

以目击和感悟取代推理和思辨的倾向构成了斯诗的认识论内核。[②] 斯奈德醉心于禅宗，正是因为禅宗提供了一种迥异于传统西方哲学的感知认知方式，其最主要的特点就是轻逻辑思辨重直觉感悟。"顿悟"所强调的正是摆脱"妄生分别"的抽象思辨和逻辑推理等知性干扰，通过直观获得与真如本题冥合，于不认识得到"认识"，通过直观获得豁然贯通的觉悟。与之相应，斯奈德认为"自然是一组完全不据理任意形成的规律、理路和变化"，其中"事事无碍，互相交往，互相影响"，构成"混沌的完美"。所以传统西方逻辑思辨非但不能涵盖和解释万事万物，而且以其特有的类分和界定歪曲了事物本相。因此，斯奈德在诗中努力戒除以逻辑思维的方式对事物做抽象的形上观，而是以脱去一切先入之见的素朴之心感应事

---

① 袁鼎生：《生态视域中的比较美学》，人民出版社 2005 年版，第 231 页。

② 刘生：《加里·斯奈德的中国文化意蕴》，载《外语教学》2001 年第 4 期。

物，以直观和直觉的方式参悟直接经验。① 《松树的树冠》，在熟悉的常见事物上开展，似乎毫无深意，但正因为常见，所以意义更丰富，因此，当短诗急速作结，已知就向未知延伸，具体形象就向这里延伸。斯奈德向我们解释说：这种能够诗意的彻悟不是形而上的，而是"经验性"的，是日常事物后的"禅理"。②

五　无我

"我并不认为艺术会产生宗教。当然，艺术可以帮助你开发自己的意识和思维。我认为艺术是非常接近于佛教的，而且会成为佛教习俗的一部分。"③ 禅宗在美学上的特点在于：借助神秘的直观以证成自身的佛性。一方面将以往人们视为实有的大千世界如自然山水、人的美色、社会存在、文化积累和道德权威等仅仅当做不断变幻的现象即假象，另一方面又比任何学派都更重视人对自身主体性（佛性）的亲证。人，尤其是诗人，需要倾听自然，需要融入自然的伟大并表达自然的"伟大"的特质。斯奈德说：作为诗人，是自然用它自己的声音在对我说话，对于我，自然就是古代诗人所说的伟大的女神、大师，就是西方人所说的缪斯。我视这个声音为完全真实的实体。④ 只有"融入自然"，诗人才能表达超越自我的、世界的"心"：我们都知道，一首伟大的诗的力量不在于我们觉得诗人很好地表达了自己。我们思考的是："我在何种程度上被感动？那代表着我们接受的程度。所以，伟大的诗不是表现他或她自己，而是所有我们自己。"⑤

斯奈德指出："正是在这种意识层面上，我能感受到所有的关系，我

---

① 刘生：《加里·斯奈德的中国文化意蕴》，载《外语教学》2001 年第 4 期。

② 赵毅衡：《诗神远游：中国如何改变了美国现代诗》，上海译文出版社 2003 年版，第 131 页。

③ 万海松：《诗歌的艺术：加里·斯奈德访谈录》，载《外国文学动态》2002 年第 3 期。

④ Snyder, Gary. *Turtle Island*. New York: New Directions Book, 1974, p. 107.

⑤ Snyder, Gary. *The Real Work: Interviews and Talks* 1964—1979. New York: New Directions Book, 1980, p. 65.

最好的诗来自这样一种状态并为听众标出所有的关系，使他们知道它们并不知道他所知。"道元曾说："转入自我前去体验万物是幻想。而让万物走来并自我体验是唤醒。"研究自我就是忘掉自我。忘掉自我就是受万物启发。受万物启发就是去掉自我与他者之间的障碍。佛教中有一典故：山是山，水是水。在诗歌中体现的是无我。这里的"我"，常指清静佛性，是人人皆有的，是平等无差别的，超越时空的，永恒的，说透了，就是"无我"。但是，这个"无我之我"又是一个本体和人格，尽管有平等无差别的超越性质，它却不表现出群体性。①

　　如斯奈德所述："作为一名诗人的准则，至少在最近十年，是一种开放的和可利用的。"关于这种可利用性，他陈述道：这有点像佛教的"自我的去除"。斯奈德说："这是一种自我的消除。那是最简单的一种，在那儿，有意识的思维临时地放弃自我—重要性，它的自重感，直接的中心和决定感，让边缘的和低的在某种意义上思维的更深的方面开始展现自己。"② 他自己最喜爱的诗是《松树的树冠》：

　　　　蓝色的夜
　　　　霜雾，
　　　　天空中
　　　　明月朗照。
　　　　松树的树冠
　　　　弯成霜一般蓝，淡淡地
　　　　没入天空。霜、星光。
　　　　靴子的吱嘎声。
　　　　兔子的足迹，鹿的足迹

---

① 张节末：《禅宗美学》，浙江人民出版社 1999 年版，第 126 页。
② Snyder, Gary. *The Real Work*：*Interviews and Talks* 1964—1979. New York：New Directions Book，1980，p.21、34.

我们能知道些什么。①

这些诗句深受中国五言七言诗的影响，具有中国语法而不觉得"隔"与"陌生"。这当然与他服膺于无言独化的自然有关。②中国的语言，虽然超脱连接媒介而使物象独立而鲜明，我们并不觉得是费点心机的异于常态，是因为"无我"的意识使然。中国诗人无意另造一个自然，他们只要让原来的自然很鲜明地自化和演出，西方的语言惯于由"我"造"境"。斯奈德深受中国禅宗诗歌的影响，认同寒山和王维，视"清静无为"为人生原则，他的诗歌里总是浸透着中国山水诗的风格。这首诗由明月、星光、天空、松树、足迹、霜、雾等意象组成一幅静穆神奇的自然风景画，而且语言十分简练，没有西方传统诗歌的那种知性分析，而是以一种中国式的"呈现"方式让读者自己面对自然本身，这首诗歌最引人注目的是"意象叠加"。该诗前七行为写景，景物完全按照自己的气韵律动自然自足地呈现。这幅画面渲染了禅家空、幻、虚、静的意境。第八行引入靴响，但未见人踪，表现了自我表现在自然中的虚化。而靴响与鹿兔行迹，暗示着人与自然中的其他生命和谐共存，体现了人与物齐的观念。提倡环境保护，呼吁人类与自然协调融洽，这正是他诗作中蕴涵的深意。

通过"忘记自我"，佛教徒打开了心灵之门，与宇宙中的所有事物建立一种亲密的公共关系。"空产生同情"。在大乘佛教中，空并不仅指虚无。相反，空意味着宇宙万物都不独立，万物相连。空产生同情，即指当人类意识到万物相连时，就会对世界充满同情。

"无我之境"是中国古典诗歌中一种特有的美学标准，是受道家与佛家思想影响而产生的美学观。③ 中国传统之山水诗重点不在主体本身，而是在主体如何试图融入客体的经验。欧美传统一向是主体与客体界限分

① Snyder, Gary. *Turtle Island*. New York: New Directions Book, 1974, p. 33.
② 叶维廉：《叶维廉文集》第一卷，安徽教育出版社 2003 年版，第 121 页。
③ 钟玲：《史耐德与中国文化》，首都师范大学出版社 2006 年版，第 107 页。

明，而且前者凌驾于后者。"我们能够超越我们的社会性，能明白我们在
自然界的关系，或是伸向内部看清在那儿存在的关系。只有在这儿，我们
才能理解佛家的万物为一的概念，就是在此层面上我能感觉到所有的这些
关系。我最好的诗来自于这样一种状态，并将此关系有意展现于读者，这
些读者真正知道他们但却不知道他了解这一切，禅的真谛并不只存在于印
第安和中国文化。"①

　　斯奈德的诗歌比其前辈诗人更少地卷入个人自我，他观察到世界未来
诗人的写作，无须过多事先思考，而只不过是一即时的共同文本。在诗歌
中，斯奈德的个人存在是复杂的，他改变了叙事诗的形式。在《艺术委员
会》中他写道：

　　　　因为没有艺术
　　　　所以有艺术家

　　　　因为没有艺术家
　　　　所以我们需要钱

　　　　因为没有钱
　　　　所以我们给予

　　　　因为没有我们
　　　　所以有艺术②

　　最后两行，"因为没有我们/所以有艺术"，向我们揭示了"无我"是

　　①　Snyder，Gary. *The Real Work*：*Interviews and Talks* 1964—1979. New York：New Direc-
tions Book，1980，p. 4.

　　②　Snyder，Gary. *Axe Handles*. San Francisco：North Point Press，1983，p. 84.

一门艺术，这是因为斯奈德长期沉浸在佛教中，强调"无我"。如佛教所示，"研究自我是为了忘记自我。当你忘记自我时，就和万物融为一体。"①《无性》作为标题，成为一种佛教式的调侃：真正的自然是无性，自我的本性是无性。斯奈德赞同万物相连："土地属于其本身。/自我中无我；事物中无我。"②

禅宗美学是斯奈德诗学中的重要组成部分，受禅宗不立文字的观点影响，诗人特别强调诗歌的口头传统。虽然很难断定斯奈德强调口头传统直接来源于禅宗的影响，但至少可以肯定禅宗起了很重要的作用。沉思打坐启迪斯奈德的"冥想诗"，这种诗强调并非诗人创作诗，而是诗歌走向诗人。顿悟强调知觉感性的诗学，认为诗不是一种努力经营，而是一种偶然拾得，诗人和诗的相遇是一种机缘。无我诗学是禅宗核心思想智慧的诗化形式。

第四节　加里·斯奈德与印第安智慧

自然与原始人类的关系是和谐的。近几十年来，印第安文化研究在美国和其他西方国家学界成为一个热点。生态思想家认为，应把美洲土著人看成当代人的楷模，效仿这个楷模才能学会与自然界和谐相处地生活。"有学者甚至惊叹美洲土著人已成为理想的生态意识的代表。'高尚的野蛮人'变成了生态英雄。"生态思想家克里考特指出："……传统的美洲土著人的人与自然和谐相处的生存应当成为当代欧美社会的理想。"③"典型的美洲印第安人的世界观，已经包括了生态伦理学并支持着生态伦理学。……

---

① Snyder, Gary. *The Real Work：Interviews and Talks* 1964—1979. New York：New Directions Book，1980, p. 65.

② Snyder, Gary. *No Nature：New and Selected Poems*. New York：Pantheon，1992, p. 252.

③ 王诺：《欧美生态文学》，北京大学出版社 2003 年版，第 85 页。

他们至少在自然观方面要比文明的欧洲人高尚得多。"① 尤达认为：美国印第安人是最初的生态学家。由美国印第安哲学家出版的著作被当做环境智慧的源泉，美国印第安神话学中的形象，如"彩虹战士"，都已经为环境活动家们所采纳。② 在生态方面，美国印第安文化呈现"成熟"特性。他们提倡保护型而非生产型、稳定型而非增长型、质量型而非数量型的生态文化。

斯奈德说："人类学家史坦利·戴尔蒙说过，'文明的疾病在于它不能融合（也唯有先做到这一点之后）并超越原始的限制'。文明如此说来，是信仰的阙如、人类的怠惰、愿意将他人的观察和决定变成你自己的——所以不如完全的人。"③ 为了重塑健康文化，进而解救人类文明，斯奈德主张从原始性汲取养料。他说：西方思想里最卓越的直觉便是卢梭的高贵野蛮人论：文明也许可从原始性学到若干东西。④ 在推行环保生态方面，斯奈德是美国文化界的先行者和精神领袖，他广泛地从亚洲的宗教思想与印第安人的信仰中吸取精华，建立自己的生态观。印第安文化是他所认同的美国本土文化。他尤其推崇印第安人文化的万物有灵论、大地有机体以及他们的素朴生活方式。在一次由库克倡议的谈话中，斯奈德曾提到是印第安人最先将其领入东方文化；看来也是印第安人将其领回美国。在 1967 年东京的访谈中，他指出他的启蒙老师是美国印第安人。在 1970 年他曾提到："我认为印第安人将向我们展示另类文化的下一阶段。……我们真的有机会向他们学习。印第安生态文学'指导我们如何维持一个生态社会，引导着一种生态的生活方式，并为实现理想的未来提供了基本蓝图'。"⑤

---

① Callicot，J. Baird．*In Defense of the Land Ethic*．State University of New York Press，1989，p. 177.

② Pepper，David．*Environmentalism：Critical Concept*．Vol. V．London：Routledge，2003，p. 11.

③ ［美］加里·斯奈德：《山即是心》，林耀福、梁秉钧选编，台北联合文学出版社 1990 年版，第 243 页。

④ Disch，Robert（ed.），*The Ecological Conscience：Values for Survival*．New Jersey：Prentice Hall，Inc. 1970，p. 196.

⑤ Steuding，Bob．*Gary Snyder*．Boston：Twayne Publishers，1975，p. 101.

本节旨在研究斯奈德从印第安文化中所吸取的原始生态智慧。主要从万物有灵论、素朴生活和大地有机体这三方面论证。

一　万物有灵论

在原始生产力条件下，印第安人与动物之间是一种天然的休戚与共的关系，是相互平等的关系。尼采在一段话里说一只蚊蚋自有其自身的尊严："如果我们能够和一只蚊蚋交谈，我们会认识到他以同样的尊严在空气中飞行，他也一样感到他在自身的宇宙中心飞行。"① "对原始人来说，纯自然的、物理的、客观的东西是没有的，山、河、风、云、雷、电、土地不单是他们生活的环境、舞台和生活资料的源泉，同时本身也有一种神圣的生命力，能像人一样密切行动，为善为恶。……吃一种食物，就意味着同它互渗，与之相通，与之同一。"② 这种意识突出地表现在原始人感到自己与某种动物或植物的神秘同一的图腾崇拜之中。这种把一切感性具体东西都看做有一种神秘的看不见的力量和生命存在并且在相互作用和互渗的观念可称作"物力说"（列维-布留尔）。诺贝尔桂冠诗人乔治·沃德指出，我们必须意识到"所有的生命是相同的，我们的亲缘关系比我们曾想象的要亲近得多。'图腾'是通过认同和尊敬他类的活力、精神和相互依赖来感受场所相互的力量、善意"③。

斯奈德强调指出，图腾崇拜与人类中心主义或人类的狂傲迥然不同，它是一种表达方式，也就是说，每种生物都是一个智慧的精灵，像人类一样聪明。图腾崇拜浸透在斯奈德的诗歌、散文中。在初民的生活中，亲缘关系也是其自身创造的灵感源泉。熊、鹿、胡狼经常出现在其诗歌中，有时候作为实实在在的动物，而有时则是一种象征性的图腾。如在《野性的呼唤》中，他写道：

① 叶维廉：《道家美学与西方文化》，北京大学出版社 2002 年版，第 36 页。
② 杨适：《哲学的童年：西方哲学发展线索研究》，中国社会科学出版社 1987 年版，第 41 页。
③ Suzuki，David. *Time to Change*. Toronto，Stoddart Publishing Co. Limited，1994，p. 184.

沉重的老人夜间躺在床上

听草原狼在歌唱

在后面的牧场。

这么多年他一直采矿，伐木，经营牧场。

一个天主教徒。

一个土生土长的加利福尼亚人。

结果，草原狼嚎哭在他

八十岁那年。

他给政府打电话

设阱捕它

他用腿夹子来捕获草原狼，明天。

儿子们将失去这美妙的

音乐，他们曾在此音乐伴奏中，

开始了他们的爱情。

……

我想说

草原狼永远

在你心里。

但，事实并非这样。①

　　在斯奈德的作品中，就如在远古的过去，动物都成为人类精神生活的表现形式。在他的诗中，他赋予熊、鹿、胡狼等特殊意义。在印第安神话中，熊和羚羊分别为父亲和母亲。熊是男性化身。在《神话与文本》中，胡狼成为该书最重要、最难以捉摸的谜一样的人物。鹿也是艺术的主题。

---

① Snyder, Gary. *No Nature*: *New and selected Poems*. New York: Pantheon, 1992, pp. 220–222.

斯奈德曾送菲利普一首狩猎诗,这就是《为了鹿》。在《神话与文本》的第六首诗中,他向读者介绍了一个古老的希伯亚森林中熊的神话。他曾写信给德尔・霍姆斯:"我建议你读关于蜜蜂、蚂蚁、暴风、星星、地理学、山茶花、加拿大鹅的养殖和迁徙;如果你希望理解现在正在开始的诗歌循环,我是指那些可触摸的僧团世界中并不存在的无。"① 植物人民也有一种看不见的能力,它能与周围环境完美结合,在其诗歌中,斯奈德批判那些相信没有植物人类也能照常生存的人。在美国西南部或墨西哥等印第安人的村庄里实行着一种终极的民主。动物植物也被看做人类,在讨论人类政治问题时通过某种仪式与舞蹈,他们也应占一席之地与拥有发言权,他们也是代表。万物都有权利,民主应该扩及非人类,那些领域也应该有代表,这也是我们所说的"生态良心"②。

我们越观察自然,就越是清楚地意识到:自然中充满了生命,每个生命都是一个秘密,我们与自然中的生命密切相关,人不能再仅仅只为自己活着。任何生命都有价值,我们和它们不可分割。出于这种认识,产生了我们与宇宙的亲和关系。原始人对无害有自己的理解方式,他们知道夺走生命需要感激和观爱。从食物中生出万物,万物又成为食物。万物生长要靠食物,而当他们死亡时,食物又依靠它们。无论你给予什么,都请充满爱心和尊重。大自然的赠与必须丰盛、快乐、谦卑和同情。斯奈德说:"原始人了解到植物是食物系统的基源,植物是一切能源变化、一切生命递变的主宰……既然植物是所有形态生命的支持者,所以他们被视为一种'人类'……我们必须设法让他们参与我们的参议院。"这也是"人法自然"的一个重要角度。他还说,我们起码要做到"生态的平衡"③。在他的诗歌《弋不射宿:〈论语〉七章第二十六节》中,有这样的话语:

---

① Suiter, John. *Poets on the Peaks*: *Gary Snyder*, *Philip Whalen & Jack Kerouac in the North Cascades*. Washington D. C.: Counterpoint, 2002, p. 121.

② Snyder, Gary. *Turtle Island*. New York: New Directions Book, 1974, p. 106.

③ 叶维廉:《道家美学与西方文化》,北京大学出版社 2002 年版,第 163 页。

州长来山里访问参观
那天我们打扫了房间，耙好院落的耕地。
他还到了东部，所以，没睡足觉
于是，在后面阴凉处睡了整下午。

年轻的树，年轻的小鸡，必须照顾
给苹果树喷了水，给母鸡送了水。
第二天阅读文件，谈论农耕，
涉及了石油，还有汽车将要发生的一切。

我们又在池塘边开始大笑，
拿起箭袋与弓，绷起弓弦。
射了一箭又一箭
嗖，嗖！于夏日微风的松林间

狠狠地射进谷仓附近的稻草捆。
76 年夏[①]

　　这是描述孔子在捕鱼时只用钩钓，不用大网去绝流拦取，打鸟时只射空中飞鸟，不射林中宿鸟。这既有不赶尽杀绝，又含有不贪取的概念。这也是斯奈德深层生态学的一个主要概念。根据印第安人的思想，杀生是必需的，因为没有食物，人类无以生存，但是必定要对猎杀的物种心存感激，以自己未来死后的生命图报。斯奈德说，印第安人的渔猎只是为满足其饮食所需，不会因自己的欲望滥捕滥杀；更重要的是，印第安人对所猎之物心存感激与尊重，在仪式里会表示感激；而且人死以后，也会用轮回方式报答动物，将自己的能量传递给大地、其他生物——因此，动物会因

---

　　① Snyder，Gary. *Axe Handles*. San Francisco：North Point Press，1983，p. 83.

此同情人类，并舍身成为人的食物。如在《神话与文本》中所描绘的：鹿不愿为我而死。/我将饮食海水/在雨中睡在海滩的碎石上/知道鹿下来送死/因为同情我的苦痛。①

万物有灵是原始人所能设想出来的最伟大、最崇高的一种存在。它集中了原始人的最高智慧，寄托着他们对美好生活的期待，以及对自身命运的关注。它表达了人和神的关联与互动，表达了生命个体对神灵庇护的渴望与诉求。

二　素朴生活

斯奈德总是关注地球上最古老的价值，他曾说："作为一个诗人，我依然把握着那最古老的价值观。它们可以追溯到旧石器时代晚期：土地的肥沃，动物的魅力，与世隔绝的孤寂中的想象力，令人恐怖的开端与再生，爱情以及对舞蹈艺术的心醉神迷，部落里最普通的劳动。我力图将历史与那大片荒芜的土地容纳到心里，这样，我的诗或许更可接近于事物的本色以对抗我们时代的失衡、紊乱及愚昧无知。"②斯奈德关注的是原始中最为古老的——走向远古不是为了逃避也不是为了大声咒骂哭泣，而是想看看是否能在那些遗忘的大地智慧的帮助下寻找更加适合于将来居住的新生活。他的原始观提供了一个真正可行的选择。在《素朴方式》中，斯奈德曾说道："那些千百年来，通过自身的或他人的直接知识和经验第一手研究宇宙智慧的人，就是我们所说的素朴方式。那些憧憬将来将继续研究星球的人们，必须赞成将科学、幻想、力量和政治手腕一同来支持居民——居住在绿色和太阳之中的人与农夫。进入此轨道，我们就开始学素朴方式，这虽脱离历史，但却永远是新的。"③

初民们的生活并不像文明人所以为的是肮脏、野蛮和愚昧的。他们不

---

① Snyder, Gary. *Myths and Texts*. New York: New Directions Book, 1960, p. 126.

② 王家新、唐晓渡编选：《外国二十世纪纯抒情诗精华》，作家出版社 2001 年版，第 92 页。

③ Snyder, Gary. *The Old Ways: Six Essays*. San Francisco: City Lights Books, 1977, Back.

一的，"令人生畏的宇宙本质，不是智慧，不是爱，不是美，也不是力量，而是把所有这些合而为一，且每一种都得以保全，它是万物存在的目的，是万物存在的手段"①。

斯奈德的"原始主义"自然观试图在原始的自然中为人类找到一个未受西方逻辑玷污的意识中心。从某种意义上来说，正因为美国印第安人意识到了原始性的跨文化魅力，所以他们竭力凸显他们文化中古老大地——母亲的关联性。他深信：大地母神就是"盖娅"，地球是一个充满活力的完整有机体，是一完整的网络系统。盖娅是希腊神话中的大地女神，这个词的本义是表达创造万物的地球是一个充满活力的完整有机体。盖娅假说是以希腊神话中大地女神盖娅的名字命名的新的地球理论。它以生命观和动态观，代替笛卡儿的机械观，被评为"一种天才之举"。这与我们"天为阳，地为阴"、"皇天后土"，"万物土中生，有土斯有人"的观点不谋而合。

斯奈德特别喜爱印第安人的龟创世神话，常穿着有龟标志的衣服。1974年他的诗集《龟岛》获普利策奖，被认为是环境保护运动进入美国文化主流的路标。他崇敬龟，把其当做大自然的象征，并像印第安人一样，把美国看成"龟岛"。龟岛是希望之地、和平之地与健康之地。斯奈德明白，人的心一旦远离了生命根源的自然界，他的心便将硬化。那些时常坐在地上沉思生命意义、接受其他生物的友情、承认宇宙万物大一体的人，是确切地把文化的精髓贯入了他整体的存在里。人一旦离开了这个基点，人性的发展便受阻。人在充分享受到自然的奉献时，自然则被消耗殆尽。在飘飘然的"轻性"凯旋中"失重"，结果便是丧失了家园，无家可归。

斯奈德的生态思想借鉴寒山诗中所包含的思想，推崇原始文明，抵制西方现代文明；批判资本主义经济逻辑，主张回归本心，归回"地方"。人们不会回到已经存在过的模式。更确切地说，是像那些拥有伟大文化和智慧的社会那样。真正的"知识"是懂得自然母亲法则……与自然母亲保

---

① 苏贤贵：《梭罗的自然思想及其生态伦理意蕴》，载《北京大学学报》2002年第2期。

持和谐一致，是无穷无尽的宇宙循环中万物不朽和生命绵延的关键。部落人和狩猎者通过参照植物、动物以及其他实体来理解人类社会并让当前的社会原理去效法自然。的确，无论从微观还是宏观角度看，生态系统的美丽、完整和稳定都是判断人的行为是否正确的重要因素。斯奈德号召人们要实实在在地回到自然，重新迁入，要为自然平反，这是对人最初与自然互惠合作、互依、互持、互动的重新认识与重新体验，他要的是人与自然圣仪式的参与的灵会，好让"人类、无论是男、女、老、幼……能依着永恒无尽的爱与智慧，与天地风云树木水草虫兽群生"①。

加里·斯奈德的诗歌价值和意义在于它们大都关注所取得的完善的生态体系，这些诗成功体现了人与自然环境的整体假设、均衡和相互制约，想让人类回到自然（人类活动的终极地）。他关注的是治疗与复原，他的呼喊是在祝福上升起的。斯奈德认为，环境不仅仅是一个地方——一个人和动物生活的背景。他关注的是一个地方的整体性。他的诗歌、散文创作不仅关注环境，而且关注人，体现了一种整体性的环境保护意识。

印第安人的世界是一个有着自己道德伦理的世界。他们与大自然结合成一体，与自然界的万物交流感情。所有的原始宇宙论都充满了一个基本的心理需要，即为人的日常活动和神的活动提供适当的舞台，它为人类制造家园感，为人类的生活提供意义。印第安文化中有一些很重要的价值观念，比如万物有灵、图腾崇拜、素朴生活方式与地球有机体等等，这些都是人类的精神财富，并能对人类文明的发展前途提供特殊参照价值。

在美国历史上，印第安人既是老师又是受害者。他们是原始生态和宗教责任的典范，是神话意识的活体现，是重精神生活传统的捍卫者；同时，他们也是美国"命定说"（尤指认为某一民族扩张其领土系天命所定的反动史观）与"进步说"动力驱动下的"替罪羊"和牺牲品。② 印第安

---

① Snyder, Gary. *Earth House Hold*: *Technical Notes and Queries to Fellow Dharma Revolutionaries*. New York: New Directions Book, 1968, p. 116.

② Steuding, Bob. *Gary Snyder*. Boston: Twayne Publishers, 1975, p. 101.

人在美国历史上这种荒谬的状态既令人困惑又充满悲剧色彩。斯奈德曾说："有一件事像强酸一样一直蚀着美国人的心：就是我们知道我们对我们的大陆做了什么，我们对印第安人做了什么。"① 华盛顿·欧文也作过捕获美国生活中印第安人地位令人同情的悖论："奢侈在他们眼前铺开宽敞的饭桌；但是他们却被排除在盛宴之外。富足在原野上狂欢；但是他们却在富足之中挨饿。整片荒野长成一座花园；但是他们感觉是出没其间的爬虫。"②

　　尽管搬到城市，斯奈德仍是大山和森林的孩子，而且过着典型美国印第安人的生活方式。他对美国印第安的兴趣绝非偶然，他在各种困难情况下都能保持这种传统。在其写作和教律中，斯奈德从类似于美国印第安族长中吸取生态智慧。他像土生部落的长者一样全神贯注于物理上相互依赖的社区。斯奈德的作品就是辨识这些区域的关系，并把它们泛化到居住在地球这个单一社团的所有人类。斯奈德促进了北美文化中的生态智慧，引进了他世界范围内的智慧，将其与美国传统文化进行融合。斯奈德是现代世界中的稀有动物，部落长者。他相信来自各种文化的长者智慧现在正从地方走向全球。

第五节　加里·斯奈德与原始艺术

　　加里·斯奈德钟情原始文化，他不仅从原始文化中吸收了大量生态智慧，而且也吸收了原始艺术及其创造诗歌中的原始性。原始诗学即斯奈德深深扎根于原始文化的诗歌艺术创作。本节主要从神话、口头传统、萨

---

① Snyder，Gary. *Earth House Hold*：*Technical Notes and Queries to Fellow Dharma Revolutionaries*. New York：New Directions Book，1968，p.119.

② ［美］迈克尔·卡门：《美国文化的起源：自相矛盾的民族》，王晶译，江苏人民出版社2006年版，第143页。

满、典仪四方面论证。

一 神话

原始神话是人类文明的母体，蕴涵一切文化的基因。神话的本质是原始文化。神话中所蕴涵的内容，是人类最初的经验和认识，那几乎是一种具有哲学高度的终极认识。"远古神话是尚处于童贞的人类对世界做出的质朴而虚幻的描绘，远古神话是人性与自然最初一次美妙无比的交媾，远古神话是孕育了宗教、艺术、哲学的伟大胚胎，远古神话是人类原始思维结出的第一批精神硕果，远古神话是现代人类文明的一个灿烂辉煌的起点。"① 神话的本质，是原始人以想象的方式解释和征服自然。解释与征服的模式，都是天人同生。所有的原始宇宙论都充满一个基本心理需要，即为人的日常活动和神的活动提供恰当的舞台，它为人类制造家园感，为人类生活提供意义。埃德加·莫兰认为在"大自然的普遍科学"中，人类不能只有"技术的面孔"，"理性的面孔"、"应该在人类的面孔上看到神话、节庆、舞蹈、歌唱、痴迷、爱情、死亡、放纵……"雅克·莫诺甚至还赞美了"万物有灵论"对人类的精神创作作出的贡献："原始的万物有灵论提出这种十分直率、坦白和严谨的假设，使自然界充满了一些令人感到亲切的或可畏的神话和神话人物，几个世纪以来，这些神话也哺育了美术和诗歌。"②

20 世纪 50 年代，斯奈德写了两部长篇著作，一部评论《在父亲的村庄捕鸟》，一部诗歌《神话与文本》。前者是 1951 年时写的本科论文，有关美国印第安人神话的人类学研究，反映了斯奈德诗歌的方向和关注。在 1979 年出版时，诗人在前言中写道："我也从其他方式学习写作，但从未

---

① 鲁枢元：《生态批评的空间》，华东师范大学出版社 2006 年版，第 120 页。
② 鲁枢元：《生态批评的空间》，华东师范大学出版社 2006 年版，第 225 页。

忘记从该作品所学的。"① 纳撒尼尔·唐恩（Nathaniel Tarn）称："斯奈德作品的许多主题在该论文中有体现，在《神话与文本》中有解释。"②

斯奈德在《在父亲的村庄捕鸟》中声明："原始思维通过小的神话和传说告诉我们：在广阔的世界上，该如何在一个特定的生态系统里生存。"③ 斯奈德认为：神话是"活着的现实"，"现实是活着的神话"④。神话是"活着的现实"，是因为在述说的那一瞬间，其中的每个人会自发重新调整社会秩序，重新组织和理解世界所存在的价值。对斯奈德来说，正如威廉姆斯·J. 姜格斯所解释的，"这可能是真实的，神话不仅反映一种文化，在实践上和价值观上还承载和鼓励一种文化"⑤。"活着的现实"指神话不是用来解释满足科学的好奇心；它是在叙述形式中的原始现实的重新兴起。

马克·斯郭瑞（Mark Schorer）认为："神话是工具，通过它使经验被理解。神话是一大的主宰意象，它将哲学意识赋予普通生活；也就是说，它有组织经验的价值。"⑥ "神话是基本的，我们最深处本能生活的戏剧性表达。"⑦ "现实是活着的神话，……它为规划性价值观和先验性知识提供象征性表述，一切都置于信仰框架内，将个人，团体和物理环境与整体和生存的需求密切相连。"⑧ 神话存在于原始部落，是活着的原始形式，不只

① Murphy, Patrick D. *Understanding Gary Snyder*. Columbia：University of South Carolina Press，1992，p. 21.

② Murphy, Patrick D. *Understanding Gary Snyder*. Columbia：University of South Carolina Press，1992，p. 21.

③ Snyder, Gary. *He Who Hunted Birds in His Father's Village：The Dimensions of a Haida Myth*. Bolias, California：Grey Fox Press, 1983, p. X.

④ Murphy, Patrick D. *A Place For Wayfaring：The Poetry and Prose of Gary Snyder*. Corvallis：Oregon State University Press，2000，p. 21.

⑤ Murphy, Patrick D. *Understanding Gary Snyder*. Columbia：University of South Carolina Press，1992，p. 23.

⑥ Snyder, Gary. *He Who Hunted Birds in His Father's Village：The Dimensions of a Haida Myth*. Bolias, California：Grey Fox Press, 1983, p. 100.

⑦ Snyder, Gary. *He Who Hunted Birds in His Father's Village：The Dimensions of a Haida Myth*. Bolias，California：Grey Fox Press, 1983, p. 100.

⑧ Steuding, Bob. *Gary Snyder*. Boston：Twayne Publishers, 1975, p. 68.

是一种故事而是一种"活着的现实"。神圣的故事活在仪式中、道德中，它统治信仰控制行为，它确保仪式的效率并获得一些指导人类的实践工作。神话是人类文明重要组成部分；是一种努力工作的积极力量；它并非知性解释，并非艺术意象，而是原始信仰和道德智慧实用主义的体现。《神话与文本》是斯奈德神话诗学的实践。对斯奈德来说，"神话"是结构，人们通过它可以察觉和理解"文本"，"文本"是物理世界，抑或称之为现实。《神话与文本》中包括斯奈德从过去到现在，从能体验的自然到想象的历史，从个人到宇宙，从文本到神话，从美国西北部到东方的各类诗歌。

胡狼是美国印第安神话中的关键人物。胡狼是斯奈德所建构的原始神话学中最常见的意象，也是斯奈德构建其神话诗学所塑造的典型形象，是最能代表美国原始文化特征的一个典型意象。胡狼在《神话与文本》中出现了五次，斯奈德把胡狼塑造成性感的冒险者，傻瓜，天真探索者，无法预测的诡秘力量，兼具创造性与破坏性的传奇。作为一个不可捉摸的人物，胡狼代表一种力量，甚至代表上帝。无理由地偶然赋予人类伟大文化天赋，也毫无理由地破坏现有秩序。他是骗子，人类不能完全理解的力量；他代表现有秩序中突然升起的混乱。它代表无法预料，无法预测的自我，让我们上下沉浮，让我们面对失败。对斯奈德来说，胡狼是一种混乱的化身。他也是神话所塑造世界的完美上帝或统治力量，因为他体现了惊讶，创造了人的理智和人类秩序中意想不到的事情。胡狼是秩序的无端破坏者，是不断困惑我们的说不清、难理解的力量。他也是热情活力的象征，最终的幸存者，没有被统治或是被消灭的最后生命——脉搏。胡狼是骗子，他的形状不断地变换。他是生活本身——野蛮的，在我们的梦幻、希望和规划之外。

在《素朴方式》"胡狼难以置信的生存"一文中，斯奈德解释胡狼在其诗歌创作中的广泛存在。斯奈德说："我和同事迷恋胡狼是因为它教会我们位置感，他基本上是监护人，守护者。另类的感觉——我们对骗子的这份迷恋来自于内心深处。""当胡狼形象走入现代美国诗歌时，它并不仅仅是为了位置感。它唤起的是一世界范围的神话、传说和母题。"①

斯奈德一再强调其信仰和实践深受美国本土文化影响。他说到"一千年前我们不是白人。我们的整个文化都有点迷途。诗歌的工作就是去捕捉美国大陆，非白人世界的那些意识领域。"② 显而易见，斯奈德从印第安文化中学到了很多，印第安文化塑造了他的生活方式和想象。在《龟岛》中，美国本土居民的影响显而易见。龟岛是来自北美大陆古老而又崭新的名字。它是千万年来那儿的人们所创造的神话，在近年来被重新运用到"北美"大陆。龟岛是斯奈德用来代替北美大陆古老的印第安称呼。斯奈德赋予其新的含义，使之更为古老。他认为一个龟岛是更加适合人们开始建立家园的地方。龟岛是未来北美的新命名。"在这个焦虑的 20 世纪，龟岛是希望之地、和平之地和福祉之地。"③

神话把人置于文化物理迷宫，让人类对地方和时间有一种内在呈现感，他甚至以神话的作用来界定现代社会诗人的角色，他如此定义诗人的职责："诗人不仅为读者创造个人神话学，而且还可以形成新神话学。"④诗人扮演社会神话学的载体，寻求个人、社会和生态系统的重新整合。《伐木》很明显地描绘出本土和远古的神话观不只是历史兴趣或是梦境时的心灵避难，而是向人类展开这样一种可选择的文化，使人类与四条腿的人们，爬行着的人们，站立的人们以及飞翔的人们同时居住于整个地球。《伐木》最后一部分建议斯奈德意识到这种可供选择的文化的发展要求更多地关注美国印第安神话的研究。⑤ 菲利普·费尔莱特（Philip Wheel-

---

① Murphy，Patrick. D. *A Place For Wayfaring*：*The Poetry and Prose of Gary Snyder*. Corvallis：Oregon State University Press，2000，p.170.

② Steuding，Bob. *Gary Snyder*. Boston：Twayne Publishers，1975，p.102.

③ Steuding，Bob. *Gary Snyder*. Boston：Twayne Publishers，1975，p.157.

④ Snyder，Gary. *He Who Hunted Birds in His Father's Village*：*The Dimensions of a Haida Myth*. Bolias，California：Grey Fox press，1983，p.112.

⑤ Murphy，Patrick. D. *A Place For Wayfaring*：*The Poetry and Prose of Gary Snyder*. Corvallis：Oregon State University Press，2000，p.27.

wright）把社区的神话意识看做是好文学的实质——"我们时代的诗歌并不是很紧要，它是很久前的霍泽（hozhe）的重要东西的最后回声。要紧的是下一代的神话—意识，种植在我们孩子中的精神种子；他们的爱和洞察力和酝酿成熟的重大社区感。在这方面，未来一代的伟大的可能性取决于——诗歌和其余的一切"①。

神话有着丰富而深刻的生态思想内涵，神话对当代人找回人类在自然中的真实地位和重建自然与人类的正确关系具有重大意义。在神话里"一切存在都有生命。也可以说那里不存在我们所说的'东西'，只存在着参与同一生命潮流的那些有灵气的存在物——人类、动物、植物或石头……正是通过这种关系，通过与树的共存，通过作为人的生命意象的甘薯，一句话，通过生动形象的神话，人才懂得自己的存在，并认识了自己……只有在神话中才能找到自己存在的证据。神话把他与宇宙联系在一起，与一切生命联系在一起……神话追溯并公开宣布了人与周围环境，与栖息地，与部落，以及行为准则的联系"②。人类学家琼・哈利法克斯研究了众多部落群体，发现"故事和神话是一种连接物，它们连接起了文化与自然、自我与他人、生者与死者，由此在他们的讲述之中将整个世界连为一体"③。

二　口头传统

美洲印第安人自远古以来已存在世代相传的传说和故事。斯奈德曾在印第安大学进修语言学和原始口头传统，他沉浸于启发现代诗学的本土美国口头文学，他的诗歌有很强的音乐性。斯奈德是一个与大地同在的人，在自然中、沉思中、家庭中、群落中，他积累了丰富经验，他能与观众很好地沟通。斯奈德密切关注文学的口头传统，他认为诗歌的主要存在方式

---

① Snyder, Gary. *He Who Hunted Birds in His Father's Village：The Dimensions of a Haida Myth*. Bolias, California：Grey Fox press, 1983，p. 111.

② 朱耀伟：《当代西方批评论述中的中国图像》，中国人民大学出版社 2006 年版，第 201 页。

③ 孟庆枢：《西方文论选》，高等教育出版社 2002 年版，第 151 页。

是演讲和表演，写作是次要的。口头文学，叙事诗，民间故事，神话和歌是人类最主要的文学经验。在 1984 年他曾说："诗歌尤其在表演场上才能得到真正呈现，的确，所有文学经验只有在口语状态中才能得到真正呈现。"①

口头传统是斯奈德诗学的重要来源。斯奈德很多诗都用歌做标题，如《第一首萨满歌》、《第二首萨满歌》、《第一首流水曲》、《第二首流水曲》、《喜鹊之歌》、《明日之歌》、《两首伐木歌》、《野无花果之歌》以及《水手小调》，等等。斯奈德诗歌中的口头传统主要来自于这三个不同文化传统：一是本土美国歌曲，二是佛经的颂唱传统，三是跨文化萨满的治疗歌。这些传统对他来说，并非经验描写或表述，而是实实在在的行动。

"诗歌是声音和语言的巧妙结合，并产生令人鼓舞的作用，帮助我们体验珍贵（难得的）思维和有力状态。'原始型'指有意忽略文明社会所关注的、闭口不谈政治的必要探索和研究。少利用现代工具，不关注历史，保持活着的口头传统而非书本堆积起来的图书馆，不以过度控制社会为目的，拥有感性内在的生活以及充分的自由。朋友和家庭构成了日常生活。感官和能量指其所居住的星球和围绕着的风，以及各种意识。"② "诗歌必须吟唱或说出古老的经验。扎根于古石器时代的文明传统，诗歌是罕有的能够不随现实而改变的功能和相关性，比我们现在周围的大部分活动要持续更久。是原始人所居住的世界。诗歌，必须靠近原始人所处的世界，用一种全裸露的方式——那是所有人类之本——出生、爱情、死亡，纯粹的事实是还活着。"③

斯奈德的诗中有许多口头传统技巧，特别是如头韵、内韵和节奏，重

---

① Murphy，Patrick D. *Understanding Gary Snyder*. South Caronina：University of South Carolina Press，1992，p. 11.

② Snyder，Gary. *The Gary Snyder Reader：Prose，Poetry，and Translation*，1952－1998. Washington D. C.：Counterpoint，1999，p. 52.

③ Snyder，Gary. *The Gary Snyder Reader：Prose，Poetry，and Translation*，1952－1998. Washington D. C.：Counterpoint，1999，p. 53.

复以及叙事诗中的顺序，时间和地点顺序的融合，从而发展出无时间无地点的品质。不常用标点符号是斯奈德诗歌的又一特色。在《山水无尽》"巴伯斯河理发"中就很好地利用了这种叙事技巧。在《神话与文本》中，口头元素广泛地使用，充分利用了头韵、重复和其他的声音品质。比如在《致熊》诗中，他充分地利用了唱词和重复。他写道：

Snare a bear：call him out：

honey—eater

forest apple

light—foot

Old man in the fur coat，Bear! come out!

Die of your own choice!

Grandfather black—food!

this girl married a bear

Who rules in the mountains，Bear!

you have eaten many berries

you have caught many fish

you have frightened many people. ①

位置感在原始人的口头诗学中举足轻重。口头传统，通过历史的记录承载着一个部落的文化身份。文献不仅是部落的创造和出现，而且是迁徙、动物和精神意义上的特别具有象征意义的地址。这种口头的历史记录编年史记录日常生活如何受山水条件制约，部落如何居住在地球和维持生计。北美风景的多样性对美国印第安文化的多样性作出了很大贡献，分享基本的世界观，而且最终展示多元化的生活实践和尊重。在完全无文字的社会，口头传统是通过背诵而非记忆相传的。人应该听那种回荡在诗中未

---

① Snyder, Gary. *Myths and Texts*. New York：New Directions Book，1960，p. 22.

说出的文字。口头文学的许多主题都是世界范围的，这至少可证明人类共享的主题，通过思维，山和当地河流——也许通过熊和沙林鱼的嘴，人和地方融为一体。

口头文学—叙事学，民间故事、神话和歌是主要的文学经验。无文字的口头诗学与实际动物联系密切。故事和歌中的最大知识信息是成熟稳定的"原始性"最古老的表述。斯奈德常用习语，强调诗歌的抑扬顿挫，讲述伐木工和参加晚会的印第安女孩的故事。"最触动我的是加里诗的音乐——优雅，和蔼——强劲勇敢的歌。我终于知道加里首先是一个声音，然后是一个人……同样清晰的歌，同样的和蔼，抒情的笑和眨眼的光芒，扎根在地球经验的想法——它来自加里的写作和存在中。它为与地球融为一体的生命代言。"① 据斯奈德说，他能唱约 200 首美国民歌。在酝酿诗时，他常歌唱吟诵，直到节奏、音调和所想描述的完全一致。他曾试着歌唱山脉："我一次在沿着死谷的山上帕拉米特山脉试着尝试，多次尝试后终于成功。天空如此美妙，山正在谱写抒情歌曲。开始，命中或错过了某些东西。然后越发靠近开始感觉。然后获得了一种形式。"②

口头诗学并没有像人文学科领域里的许多理论和学说那样，来时风起云涌，去时星流云散。它从没有享受过一时间家喻户晓、人人谈论的殊荣，但也一直没有被严肃认真的学者们抛弃。它的稳健发展，表明了它的生命力。"口述传统"是记录历史的基本方式，也是个人身份和集体意识的基本保证。斯奈德的诗成为坚持口头传统和所塑造的古老方式的一部分。斯奈德的诗是传统传说、口头传统、地图故事、地球计划、海洋、天空、树木、植物自己的故事；它们更多是关于过去/现在/将来，而非关于已经死之的过去或感伤未经探索过的过去。当生动讲述时，这些故事就活了。如果我们忘记河里的鱼、山中的野果、森林中的植被，还有天空中的

---

① Halper, Jon (ed.). *Gary Snyder: Dimensions of a Life*. San Francisco: Sierra Club Books, 1991, p. 342.

② Snyder, Gary. *The Real Work: Interviews and Talks* 1964—1979. New York: New Directions Book, 1980, p. 48.

飞鸟，故事会向我们展示：来自原始社会并将持续的最赤裸的真实，"原始的，首要的，基本的"①。

三　萨满

萨满教是一种古老宗教，相信神灵、恶灵、祖灵或万物灵，萨满能为族人与诸灵沟通。萨满主义与人类宗教联系的古老价值相联系，是关于星球的基本叙事。对许多原始人来说，走出外面和非人类社会进行交流是一种权利，一种智慧和经验。这就是斯奈德所谈到的萨满主义，这是一个世界范围的现象，并不局限于任何一种文化。萨满是宗教的最为古老也最广泛的形式，它仍旧为某种原始部落的人们所实践。萨满关注行为而非信仰。萨满练习实践的本身来自非人类教义，不是来自印第安人医者或佛教大师的教义。它不关注文化，它是人们置身在森林中所有的赤裸经验。斯奈德曾说："我要增加一点的是，许多人使用萨满语言书写自然和野性，但并不知道写什么。他们从未看到老鹰眼中的光芒，蜥蜴前进时肋骨的伸缩，或者是鳟鱼的翻转，熊的站立。如果没看到这些，你就不会写他们，无论是印第安人还是白人。那儿有许多当代城市的印第安人也没有看到这些。"②

斯奈德写了许多萨满诗，如《献给萨满的第一首诗》、《献给萨满的第二首诗》、《萨满的生日》等。其中最为典型的是《驼背吹笛人》这首诗。此诗的主旨是以四位传播智慧的人为象征，他们都本着无我利他的精神传播智慧，他们四人传播的多少都与玄奘的"色即是空"理念有关。

驼背吹笛人

① Halper, Joned. *Gary Snyder: Dimension of a Life*. San Francisco: Sierra Club Books, 1991, p. 223.

② Snyder, Gary. *The Real Work: Interviews and Talks* 1964—1979. New York: New Directions Book, 1980, p. 155.

行走世界各地

坐在大盆地的巨石上，

他的背包就是驼背

玄奘

公元六二九年去印度

六四五年回到中国

携带六百五十七种经、佛像、曼陀罗，

及五十种圣物——

背一个弯架背包，还有一把伞，

有刺绣、雕刻，

行走时，香炉摆动。

帕米尔高原 塔里木 吐鲁番

旁遮普区 两河汇流夹地，

恒河与亚穆纳之夹地

……

他带着

"空"

他带着

"只有心识"

唯识论

驼背吹笛人

可可比列

他的驼背就是背包[①]

———————————

① Snyder, Gary. *Mountains and Rivers Without End*. Washington, D. C.: Counterpoint, 1996, p. 79.

在斯奈德诗中的四位智者，都带有一个背包，背包本身是空的，可以装东西，即他们领悟到"空"与"心识"的重要性，所以四处游走传播。这首诗强调以强烈的沉思为基础，"驼背吹笛人"回到了神话主体"原始思维"，这个人物是斯奈德知识和精神组合的英雄，可可比列，亚美利坚叙述的驼背吹笛人，是佛、诗人、萨满、先知，像玄奘，一名取经者和翻译家。可可比列把背包中的文化种子四处播撒，他计划的观点起源是佛：他携带着／"空"／他带着／"只有心识"。对斯奈德来说，萨满是一个代表性人物，它是诗中重要人物的合成体。

在《神话》中我们看到许多歌是萨满歌的变格，"治疗歌"，他们赞扬动物，祝贺它们，将人和动物紧密相连。作为诗人歌唱者的萨满理念在斯奈德看来并不特别。歌是萨满"最为重要的乐器"[①]。"萨满通过歌复活人们对许多事件的意识，包括无尽的转变和迁徙，其他各种生命形式的体验以致人能进入存在并拥有自己的生活。"[②] 斯奈德最终被看做在宇宙庙里实践的萨满。他的政治立场是成为荒野的代言人。自然的元素堪称神圣，比人类的自我更有价值。斯奈德相信萨满诗人总是实践他自身所有的力和自然沟通，诗来自于孤独中的权利。斯奈德称"歌唱家的作用是唱出玉米的声音，更新世的声音，牛的声音，羚羊的声音，用一特殊方式联系并非人类的'他者'，一些东西并不能从与人类老师的交流中学到，而是边界外的冒险和进入到自己心灵的荒野，从无意识的荒野中学到"[③]。

萨满的基本作用是保护一个社会所要依靠的心灵的正直；人们确信某人在关键情况下能帮助他们与看不见世界中的居民沟通。那是令人宽慰和

① Schuler, Robert. *Journey Toward the Original Mind*：*The Long Poems of Gary Snyder*. New York：Peter Land Publishing, Inc. , 1994，p.43.

② Schuler, Robert. *Journey Toward the Original Mind*：*The Long Poems of Gary Snyder*. New York：Peter Land Publishing, Inc. , 1994，p.44.

③ Snyder, Gary. *The Old Ways*：*Six Essays*. San Francisco：City Lights Books, 1977, pp.36—37.

安慰的。通过某人（萨满），群落成员能看到另外世界中所隐藏的和看不见的，并从超自然的世界中得到直接可依赖的信息。罗伯特·勃莱认为斯奈德"是一个在最基本的感官上被称为虔诚的，或宗教的人"①。这在《山水无尽》中得到体现，斯奈德的关注中心的确是宗教的。正如他在"无"中写道："他的关注是治疗/而非拯救。"不像以往的牧师，斯奈德没唱赞美诗，没有提供教条，也不会试图改变印第安人。他的关注是宣泄的与治疗性的。斯奈德在《山水无尽》中肯定了萨满的作用，心灵的治愈者；在《驼背吹笛人》和在《蓝天》中每个人能看到他旋转的舞蹈。

"诗歌是萨满。"诗人和萨满是集知识权利于一体的人。人文主义是指一种最为古老的人类宗教实践。"萨满"是先验的、经验的、实用的和国际的。在历史文明地区的诗应该是尝试创作萨满实践的治疗歌。萨满是解放者和治疗者，因为其赋予无意识知识以知识的形式，而且能使人的心灵免受无用之苦。萨满的主要作用是治疗，萨满是通过来自梦的力量治愈疾病和抵制死亡。如果有人受伤，我们无须去追问箭的来源，谁造的箭，我们的目的是治疗伤口。"萨满诗人"至少有权利为动物、植物，也许还有风景和生态地域辩护。斯奈德在其早期诗歌中使用萨满面具，但在后来的散文和会谈中才开始广泛谈论萨满诗人的功能作用。萨满的这些新方面并非在追求权利，而是在散射权利。斯奈德对萨满的长久兴趣经常与其本土美国传统相联系。它赋予他这样的才能——诗意地说，诗意地看，或充分（完全）地参与，意识到不同于自身的存在物。萨满是一种来自非人类的教义，它包括与所有生命网络的交流。斯奈德将诗人的使命与萨满相类比，认为在文明社会里，二者的作用相同。正如斯奈德所指出的："所谓祭师/诗人就是他的心灵能轻易地向外探求各种各样的方式、其他各种生命、并让梦想歌唱起来的人。文明时期的历代诗人均背负这样的使命：他

---

① Schuler, Robert. *Journey Toward the Original Mind : The Long Poems of Gary Snyder*. New York: Peter Land Publishing, Inc. , 1994, p. 105.

们不为社会、但为自然歌唱——及令他们曾最接近的目标不过是女士的躯体。"① "治愈的水平是一种永远'刚开始的'诗性工作,当我们把作为'经典传统'的世界性的民歌和神话意象的意识聚合一起——民间故事的承载着——一万多年以来的每个人,和新的(但总在那儿)的世界范围的自然系统的相互依赖,那就是时代的开始,那就是知道作为一个生态系统的行星的年代,我们自己的小小分界线,人类和存在的群落,一个吟唱和沉思的地方,一个拾草莓的地方,一个可以深耕的地方。"② 在他的诗《蓝天》中,他写道:

从这儿往东,

越过佛界十倍,和
恒河的沙子一样多
有一个世界叫
天青石的纯粹
它的佛叫做康原大师
蔚蓝光辉的塔瑟盖塔

一万两千个暑假
日夜开车兼程,直往东方
到达天青石的域界
那是佛的医术长老的国度
向东穿过海洋,黄沙地
草原狼老人的土地

---

① [美]加里·斯奈德:《山即是心》,林耀福、梁秉钧编选,台北联合文学出版社 1990 年版,第 238 页。

② Molesworth, Charles. *Gary Snyder's Vision*: *Poetry and The Real Work*, Columbia: University of Missouri Press, 1983, p. 127.

智者，和灰蓝色。

……

在仁明天皇的统治期

当美丽的奇怪女孩小野小町。

当时才有十七岁，出门去寻找

变成流浪佛教徒的父亲。她生了病

在旅程里，病倒在床上的一天夜里看到

医术大师带着蓝色的光辉而降临

在一个梦里。他告诉她，她会发现一处温泉

在阿祖玛河的岸边，在坂黛山里

这能使她痊愈，而且还能和她的父亲会面，也是在那里。

……

释迦牟尼将是我们苦难今世的

上帝；

……

"佛的医术长老"

失去天堂的上帝。

光辉的早晨，

珍珠饰的门，和

天的蔚蓝。

伟大的医术大师；

蓝色的陆地。

蓝蓝的天

蓝蓝的天

这，蓝蓝的上天

是佛界

医术长老的领地

在这里，雄鹰

起飞即逝，

飞翔，飘扬。

　　萨满唱治疗歌，这是现代诗人的精神模式：作为治疗者的诗人肯定了
整体中的几大王国。第一个大王国是自然界的身份，展示了社会系统，作
为一个小小的人类洞穴，离开了周围的植物、动物、风、雨、河流，无法
独自生存。这里诗人代表来自非人类的声音，在那儿有个更大王国：人类
永远是地球的孩子。

　　精神美学的实践以及人类学的研究让斯奈德越来越深入到过去，探求
原始最初的"最原初思维，"此思维状态能够直接体验到宇宙、达摩的真
谛，"在更大画面上的事物的伦理"①。斯奈德用三种形式表达其"原初思
维"：萨满，佛教和诗歌。一直追溯到旧石器时代，他发现他们互相之间
有很深的关联。《神话与文本》歌唱萨满的活动和观点，歌唱佛教的沉思
实践，歌唱精神的洞察。斯奈德将萨满定义为"上旧石器时代传下来至文
明开端的人类的基本心灵科学"②。斯奈德观察到："历史文明领域内的诗
歌是碎片式的努力重创——萨满实践的'治疗歌'。"③ 神话是由萨满佛教
诗人斯奈德创造出来的治疗歌，他在诗歌中采用了"原始心灵"的原则，

　　① Snyder，Gary. *The Real Work*：*Interviews and Talks* 1964－1979. New York：New Directions Book，1980，p. 112.

　　② Snyder，Gary. *The Real Work*：*Interviews and Talks* 1964－1979. New York：New Directions Book，1980，p. 175.

　　③ Snyder，Gary. *The Real Work*：*Interviews and Talks* 1964－1979. New York：New Directions Book，1980，p. 5.

努力地解决我们时代的生态危机，向现代人表示：他们在物理上、美学上、道德上和精神上都负债自然。

美国印第安民间故事有萨满特色。比如说，胡狼，像萨满诗人一样能够"编织医疗歌、梦幻网——精神篮——银河曲"①。美国印第安人唱民歌如同萨满吟唱一样有魅力。当斯奈德面向观众朗诵诗时，他也同样如此。比如说，《喜鹊颂》和《明日颂》都有意地重复而取得如恍惚一类的效果。树枝上的喜鹊探着头在说唱，在工作时，在我们的位置：/在服役/中的旷野/中的生命/中的死亡/中的母乳！/长诗 *The circumambulation of Mt. Tamalpais* 是一首纯粹的曼陀罗诗，"Smokey the bear Sutra"和在"Spel against Demon"中有一个曼陀罗。他的威力来自熔岩，/来自岩浆，来自地层，来自火药，/和太阳。/他拯救了忍受折磨的智慧之魔，吞掉了/饥饿的幽灵，他的咒语是，/奈玛 撒满塌 瓦奈木 缠哒 namah samantah vajra-nam chanda 玛哈唠莎那 maharoshana/斯发塌呀 哈木 拉卡 奈木 麦木 sphataya hum traka ham mam. 在给区鉷先生的信中，他写道：明年九月我会去中国稍作停留。按计划我会率领一支探险队，从拉萨出发穿过西藏，由巴基斯坦出境。此行的活动之一是漫游凯列士峰，旨在对萨满教和西藏佛教中"神山"这一概念的实质有更深认识。显然，对我来说，这也是写《山水无尽》这部长诗的一部分工作。② 从这一点我们不难看出，在他的长诗《山水无尽》中有很深的萨满情结。

四 典仪

在表现时空循环、和谐统一的同时，各印第安部族的典仪普遍洋溢着强烈的群体意识。其实，群体意识也是印第安宇宙观的主要构成之一。由于印第安民族将世间万事万物理解为同一于"伟大的神秘"的和谐整体，

---

① Snyder, Gary. *Turtle Island*. New York: New Directions Book, 1974, p.27.
② 区鉷：《加里·斯奈德面面观》，载《外国文学评论》1994 年第 1 期。

他们不似欧美白人那样崇尚个人主义，而是把部族群体放在首位，强调部族成员彼此间的亲缘关系。而各个部族的典仪不仅以这种群体观念作为一个主要表现内容，而且在弘扬部族传统、凝聚部族群体方面起着不可替代的作用。

印第安文化中的思想主要载体是口头文学、图像和文字。由于宗教观念统治着印第安人的整个精神世界，而其文字又处于初级阶段，所以舞蹈、游戏、礼仪等形式在某种程度上也是主要的思想载体。一些看起来似乎是最现代的现象，如爵士乐、无线电音乐等，其实都掺杂着一些古老的成分在里面。阿尔多诺认为，音乐会实际上重复着原始礼仪的功能，用掌声和喝彩重演了一种"古老的、久已遗忘的祭祀仪式"[①]。对音乐大师、指挥家以及乐器的顶礼膜拜，重演了原始氏族部落盲目崇拜神圣物体和个人的仪式。在多元文化日益蓬勃发展的大环境下，越来越多的印第安保留地重又开始举行典仪，而典仪所蕴涵的印第安文化宇宙观则得到越来越多的当代印第安作家和艺术家的认同，逐步成为他们振兴印第安文化的依据和指南。战争、祭祀、狩猎、原始庆典中都包含着原始的艺术，原始艺术呈现的是人们生活的经验，直接是实践的一部分。艺术相对独立于日常生活经验，乃是社会分工的结果。

在斯奈德的《龟岛》中，他曾提到皮尤博印第安人，捕猎前首先要净化自身，服催吐剂，清洗干净，远离妻子几天，努力不按思维定式思考，带着一种谦卑的态度去狩猎。他们确信需要狩猎，除非必要他们绝不狩猎。行走时他们大声唱歌或者哼着曲子。这是为鹿唱的歌，请求鹿自动献身。他们往往是静猎，沿着鹿的足迹设定一个地方，这样会觉得鹿非你所杀，鹿朝你走来；你让自己站在鹿自己来呈现给你的地方，然后开始射击。射中后，割下鹿头朝东置放，在鹿嘴前撒玉米粉，然后向鹿祈祷，祈求它原谅你的杀戮行为，并请它转告其他鹿受的礼待。杀鹿时，务必不要

---

① ［美］道格拉斯·凯尔纳、斯蒂文·贝斯特：《后现代理论：批判性的质疑》，张志斌译，中央编译出版社 2006 年版，第 282—283 页。

乱扔鹿骨。要将骨扔入水中，鹿就能再生。这样做会让鹿高兴。它们会与他亲热，不害怕他，也不远离他，因为它们知道会再生，仍然会有充足的鹿。其实，它们并没真正死去。如果把骨头扔进水里，然后再烧，那么鹿就真的会死，但它们也不会抱怨。但是如果把鹿骨到处乱扔，不照看好，让狗吃掉，任人践踏，这样就会冒犯鹿，它们不会再帮助人类，猎人不会有机会再捕到它们，所以就会挨饿受穷。

> 鹿儿，不要为我而死。
>
> 我将去饮海之水
>
> 在雨中睡在海滩的鹅卵石上
>
> 直到鹿儿洞察了我的痛苦
>
> 下山同情我而死去。①

　　一旦我们理解了神话的维度，我们就能明白猎人——叙述者在《致鹿诗》中并非错误沉醉于情感中，已开始意识到和动物绑在一起的精神网，承认对它们道义上的责任。鉴于神话，原始思维的观点，动物是令人同情的佛，因为它们将自己献给别人。反过来，人类应学会同情它们。萨满是完美的猎人。狩猎意味着将身体的感官发挥到极致，集中注意去感受，静坐让你成为游戏道边等待的鸟和风。成为猎人，萨满不得不完善感官能力。在《神话与文本》中，斯奈德强调感官的净化和完善，尤其是在《神话与文本》中的第二章，"狩猎"，集中在萨满和动物的关系上。萨满必须实践"动物的哑剧"，"与动物在精神上和物质上成为一体"②。

　　斯奈德重视自然生育万物的伟大力量。从能量传递角度讲，狩猎不仅无损于这一功能，反而可以增进自然这一功能。他说："狩猎的目的不仅

---

① Snyder, Gary. *Myths and Texts*. New York: New Directions Book, 1960, p. 26.

② Snyder, Gary. *The Real Work: Interviews and Talks* 1964—1979. New York: New Directions Book, 1980, p. 107.

是杀，还要有助于生——增强繁殖力。"① 在人和鹿之间应奠定契约，鹿将自己献给人类，只要人类对他们有爱和敬意。如果人们没有关爱鹿，那么就会失去鹿。生态伦理展示一种以对自然生命世界的敬畏之心为基础的人类道德，敬畏之情直接来源于原始文明。"在一切民作中，虔敬是一切伦理的、经济的和民政的德行之母。"②

人类的想象力，虽然是在实际的生产和劳动活动中逐渐形成，但是，自我发展的内在动力却深藏在人类心灵的最原始的想象能力之中。斯奈德把原始文化当做人类道德和宗教的总资源，把诗歌的原始性当做诗歌创造的基本维度。诗人要有把历史和荒野并置的能力，这也是使人类行为更有效的措施。人类唯一的希望是建立一个更大更开放的宇宙观，这是人类现在面临的最主要工作。正如斯奈德所言："作为一名诗人，我握住世界上最为古老的价值。他们回到了晚期的旧石器时代；土壤的肥沃，动物的魔幻，孤独的力量观，令人害怕的洗礼和重生，爱情和舞蹈的狂喜，部落的共同工作。我试着把历史和荒野都握在脑海，我的诗可能靠近万物中的真实维度并反对我们时代的不平衡和无知。"③

第六节　加里·斯奈德与本土意识

本节旨在研究加里·斯奈德的本土意识。尽管深受东方文化影响，但是他仍然深深扎根于美国传统。而且他特别强调"本土意识"。"本土意识"，归属于一个地方的意识，是非常重要而又有必要的。本节对斯奈德继承传统的"本土意识"做了探讨，并呼吁外国文学研究者们在全球化语

---

① ［美］加里·斯奈德：《山即是心》，林耀福、梁秉钧编选，台北联合文学出版社 1990 年版，第 142 页。

② 王茜：《生态文化的审美之维》，上海人民出版社 2007 年版，第 97 页。

③ Bartlett, Lee. *The Beats: Essays in Criticism.* London: McFarland, 1981, p. 146.

境下的外国文学研究中，既要具备全球视野，又要有强烈的"本土意识"，做到："全球性地思考，地方性地行动。"

一　"本土意识"论

"本土意识"是中山大学区鉷教授在 1988 年第 1 期《当代文坛报》的一个笔谈栏目里首次提出，所发表的文章题目就是"外国文学与本土意识"。2003 年第 1 期《外国文学研究》以访谈的形式重新发表了此观点，访问者是姜岳斌。1993 年"本土意识：文化的跨文化研究"被批准立项，成为国家教委"八五"人文、社会科学研究规划"中国文学类"研究项目。

"本土意识"（Sense of Nativeness）论认为：外国文学的研究、翻译和借鉴都受到本土意识的影响。本土意识的核心是民族文化意识，在不同时期和不同的个人身上又会表现为不同的时代意识和主体意识。人们在借鉴外国文学时会自觉或不自觉地将本民族文化的特点作为参照项，或者作为接受外国文学影响的中介。本土意识是变化的。当作为其核心的民族文化意识同时代的发展不合拍，或者束缚了人们的主体意识时，本土意识的内部平衡就会被打破。这时候，外国文学对于本国文学的影响表现为批判性的，常常还是对抗性的，用比较文学研究的术语来表达就是所谓"反影响"。但是即使反影响也改变不了民族文化意识作为本土意识核心的地位，因为要批判就得有批判的对象，不把批判对象研究透彻怎么可能深入地批判它呢？更何况经过合理的批判之后民族文化意识也会被改造，于是本土意识达到新的平衡。这不是自我封闭，而是在交流中发展。①

斯奈德指出：一位作者"本土意识"的实质是历史的根，或者说，文化传统，这从童年开始就在他的脑海中生根，并随着年龄而增长。当面对外国文学时，他的本土意识就会起作用。有时，它就作为接受异质文化的

---

① 区鉷：《外国文学与本土意识》，载《当代文坛报》1988 年第 1 期。

监测器。经常它会作为异质文化与传统文化相结合的中介。①斯奈德强调"本土意识","本土意识,归属于一个地方的意识……是非常重要而又有必要的"②。

的确,一种文化进入另一种文化场时,必然受到另一种文化的过滤、选择、过度诠释而发生变形。正如,海德格尔在《存在与时间》中提到的"前理解",伽达默尔提出的"偏见"。前理解是指一切解释都必须产生于一种先在的理解。"偏见"是指在理解过程中,人无法根据某种特殊的客观立场,超越自身的历史性去对文本加以"客观"理解。澳大利亚学者法伊特指出"自身的文化经验总是作为传统影响着我们与他者的对话",而"误读作为文化间理解的条件",是无法绕开的。而且误读往往能产生文化对话的交接点,发现文化的"新航路"。哥伦布正是由于误认,才发现"印第安"这片"新大陆",中国人正是因为用道家的眼光看待印度佛教,才产生了禅宗顿悟的思维方式。误读,可以读出两种文化间的通融处,也可以读出两种文化间的"异质"③。叶维廉认为:"所有的心智活动,不论其在创作上或是在学理的推演上以及其最终的决定和判断,都有意无意地必以某一种'模子'为起点。"④

美国诗人即使非常倾心于中国思想,在运用中国论述时,难免会露出其根深蒂固的西方思想论述。因此,在他们的诗中固然有异国情调的部分,但其重点仍然是西方的论述。哈罗·布鲁姆说:"透过远景的玻璃窥视,当代诗人面对他们跟前的先行者,这些身形巨大,回瞪着他们的先行者,导致一种深层的焦虑,把这焦虑藏在心中,但却无法避开。"⑤ 著名学者钟玲认为:中国古典诗歌隐士模式与西方传统论述这两者之并列与对

---

① Ou Hong. *Gary Snyder's Sense of Nativeness*. 载台北《中山人文学报》2000 年第 10 期。

② Snyder, Gary. *The Real Work: Interviews and Talrs 1960—1979*. New York: New Directions Book, 1980, p. 86.

③ 王正:《悟与灵感:中外文学创作理论比较研究》,上海社会科学院出版社 2003 年版,第 179 页。

④ 叶维廉:《叶维廉文集》,安徽教育出版社 2002 年版,第 26—27 页。

⑤ 钟玲:《史耐德与中国文化》,首都师范大学出版社 2006 年版,第 7 页。

话，可以说是当代美国诗歌的显著风格之一。事实上，这类诗中本土的论述常常到头来变成凸显的部分。[①]　其实，意象派也只是用欧美的美学理念和诗歌语言来写"中国式诗歌"，即使努力模仿中国的意象手法，也存在着不少误解和曲解。西方启蒙运动，狂飙运动的那些诗人、作家、思想家和学者之所以赞赏中国文化，是因为中国文化适应了西方社会变革的历史需要。中国古典诗歌的影响似乎始终与美国的反传统倾向相联系。美国新诗运动的根本目的是要摆脱英国诗歌传统的束缚，从而形成美国诗歌的本土特色。因此美国诗人才会将目光转向东方文化，寻求建立新的模式。的确，任何一种艺术借鉴的根本目的都是为发展本民族和自己国家的艺术。当代美国诗歌接受中国文化不仅是社会文化发展的历史选择，而且也是美国诗歌自身发展的逻辑必然。文明之士在正视和反省自身文明缺陷的同时，将眼光情不自禁地投向东方和中国文明，希望在东方文化，尤其是中国哲学文化中寻找拯救欧洲文化危机的出路。

二　对传统的继承

斯奈德深受东方文化的影响，但是他仍然深深地扎根于美国的传统。对斯奈德来说，他的文化继承主要是指其对美国文学传统和美国印第安文化的继承。他把老师比作斧子，学生比作斧柄。他比作斧子的那些人是罗宾逊·杰弗斯、惠特曼、劳伦斯、威廉斯、霍普金斯、布莱克、弗罗斯特、斯蒂文斯、艾略特……[②]斯奈德直接受罗宾逊·杰弗斯和肯尼斯·雷克斯罗思的影响。在创作风格上，他也深受他们的鼓励。斯奈德与惠特曼的作品有共同之处。这两个人在性格与情感上也颇为相似。他承认其文体和精神魅力方面，惠特曼是其"诗歌导师"[③]。《山水无尽》中他认为"万物平等"的思想与惠特曼的《草叶集》的思想一致。像惠特曼一样，斯奈

---

① 钟玲：《美国诗与中国梦》，广西师范大学出版社 2003 年版，第 140 页。
② 区鉷：《加里·斯奈德面面观》，载《外国文学评论》1994 年第 1 期。
③ Steuding Bob. *Gary Snyder*. Boston：Twayne Publishers，1975，p. 97.

德并没有作价值观的评判，他认为万物都生存于一个整体中，并肯定它们存在的价值。尽管他在文体上未受劳伦斯的影响，但劳伦斯的敏感，尤其是在小说中表现出来的技巧，使十几岁的加里·斯奈德颇感兴趣。他曾经说到"我来自于像劳伦斯这样的人"①。第一个让斯奈德真正深受感动的诗人就是劳伦斯。劳伦斯的《鸟、兽、花》一书深深地决定了他的一生。在他的大学阶段，引起他共鸣的是叶芝、艾略特、庞德、威廉斯和斯蒂文斯的诗歌。在这期间，他照着20世纪那些风格不同的大师的样子去爬格子。斯奈德的诗歌也继承了18世纪晚期的浪漫思想，这在梭罗的作品里最为明显。那就是：外界与内界生活相一致的信仰，诗歌是宇宙的自我意识。宇宙之声是对宇宙自身的反映，也是对外部特性与内部特性相互依存的体现。斯奈德喜爱叶芝的象征感，庞德诗歌的音乐美，也学会了艾略特的精确。他指出："写诗不借鉴阅读传统的诗人就像分辨不出木料的建筑工人。"②斯奈德特别强调位置感。位置感并不是指你在某个小镇居住和有一个邮箱，他是指诗人和足下的土地的关系。对斯奈德来说，他的位置就是北美。在《山水无尽》中，他写道："在日本待了将近十年，但却从未遗失从属于北美的归属感，一直滋养着我的那些人物和方式将我与那片神圣的龟岛风景连在一起。"③

三 斯奈德与异质文化对话中体现出的"本土意识"

斯奈德在诗歌原理的建设上有着不同寻常的贡献。尽管深受东方文化的影响，但也十分注重本国的传统。他特别强调本土意识，在诗歌上主张传统与革新相结合。斯奈德所接受的中国文化影响都可以在美国文化传统

---

① Steuding Bob. *Gary Snyder*. Boston：Twayne Publishers，1975，p.145.

② Snyder，Gary. *The Real Work*：*Interviews and Talks* 1964－1979. New York：New Directions Book，1980，p.61.

③ Snyder，Gary. *Mountains and Rivers without End*. Washington：Counterpoint，1996，p.155.

中找到相似或者对应的因子。他的《龟岛》在 1975 年获普利策奖，那正是印第安对北美大陆所做的一个古老比喻。在斯奈德接受中国文化时，他的美国传统起着中介作用，毕竟他是一名美国诗人。他的根深扎于龟岛这片土地，深入异质文化是为了寻找治疗美国文明弊病的良方。斯奈德受异质文化的影响几乎是全方位的。他借鉴中国文化的初衷正在于"他山之石，可以攻玉"的道理。斯奈德曾在 1970 年印发的一份传单上写道："文明生活对我们不利，要改变它，我们必须改变我们的社会和我们思想的根本基础。"①

寒山诗歌能在美国产生广泛影响，固然与有"美国的寒山"之称的诗人斯奈德本身的特殊经历有关，他本人当时的作为和思想活脱脱就是一个美国寒山，但也有社会和时代的影响。寒山诗之所以能在美国流传是因为它们恰巧有美国那一代人追求的一些价值：寒山诗中不乏回归自然的呼声、知觉、感性及反抗社会习俗的精神。斯奈德写在《砌石》前言里的一段话令人深思："从 300 首选出来的这些诗歌是唐代白话写成的，虽粗俗却新鲜，反映了道教、禅宗思想。他和他的伙伴拾得手执扫帚、蓬头垢面、满脸堆笑，成了后来禅宗画师最喜爱的画题。他们已经流芳百世，而今在美国的贫民窟、果园、流浪汉住地和伐木营地等处，有时还能碰到这类人。"②

斯奈德实际上告诉我们，寒山诗歌之所以能在美国引起广泛反响，与美国当时的文化语境有着密不可分的关系。寒山诗如禅宗偈语般简明，不用复杂的典故或象征，类似"垮掉派"所主张的"开放诗"主旨；寒山追求佛教的理想精神，隐于山林，唾弃"文明社会"，更可以作为"垮掉派"的代言人。寒山子与"垮掉一代"在精神上都倾向于原始主义，即把自身从社会的桎梏中解脱出来。不难看出，美国五六十年代的社会文化语境，

---

① Snyder, Gary. *Turtle Island*. New York：New Directions Book，1974，p. 99.

② Snyder, Gary. *Riprap and Cold Mountain Poems*. San Francisco：Grey Fox Press，1958，p. 33.

美国诗歌滋生的需要和美国诗歌自身发展的逻辑必然，使人们选择并接受了中国文化。第一次"中国风"后，美国诗歌里已经融入了中国文化和文学的种因。反学院派，还有美国当代诗人们由于对西方文明的忧虑，引起了他们对东方古老文明的兴趣。

斯奈德热爱大自然，追求淡泊生活的天性，使他对寒山的人格及其诗歌情有独钟。他对寒山感兴趣的原因是他和寒山有相似的哲学观点和美学情操。实际上，斯奈德的寒山诗之所以如此热，除去他的生活方式酷似寒山以及语言转换方面的天赋等因素外，更多是和译者的主体性意识顺应了当时的主流意识形态和诗学传统有很大的干系。叶维廉认为："……甲文化认为是边缘性的东西，很可能是乙文化里很中心的东西……在一个突然的机会里，由于各个历史不同的需要，甚至会相互换位。"①

寒山乖张的举止、讽喻、虚无和玩世不恭的态度正符合刚兴起的"垮掉一代"的思潮。与同时代的唐朝大诗人的诗相比，寒山诗比较粗糙，也更加口语化，这对斯奈德更具吸引力。斯奈德的诗是大白话，而且常常掺杂"垮掉一代的"俚语。对斯奈德来说，寒山是中国禅宗佛教的垮掉派诗人。然而，诗人的译文诗并未反映寒山诗的全貌。斯奈德寒山诗主要是有关寒岩与禅境的，而对原诗中那些劝世的、宣扬孝道的以及大量充满谐趣的俗语则仿佛视而不见。斯奈德利用禅宗，也利用寒山去看待世界、改造世界，并积极投身到环境保护的运动之中。他的选择集中体现了"垮掉一代"兴趣的焦点：对禅境、禅定的追寻。20 世纪 50 年代末期，学禅之风正盛行美国。可以说一分钟比一分钟时髦。很多嬉皮士自称为禅门嬉皮士，禅宗像亚洲流行感冒一般，无孔不入。英国历史学家阿尔诺德·汤因比这样说："20 世纪最有意义的事件之一，也许是佛教到达西方。"②

王红公的西部山野诗为斯奈德接受并为融会寒山的"野性"铺平了道

---

① 叶维廉：《叶维廉文集》，安徽教育出版社 2002 年版，序第 12 页。
② 张弘：《跨越太平洋的雨虹：美国作家与中国文化》，宁夏人民出版社 2002 年版，第 10 页。

路。惠特曼的泛神论与庄子的契合之处成了斯奈德接受禅宗影响的中介。梭罗在沃尔登湖的隐民生活为斯奈德后来把西埃达·内华达山当做寒山并在该地隐居伏下了契机。美洲印第安文化与中国古代神话共有的萨满色彩则成为斯奈德迅速吸收中国古代文化的催化剂。① 斯奈德翻译寒山诗有时就像庞德译汉诗一样，有目的地进行改写。斯奈德翻译寒山诗歌时索性把寒山美国化、自我化，"寄语钟鼎家，虚名定无益"被译成"告诉那些有几辆汽车的人，名声大钞票多又有何用？"②有时他在翻译时，不守信实的原则，把自己在北美的生活经验注入寒山诗的英译中，他译的第九首诗可以说是一首充满斯奈德经验的诗，根本不能算是寒山诗了。③ 寒山的原诗是平和而安静的，而他的译文严苛而具有侵略性。他把自己的高山经验渗进寒山的文本之中，在他自己的译序里，他承认笔下的"寒山"是西埃拉山，"一样的荒莽，一样的瑰美"④。"寒山诗的自然环境是崎岖而孤寂的，但绝对没有到敌意与暴力的程度，而史耐德诗中的自然却是严苛的，具有侵略性的，对人有敌意的……简而言之，史耐德把寒山安宁与镇静的心境换掉了，用一种人与大自然敌对的心境取而代之，而这种心境必然是源自他自己在山中的生活经验。无论史耐德是在1950年代与禅宗有多么深刻的呼应，他仍然有一种抗争的感觉，而这种感觉是源自西方传统的心态。"⑤

　　同样，梭罗的《瓦尔登湖》如此多地引用了儒家经典，并不意味着梭罗思想与儒家完全一致。事实上，儒学有强烈的政治色彩，主张"入世"思想，而梭罗却主张超脱于世俗社会，回归大自然，过一种宁静、淡泊、不食人间烟火的精神生活。斯奈德常以道家思想入诗。但在把道家思想融

　　① Snyder, Gary. *Riprap and Cold Mountain Poems*. San Francisco: Grey Fox Press, 1958, p. 38.

　　② Snyder, Gary. *Riprap and Cold Mountain Poems*. San Francisco: Grey Fox Press, 1958, p. 38.

　　③ 钟玲：《史耐德与中国文化》，首都师范大学出版社2006年版，第33页。

　　④ 赵毅衡：《诗神远游：中国诗如何改变了美国现代诗》，上海译文出版社2003年版，第160页。

　　⑤ 钟玲：《美国诗与中国梦》，广西师范大学出版社2003年版，第140页。

入其诗时，文本里总有其他部分，即诗人所接受的西方传统思想及现代的习俗等，这些部分会与异质的道家思想形成对话关系，有时道家思想不过为陪衬而已。"垮掉一代"产生的原因之一便是由于现代美国工商业及机械文明对人的压抑，他们对自我表现本性的寻找，对灵魂自主的呼唤热烈而惨切。"嬉皮士"的精神核心是"干你自己的事，逃离社会去幻想"。所以，老子、庄子的虚无和超脱思想使他们产生了强烈的共鸣。还有就是工业社会对生态环境的污染，中国文化讲究人与自然和睦相处，强调"天人合一"自然引起了他们特别的兴趣，特别是禅宗更让他们为之倾倒。佛教特别是禅宗对"垮掉派"作家有吸引力，关键就是核心思想与他们的人生哲学以及艺术美学相吻合。"禅的境界自'疑情'始，大疑大悟，小疑小悟，不疑不悟，用于人事则提倡一种独立不群，傲岸不羁的精神。另外，禅境是精神上的无着境界，宇宙即我，是心即佛，人与自然同一，灵魂与存在同一。"①寒山诗歌中所表现的诗人身处寒岩而心境平静给"垮掉派"的探索提供了一条通向灵魂绝对自由的道路。

总之，在研究和借鉴中国文化的过程中，斯奈德自觉或不自觉地将本民族文化特点作为参照项，或者作为接受外来影响的中介，或者作为选择器以决定取舍。对斯奈德的个案研究表明，本土意识在文化对话中起着制约作用。

四　影响是唤醒

斯奈德认为："负债也是一种挑战，一个人借用材料或模式是为了超越，而不是等同或者模仿。"②除了斯奈德个人个性的倾向造成他倾心于中国文化、中国文学和山水画，还有什么其他的客观因素造成他这个取向呢？钟玲认为：有地缘的因素，也有时代的因素。在地缘上，斯奈德生长

---

① 周发祥：《中外文学交流史》，湖南教育出版社 1999 年版，第 523 页。
② Steuding Bob. *Gary Snyder*. Boston：Twayne Publishers，1975，p. 72.

于美洲大陆西岸，西岸隔着太平洋就是远东，中国可以说是隔海的邻居，比起远东的日本、韩国，中国是泱泱大国，比起对门的大国美国，中国历史又比美国悠久，因此斯奈德对中国文化产生倾慕亲和之心是很自然的。在美国西岸与美国东岸之间除了空间的阻隔，中间还隔着山脉、高原和沙漠，西岸人感觉东岸政治文化中心的新英格兰是远亲，远东是近邻，会有远亲不如近邻亲近之感，斯奈德自然会倾向认同远东文化。时代的因素是斯奈德二三十岁时，正逢美国青年的逆向文化之运动风起云涌，逆向文化运动包括"垮掉一代"与嬉皮士的运动，这两个运动都推崇亚洲文化，尤其是亚洲宗教。斯奈德因逆向文化，乘风而起，深入探讨与追求中国文化，也因此成为这两代青年人的偶像。他对中国文化的热忱与认识，感染并影响了几个时代的美国青年。[①]

各自的坐标就是自己的需要：心理补偿的需要，现实救世的需要，或者一种更功利的直接的需要。人们对任何一种文化的选择、认知和解释，常常同时又是自己观念和立场的展示，其中所凸显出的是本土的文化心理，而且任何关于他者的新信息都超先在传统视野内重塑再造后才能被接受。这样看来，任何作家对异域文明的见解，都可以看做是自身欲望的展示和变形。

"影响不创造任何东西，它只是唤醒。"[②]庞德的话道出了真理。两个绝对没有共同点的人不会彼此影响。影响能够实现，是因为受影响一方早就埋下了种因。庞德偏爱屈原和《离骚》是由于他早期形成的"奥德赛情结"，还有《离骚》迎合了其对本土社会不满和不信任的情绪。同样，中国诗人对西方诗歌的借鉴，如郭沫若深受惠特曼的浪漫主义的影响，然而他的诗歌仍然是东方式的浪漫而非西方式的；徐志摩常年居住国外，深受西方影响，然而他的许多作品，如《再别康桥》表现出来的仍然是中国古典的审美观。北京大学陈旭光博士认为：整个一部中国新诗史，就是一部

---

① 钟玲：《史耐德与中国文化》，首都师范大学出版社 2006 年版，第 4—5 页。
② 江弱水：《中西同步与位移》，安徽教育出版社 2003 年版，第 6 页。

中国诗学传统和西方诗学，特别是和西方现代主义诗歌传统既排斥又吸收、既抗拒又融合的历史。同时，他也指出：现代主义诗学在中国之所以能够生存下来，并与中国本土诗歌（至少是其中的某些部分）达成某种有效"契合"，"必然是经过民族审美传统、社会政治需求等选择和转化的结果"①。

本土意识不仅仅建立在地域上，而且也建立在时间的维度上。例如，《哈姆雷特》中的奥菲利娅，在不同时期有不同的命运：17 世纪是纯真的少女，18 世纪奥古斯都时期是端庄稳重的淑女，19 世纪浪漫主义时期是疯女人，20 世纪是放荡的性欲狂以及为女权奋斗的英雄人物。曹雪芹笔下的理想女性林黛玉在现今时代可得让位于薛宝钗和王熙凤了。这些都表明：人们的思想也无法脱离他们生存的时代。当梭罗面对东方文化时，并不太在意其中固有的严谨的体系，他只顾自己的需要，筛选其中的思想碎金。庞德，通过范诺罗莎的论文，对中国文字的结构爱之若狂，因为在他眼中，中国文字（尤其是会意字）所蕴涵的整套美学诗学，完全符合他一直推演出来的美学主张：并时性、蒙太奇和明澈的视觉性。② 当一位学者研究异族他国的文化时，由于有其特殊的社会文化背景，特有的个人经验和知识结构，加上语言的障碍，会产生"误读"，是理所当然的。斯奈德生长在美国西岸，远离高举欧洲中心思想的新英格兰区。他居住在地理环境上比较接近远东的美国西岸，且西岸本身有丰富多样的远东文化，而且，还有一些印第安人在西岸居住。所以他受到多种非西方的文化传统影响。再者，他自己个性中也有强烈的反叛成分，所有这些都致使他反叛西方主流文化传统，而选择不同于美国主流文化的边缘文化，那就是远东文化与印第安文化。

总之，无论是中为西用、古为今用，还是洋为中用，内在的时代"需要"将决定对异质文化的最终取舍。假若只是着重一味的吸收，那就必然

---

① 陈旭光：《中国诗学的汇通》，北京大学出版社 2002 年版，第 13 页。
② 叶维廉：《道家美学与西方文化》，北京大学出版社 2002 年版，第 45 页。

导致"传统流失",造成"文化空心"状态。在实践中,文化交流自古以来从未曾间断过,于今尤甚。而文化交流在通常情况下是互通有无、取长补短,需要什么或不需要什么,取决于一个民族对自身文化的发展需要以及对外族文化的特点所作的价值判断。

任何民族文化都应适应时代的发展,进行吐故纳新的运动;捍卫本民族文化,不能天真地以与世隔绝的方式来免受异国文化的威胁,否则只能使自身文化枯萎而凋亡。所有来自另一种文化的吸收过程都必须先纳入本土文化的某种结构里,始可获得新的接受者的认可,在他们中间生根。与中国文化有着内在关联的西方作家,无论是18、19世纪从未涉足华土的一代,还是20世纪直面中国,东游探索的一代,都具有这种共同的精神取向。他们与中国哲学精神"联姻",多半出于对本土文化的质疑和颠覆,出于"他者"相异性的诱惑和吸引;然而,他们并非是自家文化的逃逸者,而是民族文化的驱动者,他们对中国文化精神的亲近和接纳,皆出于根深蒂固的自身需要和民族发展的需要。① 在整个20世纪里,美国诗人在创作风格与技巧上对中国诗歌的有意识借鉴、对中国诗歌做出种种新的解释,在世界文化交流史上写下了一段又一段佳话。其中数庞德、加里·斯奈德、肯尼斯·雷克斯罗思的贡献最为突出。然而,一相情愿地将这种影响看成积极的、主动的文化渗透,往往并不符合历史事实。事实上,每个民族都是从自身的需求来接受其他民族的文化。一个民族的文学要对另一个民族的文学产生影响,必须具有接受外来影响和思想输入的要求,同时还必须具有与输入者一方相类似的思想潮流或发展倾向。一个民族独特的审美心理和语言感觉,决定了吸收外来文化的倾向性。

---

① 张弘:《跨越太平洋的雨虹:美国作家与中国文化》,宁夏人民出版社2002年版,第14页。

结　论

　　后现代主义得以建构的理论基础主要来自"生态主义"和"绿色运动",即实质上的深生态学和深层生态运动。后现代精神十分推崇"生态主义"和"绿色运动",著名的后现代主义者托马斯·伯里曾把后现代文明说成是生态时代的精神,他预言人类的未来社会应当是一个追求生态文明的所谓"生态时代"①。著名生态哲学家盖尔认为:"后现代主义应该被理解成为一种传统,这种传统与现代性的占统治地位的思想传统相对立,试图追问现代性的各种假定,在此基础上发展一种人与世界,人与人之间的新型关系。"② 后现代主义者看重精神生活,主张过一种崇尚自然的简朴生活,懂得欣赏大自然抒情而生动的意蕴。因此他(她)们是天然的生态主义者。他们相信梭罗在瓦尔登湖畔悟出的真谛:"一个人的富有与其能够做的顺应自然的事情的多少成正比。"③ 作为一种新的思维方式的后现代主义,不仅要实现由"征服自然"向"保护自然"的转变,而且要实现由

---

① 薛勇民:《环境伦理学的后现代诠释》,博士论文,山西大学,2004年,第15页。

② [英]戴维·罗宾逊:《尼采与后现代主义》,程炼译,北京大学出版社2005年版,第15页。

③ [英]塔姆辛·斯巴格:《福柯与酷儿理论》,赵玉兰译,北京大学出版社2005年版,序第26页。

"我保护自然"向"自然保护我"的转变，从而培养人对自然母亲的敬畏与爱戴之情。① 后现代精神最为可贵之处在于，它从根本上蕴涵着对世界的关心和爱护。

联合国教科文组织顾问 E. 拉滋洛认为：后现代是一个人类生态学的时代，他相信生态学在更具承受力和更公正的时代里必然起关键作用。② 美国哲学教授大卫·雷·格里芬也指出，后现代思想是彻底的生态主义的，它为生态学运动所倡导的持久见识提供了哲学和意识方面的依据，将成为新文化范式的基础。他说：在这种意识中一切事物的价值都将得到尊重，一切事物的相互关系都将受到重视。③

深层生态学与后现代主义两种思潮几乎同时产生于 20 世纪 60 年代，都批判人类中心主义、科学主义和理性主义，都具有悲观主义倾向。深层生态学的一些重要代表人物的思想则完全代表了后现代主义的新发展。他们所倡导的许多主张在后现代"绿色运动"那里早已成为一种价值要求。"通过透视当代各种环境伦理学的理论观点，它们所要求的摆脱现代性困境，提倡宽容与和平；反对价值独断论，倡导交流与对话；否定将人与自然划分为中心和边缘，主张人与自然可以互换位置等基本思想，又都体现了鲜明的后现代思维特征。"④ 在世界观上，深层生态学明确反对长期占主导地位的机械唯物论，认为所有的存在物都是相互关联的。这一思想成果，已成为后现代生态世界观的重要前提。"后现代主义要解构的正是深层生态学致力于批判的；后现代主义要建构的恰恰也是深层生态学竭力倡导的，两者不谋而合。"⑤ 人类历史上的环境伦理演进基本上经历了一个不断超越传统、走出现代和走向后现代的过程。其中，摆脱传统对人和自然

---

① 薛勇民：《环境伦理学的后现代诠释》，博士论文，山西大学，2004 年，第 12 页。

② ［美］E. 拉滋洛：《即将来临的人类生态学时代》，载《国外社会科学》1985 年第 10 期。

③ ［美］大卫·雷·格里芬：《后现代精神》，王成兵译，中央编译出版社 1998 年版，第 81 页。

④ 薛勇民：《环境伦理学的后现代诠释》，博士论文，山西大学，2004 年，第 4 页。

⑤ 薛勇民：《环境伦理学的后现代诠释》，博士论文，山西大学，2004 年，第 7 页。

的机械二分、超越现代性的根本困境、确立有机整体的生态世界观、消解各种"中心论"以及实现人与自然新的和解等内容，都既充分反映了当代环境伦理学的基本主张和重要特征，又表现出了鲜明而强烈的后现代色彩。①

生态哲学是后现代哲学世界观。美国后现代主义代表人物大卫·雷·格里芬认为，后现代主义"发动了一场变革，以使人摆脱这个机械的、科学化的、二元论的、家长式的、欧洲中心论的、人类中心论的、穷兵黩武的和还原的世界"②。美国"过程研究中心"主任小约翰 B. 科布指出："生态学为后现代世界观提供了最基本的要素。"③ "生态运动是一种正在形成的后现代世界观的主要载体。"④ 真正的生态主义文化必然属于后现代文化，彻底的生态保护只能在后现代过程中实现。人类与整个生态系统的命运都取决于人类生存方式的后现代转变能否成功。目前的生态主义实际上表达了一种呼吁和要求——从现代性转向后现代性，一句话，生态主义是后现代主义题中应有之意，后现代主义必须包括生态主义的维度。⑤

鲁枢元教授的《生态文艺学》提出了"后现代是一个生态学时代"的重要思想。后现代思想是彻底的生态主义的，它为生态学运动所倡导的持久的见识提供了哲学和意识形态方面的根据。事实上，如果这种见识成了我们新文化范式的基础，后世公民将会成长为具有生态意识的人，在这种意识中，一切事物的价值都将得到尊重，一切事物的相互关系都将受到重视。我们必须轻轻地走过这个世界、仅仅使用我们必须使用的东西、为我们邻居和后代保持生态的平衡，这些意识将成为"常识"⑥。

查伦·斯普瑞特奈克认为，虽然激进的否定性后现代哲学占据了大多

---

① 薛勇民：《环境伦理学的后现代诠释》，博士论文，山西大学，2004 年，第 9—10 页。

② 余谋昌：《生态哲学》，陕西人民教育出版社 2000 年版，第 38—39 页。

③ 余谋昌：《生态哲学》，陕西人民教育出版社 2000 年版，第 29 页。

④ 余谋昌：《生态哲学》，陕西人民教育出版社 2000 年版，第 13 页。

⑤ 鲁枢元：《生态批评的空间》，华东师范大学出版社 2006 年版，第 60—61 页。

⑥ ［美］大卫·雷·格里芬：《后现代精神》，王成兵译，中央编译出版社 1998 年版，第 227 页。

数学术领域，但辩证否定的建设性后现代哲学代表着一种踏实的、生态感强的和精神的后现代主义方向——"生态后现代主义。"① 斯普瑞特奈克的生态后现代主义是后现代主义阵营中的一支生力军，也是后现代主义在当代的新发展。在斯普瑞特奈克看来，真正的后现代"应该反对现代意识形态从肉体、自然和大地的逃离"。"它将是一种有根的、生态的和精神的后现代主义。"② 生态后现代主义与建设性的后现代主义是密切联系在一起的，它是建设性后现代主义的重要组成部分。生态后现代主义代表了一种全面的文化观念革新，它鲜明地突出了生态精神对于人类文明的建设性价值，将生态文化作为可以拯救现代文明危机的全新文明类型并致力于各个文化领域中的重新构建工作。生态后现代主义的主要特点如下：它明确地将生态精神定位为一种文化精神，它是对现代性的超越，属于后现代主义文化中最具有建设意义的部分；它是自然科学、神学、哲学等各个领域共同探索的综合成果，而以有机联系的世界观和恢复精神价值的"世界的复魅"为其文化精神的核心；作为一种建设性的文化精神，生态后现代主义注重文化观念的可实践性，政治、经济、艺术领域中的实践活动是推动其成熟的重要力量。③

　　生态后现代主义既不同于环保主义，也不等同于广义的生态学，而是一种本体论，一种崭新的思维方式。④ "寻找另外的生存方式的动力孵育了生态后现代主义。""我们被迫寻找新的，或许是已被发现的理解自然以及我们与自然的关系的方式。"⑤ 生态后现代主义，是一种不同于解构性后现代主义的新视角。在当今世界强调生态平衡、环境保护的浪潮中，无疑具有现实意义。斯奈德的生态诗学体现的就是一种生态后现代主义观点，是

---

① 　[美] 查伦·斯普瑞特奈克：《真实之复兴：极度现代的世界中的身体、自然和地方》，张妮妮译，中央编译出版社 2001 年版，第 279 页。
② 　王治河：《后现代哲学思潮研究》，北京大学出版社 2006 年版，第 304 页。
③ 　王茜：《生态文化的审美之维》，上海人民出版社 2007 年版，第 19 页。
④ 　王治河：《后现代哲学思潮研究》，北京大学出版社 2006 年版，第 306 页。
⑤ 　王治河：《后现代哲学思潮研究》，北京大学出版社 2006 年版，第 302－303 页。

一种建设性的后现代主义诗学。主要表现在原创性、建设性和多元性三个方面。

倡导创造性是后现代主义的一个极为重要的特征。[①] 后现代思想家不仅在理论上倡导创造，而且身体力行，在自身的实践中也始终贯穿着这种可贵的创造精神。深入透视后现代主义和后现代精神，其中有一种非常突出和引人注目的价值特征就是对创造性活动的推崇。斯普瑞特奈克明确指出，她的生态后现代主义拒绝成为一种故步自封的生态中心主义的"'基础主义'，而要成为一种'创造性'的取向"[②]。生态后现代主义并不仅仅是一种对现代世界观的抗议，它更是一种开放性的实践，一种探索新的认知方式和存在方式的实践。它呼唤着人们的积极参与。它鼓励人们迎接现实的挑战，"创造新的可能性"[③]。生态后现代主义最可贵之处与其说它解决了什么问题，不如说它提出了许多亟待我们人类解决的、富有启发性的问题。毫无疑问，问题的提出不等于问题的解决，但问题的提出无疑有助于问题的解决。

斯奈德把诗歌写作看做是背背包，也就是说，为了旅行轻便，它会尽量意识到某人需要的最小值，目标是过程本身，运动，而非背着的行囊。斯奈德的诗谴责浪费，批判资本主义的错误秩序。他提出了新的诗学观，认为"简单的形式不再适用我们，我们正朝新方向努力"[④]。"不同时代不同地方的诗歌经验要求不同的形式，试着去找纯粹的诗歌经验或者用抑扬格五音部来规范会限制诗歌。"[⑤] "但是我们正在发现——觉得我们的方式进入到一些没有完全建立的东西，也许它永远不会被建立，但是诗歌的要

---

① ［美］大卫·雷·格里芬：《后现代精神》，王成兵译，中央编译出版社 1998 年版，代序第 3 页。

② 周宪主编：《世纪之交的文化景观》，远东出版社 1998 年版。

③ 王治河：《后现代哲学思潮研究》，北京大学出版社 2006 年版，第 311 页。

④ Allen, Donald. *On Bread & Poetry*: *A Panel Discussion With Gary Snyder*, *Lew Welch & Philip Whalen*. California: Grey Fox Press, 1977, p. 22.

⑤ Allen, Donald. *On Bread & Poetry*: *A Panel Discussion With Gary Snyder*, *Lew Welch & Philip Whalen*. California: Grey Fox Press, 1977, p. 24.

求现在不同于过去，传统的英语诗歌模式将不再起作用。"① 斯奈德"能恰
到好处地把意向主义同抛射诗和垮掉诗自由、开放的形式结合在一起。他
的诗无论在形式上还是在精神上都十分自由、开放，他认为形式像一棵
树，是由内向外的有机体，它向世界开放，响应世界的节奏，形式的自
由、开放固然重要，但更重要的是精神的自由、开放，它可以使诗不受限
制地发挥自己的作用。精神的自由、开放不仅是斯奈德诗歌的特色，也是
他本人的个性特色，他在自己艺术生涯的关键时刻坚持了这一特色：既不
跟着别人亦步亦趋，又不拒绝别人的影响，既在垮掉派之中，又在垮掉派
之外"②。"社会、生态学和语言的神话的诗学"是他的信息领域，他的关
注是多方面的。加里·斯奈德是环境运动的长者，革命的社会评论家，优
秀的翻译工作者，佛教学者和杰出的实践者，当然，更是一位著名诗人。
斯奈德是我们时代最具综合素质的知识分子，拥有一种惊人的能力去发现
迥然不同领域间的清晰联系。他的原创性主要在于最好地利用了"古老"
的观念（从阿尔多·利奥波德到远古的），合并它们并将之精炼成新的结
构，创造新鲜的可能。③

　　后现代主义建设性向度的另一个表征是对多元的思维风格的鼓励。按
照德勒兹的说法：多元论的观念——事物可以被看成各种各样——"是哲
学的最大成就"④。这里说的哲学指后现代哲学。后现代是多元的、开放
的、矛盾的和变化的。而后现代主义诗歌也的确呈现出这样一种创作态
势，这些后现代主义诗人有的仍沿用传统的诗歌形式，有的走出了象牙之
塔，有的沉溺于自我，有的走向开放，有的追求怪异，有的把玩语言……

---

　　①　Allen, Donald. *On Bread & Poetry: A Panel Discussion With Gary Snyder*, *Lew Welch & Philip Whalen*. California: Grey Fox Press, 1977, p. 23.
　　②　彭予：《二十世纪美国诗歌：从庞德到罗伯特·布莱》，河南大学出版社 1995 年版，第 356—357 页。
　　③　Snyder, Gary. *The Gary Snyder Reader: Prose, Poetry, and Translation*, 1952—1998. Washington D. C.: Counterpoint, 1999, p. XIX.
　　④　［美］大卫·雷·格里芬等：《超越解构：建设性后现代哲学的奠基者》，鲍世斌等译，中央编译出版社 2002 年版，第 3 页。

一时间，各种流派风格翻新、层出不穷，有垮掉派、黑山派、纽约诗派、自白派、具体诗派、语言诗派，等等。总之，他们以不同的姿态"走向了后现代主义诗歌的新时代"①。对于向他者开放的后现代转折，柯布有着明确的理论自觉："今天，由于欧洲文化优越论不再统治我们，我们更做好准备向其他文化学习。"在柯布看来，"后现代思想的一个主要原则是包容，是让不同的社群和团体发出声音"。事实上，"设身处地"和"换位思考"一直是所有后现代思想家所推崇的原则。在这个意义上，后现代主义与多元主义走到了一起。用柯布的话说，"成为后现代的，也就是成为多元论的"②。

文化的多元性是生态多样性的物理表现。西方学者不仅跨越西方各国的民族文化，而且还走出西方文明圈，走向曾经受压制的、边缘化的中国文化、日本文化、伊斯兰文化、印度文化、美洲土著文化、非洲土著文化，探寻生态智慧，倾听"边缘的声音"。向其他"弱势文化"、"弱小民族"学习生态智慧，是西方文化的自救策略。中国学者王治河认为，后现代主义在倡导"尊重他人，倾听他人"这一点上值得引起我们的深思。③后现代思想家志在培养人们倾听"他人"、学习"他人"、宽待"他人"的美德。后现代思想家们倡导通过多维视角来看问题，都非常重视"对话"与交流。怀特海哲学的后现代向度的另一个重要表征是多元论。怀特海强调指出："习俗与我们不同的其他国家并非敌人。它们是上天赐予我们的礼物。人需要与充分相似的邻居共处以便博得敬仰。"④

从 20 世纪 60 年代起，西方生态学家表现出了对道教、佛教、中国和日本的古典诗歌等东方传统文化的兴趣，道教和佛教的理论成为深层生态学的直接思想来源。斯奈德因为焦虑"避开"西方文明，转而进入东方文

---

① 曾艳兵：《西方后现代主义文学研究》，中国社会科学出版社 2006 年版，第 63 页。
② ［英］塔姆辛·斯巴格：《福柯与酷儿理论》，赵玉兰译，北京大学出版社 2005 年版，序第 20 页。
③ ［英］塔姆辛·斯巴格：《福柯与酷儿理论》，赵玉兰译，北京大学出版社 2005 年版。
④ 王治河：《后现代哲学思潮研究》，北京大学出版社 2006 年版，第 324 页。

化思想。他选择东方文明是一种积极的选择，而非消极的逃避：他是因为精神上的需求而追求东方思想。他在大学读的是考古人类学，研究的是新石器时代世界各地共同的宗教：萨满教，他很认同这种宗教，因为这种宗教多少也有一种二元交融的宇宙观。一方面斯奈德兼容并蓄。统筹整合，他整合了萨满教、古今环保思想并进行现代化改造。另一方面他具有反叛精神，具有强烈的批判性。他批评整个西方文明，批判达尔文的进化论："流行的达尔文主义强调适者生存，这种思想最后流为一种看法，即大自然就是竞赛与流血的斗鸡场……这种看法间接地把人类的地位提升到道德上超越的角色，凌驾在大自然的其他分子之上。"① 斯奈德的个性有特立独行的一面，他常反叛传统，另求新路，最明显的当然是他宁向东方，而不是向本身西方传统吸取文化思想的泉源。

斯奈德的诗歌扎根于美国和英国的文学中，他诗歌的基础存在于任何地方：在转换的口语传统中，在中国和日本的诗学中，在古老的和世界范围的大地女神中。斯奈德是"西方"诗人，诗歌关注的是西部美国——太平洋的西北部，旧金山，西埃拉的西部。斯奈德也是世界诗人，他经常提醒我们东亚太平洋沿岸山脊，世界性的诗歌传统和精神实践，和东方大部分读者自然联系，严肃研究中国和日本的诗歌，禅宗和大乘佛教的其他形式（同时也是超越和扩大东西方传承的种族诗学传统）。

不同于西方社会的主流价值，斯奈德的作品主要来自边缘文化智慧。同时，这种不同提供了一个现行社会价值和现代主义遗产的反主流文化基质。但是斯奈德并未完全异质化，相反，他"综合了——也许是我们应该说是增效了——各种文化的综合体成一个紧凑，稳定的观点"②。文化多元的共生化，"共生"不是"融合"，也不是简单的和平共处，而是各自保持并发扬自身的特点，相互依存，互相得益。多元文化共生的全球化，反对

---

① Snyder, Gary. *A Place in Space: Ethics, Aesthetics, and Watersheds*. Washington D. C.: Counterpoint, 1995, p. 71.

② Molesworth, Charles. *Gary Snyder's Vision: Poetry and The Real Work*, Columbia: University of Missouri Press, 1983, p. 2.

以一种文化打压或覆盖另一种文化，主张多种文化保持共生互利的状态，以收和平共处、相得益彰之效。多元文化共生的前提就是各民族对自身的文化有充分的自觉。

"垮掉一代"在精神上从未"垮掉"。他们蔑视权威，无所畏惧，是宁折不弯的硬汉。这种大无畏精神是"垮掉一代"反叛与探索的根本。"垮掉"分子从 20 世纪 50 年代开始，对美国现存体制无论多么不满，甚至上街游行、示威、抗议，却并不试图摧毁这一体制本身，而是更多地从"精神"方面去追求他们理想的人生至善至乐的境界，即"beatitude"。

美国评论家麦克劳德认为，斯奈德之所以引起美国人的关注，不仅仅是因为其作品，而是因为他的生活经历和价值观为美国文化主流提供了一种建设性的选择。① 雷克斯罗思认为"斯奈德是他同辈中最有信息量的，最有思想的，最善于表达的"。他是"一个颇有成就的技师……发展了一种确定的但灵活的能处置任何他所希望的材料的一种体裁"②。像惠特曼一样，他笔下的人物是普普通通的人，甚至过于"平凡"（也过于"不平凡"），他认为每一个人不管他多么平凡，都是人类的范例，其经验、思想和观念都会引起他人的兴趣。斯奈德希望被看做普通人的诗人，他模仿普通人的语言写诗，使自己和普通人的文化融为一体。像惠特曼一样，斯奈德身上具有一种乐观向上的精神，以鉴赏人生艺术的豪迈态度，敢于面对和逾越一切障碍和界限，大无畏地迎接人生的暴风骤雨，向一切不可能挑战，时时超越实际生活的范围，开辟新的生命境界。

后现代不反对科学。它抵制的是科学的霸权、科学的霸道，也就是科学沙文主义。③ 如同科技狂欢时代的守夜者，后现代思想家对科学万能的挑战，使我们避免在科学的颂歌中彻底迷失，对此我们应该心存感激。④

---

① 朱新福：《美国生态文学研究》，博士论文，苏州大学，2005 年，第 112 页。
② Steuding, Bob. *Gary Snyder*. Boston：Twayne Publishers，1975，p. 112.
③ 王治河：《后现代哲学思潮研究》，北京大学出版社 2006 年版，第 338 页。
④ ［英］戴维·罗宾逊：《尼采与后现代主义》，程炼译，北京大学出版社 2005 年版，第 17 页。

斯奈德认为科学本身并没错，错的是掌握科学的人。在批判科技带来的环境危机时，他也认可其带来的社会进步。他的批判非常有力，但并不过度："我们在社会和生态方面的生活状况非常严峻，所以我们最好还是幽默一点好。情况太严重了，甚至都无法感动愤怒和失望了。坦率地讲，在最近二十年里，环保运动也没有很好地开展起来，但与此同时，却随随便便地制定了一些接连不断的注定失败的计划。我的诗作就是让我们爱这个世界，而不是让我们害怕这个世界的末日。只有爱这个世界，爱这世界与人类同等重要的非人类，然后才会开始去关心它。"①

斯奈德的长诗具有好诗所该有的一切品质，他们充满了敏锐的雕刻意象，具有异常丰富的音乐性，取材日常生活，并不赋予事件特别的形式和特殊含义，精神上很细致，呼吁心灵和良心，训练共同工作的，并培养人类对星球上其他生命存在的责任心。② 斯奈德作品涉及的领域有自然世界、神话、东方信仰以及口头传统。这些传统融合在一起谱写出一曲大地之歌。斯奈德的艺术发展始终处于一种平衡状态。他的道德观既非鞭策也非讽刺；他是无明确国家或文化界限"部落"的预言家；他忠实于现实生活，没被语言学家所左右。这种平衡的姿态既是他的优点也是他的缺点。他想说明的是克服异化和现代社会中人的孤僻。斯奈德如此定义诗人的作用："的确，在健康稳定的社会（在此社会中诗人并非都被迫成为革命者，不管是否愿意），诗会影响到爱人的行为，会让人想念父母，珍惜友谊，赋予历史和文化意义，改善公众举止。"③

美国后现代诗人有些是叛逆英雄，他们大声疾呼，尖锐批判社会不公现象。另外一些美国后现代诗人如斯奈德由于成长环境背景，所接受的教育，以及在文学道路上所接受的影响等诸多原因，采取了迥然不同的人生

---

① 万海松：《诗歌的艺术：加里·斯奈德访谈录》，载《外国文学动态》2002 年第 3 期。

② Schuler，Robert. *Journey Toward the Original Mind*：*The Long Poems of Gary Snyder*. New Yoork：Peter Land Publishing，Inc.，1994，p. 12.

③ Molesworth，Charles. *Gary Snyder's Vision*：*Poetry and The Real Work*，Columbia：University of Missouri Press，1983，p. 5.

态度和创造方式。这类诗人没有歇斯底里的号叫，而是以一种静默态度批判社会。用自己的作品和生活实践呼唤人性与人情的复归，呼唤人与人之间纯真的感情，号召回归大自然，重新建立人与自然的和谐。

最后借用加里·斯奈德2008年获鲁斯·莉莉诗歌奖时所获评价来给斯奈德做一个总结。评委们在评选时做出了这样的评价："加里·斯奈德是一个真正的自然诗人：他的作品里没有感伤主义，他也从来不简单地利用自然世界来歌颂自己的情感。作为一个极其博学、冥想的艺术家，一个充满激情的生态学家，一个思维开阔、兴趣专注的诗人，斯奈德创作的诗歌，就像罗伯特·弗罗斯特的诗歌那样，在读者中广泛而持久地流传。"① 威曼说："加里·斯奈德其实算得上是一个当代有献身精神的诗人，虽然他不是献身于哪一个上帝或任何一种存在的方式而是献身于'存在'本身。他的诗歌确实证明了自然世界的神圣性以及它与我们的关系，也预言了如果我们忘记了这种关系，我们就一定会有所失去。"②

---

① 宁梅：《加里·斯奈德获2008年莉莉诗歌奖》，载《当代外国文学评论》2008年第3期。
② 宁梅：《加里·斯奈德获2008年莉莉诗歌奖》，载《当代外国文学评论》2008年第3期。

参考文献

一 英文文献

1. Allen, Donald. *On Bread & Poetry: A Panel Discussion With Gary Snyder, Lew Welch & Philip Whalen*. California: Grey Fox Press, 1977.

2. Altieri, Charles. *Self and Sensibility in Contemporary American Poetry*. Cambridge: Cambridge University Press, 1984.

3. Arnold, David. *The Problem of Nature: Environment, Culture and European Expansion*. Massachussets: Cambridge, 1996.

4. Ateiner, Frederick. *Human Ecology: Following Nature's Lead*. Washington: Island Press, 2002.

5. Bartlett, Lee. *The Beats: Essays in Criticism*. London: McFarland, 1981.

6. Beck, Ulrick. *Ecological Politics in an Age of Risk*. Cambridge: Polity Press, 1995.

7. Bennett, Charles F. *Man And Earth's Ecosystem*. Los Angeles: John Wiley & Sons, Inc., 1975.

8. Bennett, Jane. *Thoreau's Nature: Ethics, Politics, and the Wild*.

Oxford: Rowan & Littlefield Publishers, Inc. , 2002.

9. Bleakly, Alan. *The Animalizing Imagination: Totemism, Textuality and Ecocriticism*. London: Macmillan Press Ltd. , 2000.

10. Bly, Robert. *News of the Universe*. San Francisco: Sierra Club Books, 1980.

11. Bramwell, Anna. *Ecology in the 20th Century: A History*. New Haven: Yale University Press, 1989.

12. Branch, Michael p. and Slovic, Scott (ed.). *The ISLE Reader: Ecocriticism*, 1993 — 2003. Athens: University of Georgia Press, 2003.

13. Brenna, Andrew (ed.). *The Ethics of the Environment*. Aldershot: Dartmouth, 1995.

14. Brett. R. L. & Jones, A. R (ed.). *Wordsworth & Coleridge: Lyrical Ballads*. London: Routledge, 1991.

15. Carr, Glynis. *New Essays in Ecofeminist Literary Criticism*. London and Toronto: Associated University Presses, 2000.

16. Coupe, Laurence. *The Green Studies Reader: From Romanticism to Ecocriticism*. London: Routledge, 2000.

17. Crow, Charles L. *The Regional Literatures of America*. Malden: Blackwell Publishing, 2003.

18. Curry, Janelm, and Mcguire, Steven. *Community on Land: Community, Ecology, and the Public Interest*. Maryland: Rowman & Littlefield Publishers, Inc. , 2002.

19. Dean, Tim. *Gary Snyder and the American Unconscious: Inhabiting the Ground*. Hampshire, Macmillan, 1991.

20. Destenay, Anne L. *Nagel's Encyclopedia — Guide: China*. Geneva: Nagel Publishers, 1973.

21. Devall, Bill & Sessions, George. *Deep Ecology*. Layton: Gibbs M. Smith, Inc. , 1985.

22. Distich, Robert (ed.). *The Ecological Conscience: Values for Survival*. New Jersey: Prentice—Hall, 1970.

23. Dittman, Michael J. *Masterpieces of Beat Literature*. Beijing: China Renming University Press, 2007.

24. Dreese, Donelle N. *Ecocriticism: Creating Self and Place in Environmental and American Indian Literatures*. New York: Peter Lang Publishing, 2002.

25. Dryzek, John S. *Rational Ecology: The Political Economy of Environmental Choice*. Oxford: Basil Blackwell Ltd. , 1987.

26. Falck, Colin. *American and British Verse in the Twentieth Century: The Poetry that Matters*. Builington: Ashgate Publishing Company, 2003.

27. Fairbank, John King. *China: A New History*. Cambridge: The Belknap Press of Harvard University Press, 1998.

28. Forster, Edward Halsey. *Understanding the Beats*. Columbia: University of South Carolina, 1992.

29. Forster, John Bellamy. *Marx's Ecology: Materialism and Nature*. New York: Monthly Review Press, 2000.

30. Frebish, Charles S. , and Baumann, Martin. *Westward Dharma: Buddhism Beyond Asia*. Berkeley: University of California Press, 2002.

31. Gaard, Greta & Murphy Patrick D. (ed.). *Ecofeminist Literary Criticism: Theory, Interpretation, Pedagogy*. Urbana: University of Illinois Press, 1998.

32. Getzner, Michael (ed.). *Alternatives for Environmental Valuation*.

New York: Routledge, 2005.

33. Glotfelty, Cheryll. *The Ecocriticism Reader: Landmarks in Literary Ecology*. Athens: The University of Georgia Press, 1996.

34. Gottlieb, Roger S. *The Ecological Community: Environmental Challenges for Philosophy, Politics, and Morality*. New York: Routledge, 1997.

35. Guide, Andrew. *The Human Impact: On the Natural Environment*. Oxford: Blackwell Publishers Ltd., 1993.

36. Halper, Jon (ed.). *Gary Snyder: Dimensions of a Life*. San Francisco: Sierra Club Books, 1991.

37. Harris, Joseph. *The Ballad and Oral Literature*. Cambridge: Harvard University Press, 1991.

38. Heidegger, Martin. *Poetry, Language, Thought*. Beijing: China Social Sciences Publishing House, 1971.

39. *Holy Bible*. Nanjin: China Christian Council, 1995.

40. Huang, Yunte. *SHI: A Radical Reading of Chinese Poetry*. New York: Roof Books, 1997.

41. Huckle, John, and Martin, Adian. *Environments in A Changing world*. Harlow: Pearson Education Ltd., 2001.

42. Jameson, Fredric. *The Prison — House of Language: A Critical Account of Structuralism and Russian Formalism*. Princeton: Princeton University Press, 1972.

43. Kearney, Richard. *Modern Movements in European Philosophy*. Manchester: Manchester University Press, 1994.

44. Keene, Donald (ed.). 20 *Plays of the NO Theatre*. New York: Columbia University Press, 1970.

45. Kermode, Frank. *Wallace Stevens: Collected Poetry and Prose*. New

York: Literary Classics of the Uniteds States, 1997.

46. Kerouac, Jack. *The Dharma Bums*. New York: the New American Library, 1959.

47. Kerridge, Richard and Sammells Neil. *Writing the Environment: Ecocriticism & Literature*. London: Zed Books Ltd., 1998.

48. Kinder, David. W. *Nature and Psyche: Radical Environmentalism and the Politics of Subjectivity*. Albany: State University of New York Press, 2001.

49. Knoblocks, John (Trans.). *XunZi*. Changsha: Hunan People's Publishing House, 1999.

50. Koch, Kenneth. and Farrell, Kate. *Sleeping on the Wing*. New York: Vintage Books, 1981.

51. Kroeber, Karl. *Traditional Literatures of the American Indian*. Lincoln: University of Nebraska Press, 1981.

52. Levinson, Jerrold. *The Oxford Handbook of Aesthetics*. New York: Oxford University Press Inc., 2003.

53. Litz, A. Walton (ed.). *William Carlos Williams: The Collected Poems* (1901−1939). Volume I. Manchester: Carcanet Press Ltd., 2000.

54. Love, Glen A. *Practical Ecocriticism: Literature, Biology, and the Environment*. Charlottesville and London: University of Virginia Press, 2003.

55. Luke, Timothy W. *Capitalism, Democracy, and Ecology: Departing from Marx*. Urbana: University of Illinois Press, 1999.

56. Mair, Victor H(ed.). *The Columbia History of Chinese Literature*. New York: Columbia University Press, 2001.

57. Maynard, John Authur. *Venice West: The Beat Generation in South-

ern California. London: Rutgers University Press, 1991.

58. Marten, Gerald G. *Human Ecology: Basic Concept for Sustainable Development*. Earthscan Publications Ltd. , 2001.

59. Marzec, Robert p. *An Ecological and Postcolonial Study of Literaure: From Daniel Defoe to Salman Rushidie*, New York: Palgrave Macmillan, 2007.

60. Martell, Luke. *Ecology and Society*. Cambridge: Polity Press, 1994.

61. Maynard, John Arthur. *Venice West: The Beat Generation in Southern California*. New Brunswick and London: Rutgers University Press, 1991.

62. Mazel, David. *A Century of Early Ecocriticism*. Athens: University of Georgia Press, 2001.

63. Meadows, Donella H. *The Limits to Growth*. New York: New American Library, 1972.

64. Meltzer, David. *San Francisco Beat: Talking With the Poets*. San Francisco: City Lights Books, 2001.

65. Mol, Arthur p. J. Mol. *Ecological Modernisation Around the World: Perspectives and Critical Debates*. London: Frank Cass Publishers, 2000.

66. Molesworth, Charles. *Gary Snyder's Vision: Poetry and The Real Work*, Columbia: University of Missouri Press, 1983.

67. Murphy, Patrick. D. *Understanding Gary Snyder*. Columbia: University of South Carolina Press, 1992.

68. Murphy, Patrick D. *A Place For Wayfaring: The Poetry and Prose of Gary Snyder*. Corvallis: Oregon State University Press, 2000.

69. Murphy, Patrick D. *Farther Afield in the Study of Nature—Oriented Literature*. London: U Pr of Virginia, 2000.

70. Myerson, Joel. *The Cambridge Companion to Henry David Thoreau*, Shanghai: Shanghai Foreign Language Education Press, 2000.

71. Nordstrom, Lars. *Theodore Roethke, William Stafford, and Gary Snyder: The Ecological Metaphor as Transformed Regionalism*. Sweden: Uppsala, 1989.

72. O'Neill, John (ed.). *Environmental Ethics and Philosophy*. Northampton: Edward Elgar Publishing, Inc., 2001.

73. Omvdet, Gail. *Buddhism in India Challenging Brahmanism and Caste*. New Delhi: SAGE Publications, 2003.

74. Parham, John (ed.). *The Environmental Tradition in English Literature*. Burlington: Ashgate, 2002.

75. Pepper, David. *Eco—Socialism: From Deep Ecology to Social Justice*. London: Routledge, 1993.

76. Pepper, David (ed.). *Environmentalism: Critical Concepts*. I, II, III, IV, V. London: Routledge, 2003.

77. Philips, Rod. *"Forest Beatniks" and "Urban Thoreaus": Gary Snyder, Jack Kerouac, Lew Welch, and Michael McClure*, New York: Peter Lang Publishing, Inc., 2000.

78. Prabhavananda, Swami, and Manchester, Frederick. *The Upanishads: Breath of the Eternal*. California: Vedanta Press, 1957.

79. Preminger, Alex. *The New Princeton Encyclopedia of Poetry and Poetics*. Princeton: Princeton University Press, 1993.

80. Pitzer, Donald. *The Cambridge Companion to American Realism and Naturalism*, Shanghai: Shanghai Foreign Language Education Press, 2000.

81. Picot, Edward. *Outcasts form Eden: Ideas of Landscape in British Poetry since 1945*. Liverpool: Liverpool University Press, 1997.

82. Porte, Joel and Morris, Saundra. *The Cambridge Companion to Ralph Waldo Emerson*. Shanghai: Shanghai Foreign Language Education Press, 2004.

83. Quetchenbach, Bernard W. *Back from the Far Field: American Nature Poetry in the Late Twentieth Century*. Charlottesville & London: University Press of Virginia, 2000.

84. Reidhead, Julia (ed.). *The Norton Anthology: American Literature*. I, II. New York: W. W. Norton & Company, 1998.

85. Reiners, William A. and Driese, Kenneth L. *Transport Process in Nature: Propagation of Ecological Influences through Environmental Space*. Cambridge: Cambridge University Press, 2004.

86. Rexroth, Kenneth. *American Poetry in the Twenties Century*. New York: Herder and Herder, 1971.

87. Schuler, Robert. *Journey Toward the Original Mind: The Long Poems of Gary Snyder*. New York: Peter Land Publishing, Inc. , 1994.

88. Snyder, Gary. *Myths and Texts*. New York: New Directions Book, 1960.

89. Snyder, Gary. *Earth House Hold: Technical Notes and Queries to Fellow Dharma Revolutionaries*. New York: New Directions Book, 1968.

90. Snyder, Gary. *Regarding Wave*. New York: New Directions Book, 1970.

91. Snyder, Gary. *The Back Country*. New York: New Directions Book, 1971.

92. Snyder, Gary. *Turtle Island*. New York: New Directions Book, 1974.

93. Snyder, Gary. *On Bread & Poetry: A Panel Discussion with Gary Snyder, Lew Welch & Philip Whalen*. California: Grey Fox Press, 1977.

94. Snyder, Gary. *The Old Ways: Six Essays*. San Francisco: City Lights Books, 1977.

95. Snyder, Gary. *The Real Work: Interviews and Talks* 1964－1979. New York: New Directions Book, 1980.

96. Snyder, Gary. *Riprap and Cold Mountain Poems*. San Francisco: Grey Fox Press, 1982.

97. Snyder, Gary. *Axe Handles*. San Francisco: North Point Press, 1983.

98. Snyder, Gary. *He Who Hunted Birds in His Father's Village: The Dimensions of a Haida Myth*. Bolias, California: Grey Fox Press, 1983.

99. Snyder, Gary. *Passage Through India*. San Francisco: Grey Fox Press, 1983.

100. Snyder, Gary. *Good, Wild, Sacred*. California: Five Seasons Press, 1984.

101. Snyder, Gary. *Left Out in the Rain*. San Francisco: North Point Press, 1986.

102. Snyder, Gary. *The Practice of the Wild: Essays by Gary Snyder*. San Francisco: North Point Press, 1990.

103. Snyder, Gary. *No Nature: New and Selected Poems*. New York: Pantheon, 1992.

104. Snyder, Gary. *A Place in Space: Ethics, Aesthetics, and Watersheds*. Washington D. C.: Counterpoint, 1995.

105. Snyder, Gary. *Mountains and Rivers Without End*. Washington,

D. C. ：Counterpoint，1996.

106. Snyder，Gary. *The Gary Snyder Reader*：*Prose*，*Poetry*，*and Transla-tion* ，1952－1998. Washington D. C. ：Counterpoint，1999.

107. Steele，Jeffrey. *The Representation of the SELF in the American Renaissance*. Chapel Hill：The University of North Carolina Press，1987.

108. Steiner，Frederick. *Human Ecology*：*Following Nature's Lead*. Washington，D. C. ：Island Press，2002.

109. Sterba，James p. （ed.）. *Earth Ethics*：*Environmental Ethics*，*Ani-mal Rights*，*and Practical Applications*. New Jersey：Prentice Hall，1995.

110. Steuding，Bob. *Gary Snyder*. Boston：Twayne Publishers，1975.

111. Suiter，John. *Poets on the Peaks*：*Gary Snyder*，*Philip Whalen & Jack Kerouac in the North Cascades*. Washington，D. C. ：Coun-terpoint，2002.

112. Suzuki，David. *Time to Change*. Toronto：Stoddart Publishing Co. Limited，1994.

113. Swann，Brian （ed.）. *Smoothing the Ground*：*Essays on American Oral Literature*. Berkeley：University of California Press，1983.

114. Tallmadge，John. *Reading Under the Sign of Nature*：*New Essays in Ecocriticism*. Salt Lake City：The University of Utah Press，2000.

115. Timothy，Gary. *Gary Snyder and the Pacific Rim*：*Creating Coun-tercultural Community*. Iowa：University of Iowa Press，2006.

116. Tytell，John. *Paradise Outlaws*：*Remembering the Beats*. New York：W. Morrow，1999.

117. Van Vyck，Peter C. *Primitiveness in the Wilderness*：*Deep Ecology*

and the Missing Human Subject. Albany：State University of New York Press，1997.

118. VanDeVeer，Donald. *The Environmental Ethics and Policy Book*：*Philosophy*，*Ecology*，*Economics*. Belmont：Wadsworth，2003.

119. Waley，Arthur（Trans.）. *Laozi*. Changsha：Hunan People's Publishing House，1999.

120. Wang，Rongpei（Trans.）. *Library of Chinese Classics*（*Chinese*－*English*）：*Zhuangzi*. I，II. Changsha：Hunan People's Publishing House，1999.

121. Warren，Holly George. *The Rolling Stone Book of the Beats*：*the Beat Generation and Amierican Culture*. New York：Hyperion，1999.

122. Wiget，Andrew. *Native American Literature*. Boston：Twayne Publishers，1985.

123. Wiens，John. and Moss，Michael（ed.）. *Issues and Perspectives in Landscape Ecology*. Cambridge：Cambridge University Press，2005.

124. Whitman，Walt. *Specimen Days*. Boston：David R. Godine Publisher，1971.

125. Whitman，Walt. *Leaves of Grass*. New York：Bantam Books，1983.

126. Xu，Ping. *Thinking·Writing·Thinging*：*An Exploration of Heidegger*，*Fenollsa*，*Pound*，*and the Taoist Tradition*. WuHan：WuHan University Press，2002.

127. Zotov，V. D. *The Marxist*－*Leninist Theory of Society*. Moscow：Progress Publishers，1985.

二　中文文献

1. ［美］爱德华·泰勒：《原始文化》，连树声译，广西师范大学出版社

2005 年版。

2. ［美］爱默生：《爱默生随笔》，刘玉红译，天津教育出版社 2004 年版。

3. ［美］爱默生：《爱默生演讲录》，孙宜学译，中国人民大学出版社 2003
年版。

4. ［英］E. E. 埃文斯·普里查德：《原始宗教理论》，孙尚扬译，商务印
书馆 2001 年版。

5. 安得明：《天人之际的非常对话》，中国社会科学出版社 2003 年版。

6. 陈小红：《加里·斯奈德的生态伦理思想研究》，中山大学出版社 2008
年版。

7. 陈晓明编：《后现代主义》，河南大学出版社 2004 年版。

8. 程虹：《寻归荒野》，三联书店 2001 年版。

9. 陈慧剑：《寒山子研究》，东大图书公司 1984 年版。

10. 陈水云：《中国山水文化》，武汉大学出版社 2001 年版。

11. 陈文忠：《中国古典诗歌接受史研究》，安徽大学出版社 1998 年版。

12. 成复旺：《走向自然生命——中国文化精神的再生》，中国人民大学出
版社 2004 年版。

13. ［美］大卫·雷·格里芬：《后现代精神》，王成兵译，中央编译出版
社 1998 年版。

14. ［美］大卫·雷·格里芬等：《超越解构：建设性后现代哲学的奠基
者》，鲍世斌等译，中央编译出版社 2002 年版。

15. ［英］戴维·罗宾逊：《尼采与后现代主义》，程炼译，北京大学出版
社 2005 年版。

16. ［美］戴维·斯泰格沃德：《六十年代与现代美国的终结》，周朗、新
港译，商务印书馆 2002 年版。

17. ［美］道格拉斯·凯尔纳、［美］斯蒂文·贝斯特：《后现代理论：批
判性的质疑》，张志斌译，中央编译出版社 2006 年版。

18. 丁照：《理解自然——文明起源自然背景初探》，清华大学出版社 2004

年版。

19. 董宪军：《生态城市论》，中国社会科学出版社 2002 年版。

20. 恩格斯：《自然辩证法》，于光远等译，人民出版社 1984 年版。

21. 〔美〕费林格蒂等：《透视美国——金斯伯格论坛》，文楚安主编，四川文艺出版社 2002 年版。

22. 〔美〕佛洛姆等：《禅与西方世界》，徐进夫译，北方文艺出版社 1988 年版。

23. 傅伟勋：《从西方哲学到禅佛教》，三联书店 1992 年版。

24. 高令印：《中国禅学通史》，宗教文化出版社 2004 年版。

25. 高宣扬：《后现代论》，中国人民大学出版社 2005 年版。

26. 〔美〕加里·斯奈德：《山即是心》，林耀福、梁秉钧编选，联合文学出版社 1990 年版。

27. 郭艳华：《走向绿色文明》，社会科学出版社 2004 年版。

28. 〔德〕海德格尔：《人，诗意地安居》，郜元宝译，上海远东出版社 2004 年版。

29. 〔德〕海德格尔：《荷尔德林诗的阐释》，孙周兴译，商务印书馆 2004 年版。

30. 〔美〕亨利·大卫·梭罗：《瓦尔登湖》，杨家盛译，天津教育出版社 2004 年版。

31. 〔美〕霍尔姆斯·罗尔斯顿：《环境伦理学》，杨通进译，中国社会科学出版社 2000 年版。

32. 〔美〕霍尔姆斯·罗尔斯顿：《哲学走向荒野》，刘耳、叶平译，吉林人民出版社 2000 年版。

33. 何怀宏：《生态伦理——精神资源与哲学基础》，河北大学出版社 2002 年版。

34. 黄秉生、袁鼎生：《民族生态审美学》，民族出版社 2004 年版。

35. 黄秉生：《环境价值论 环境伦理：一场真正的道德革命》，云南人民出版社 2005 年版。

36. 江帆：《生态民俗学》，黑龙江人民出版社 2003 年版。

37. 解保军：《马克思自然观的生态哲学意蕴——"红"与"绿"结合的理论先声》，黑龙江人民出版社 2002 年版。

38. 金岳霖：《道、自然与人》，三联书店 2005 年版。

39. ［英］克里斯托弗·卢茨编：《西方环境运动：地方、国家和全球向度》，徐凯译，山东大学出版社 2005 年版。

40. ［英］柯林武德：《自然的观念》，吴国盛译，北京大学出版社 2006 年版。

41. ［美］杰克·凯鲁亚克：《在路上》，王永年译，上海译文出版社 2006 年版。

42. 雷毅：《生态伦理学》，陕西人民教育出版社 2000 年版。

43. ［美］蕾切尔·卡逊：《寂静的春天》，吕瑞兰、李常生译，吉林人民出版社 1997 年版。

44. 李明华：《人在原野——当代生态文明观》，广东人民出版社 2003 年版。

45. 李培超：《环境伦理》，作家出版社 1998 年版。

46. 李培超：《自然的伦理尊严》，江西人民出版社 2001 年版。

47. 李毓章、陈宇清：《人·自然·宗教——中国学者论费尔巴哈》，商务印书馆 2005 年版。

48. ［美］理查德·瑞吉斯特：《生态城市——建设与自然平衡的人居环境》，王如松、胡聃译，社会科学出版社 2002 年版。

49. ［法］列维-布留尔：《原始思维》，丁由译，商务印书馆，1997 年版。

50. ［法］列维-斯特劳斯：《野性的思维》，李幼艳译，商务印书馆 1997 年版。

51. ［法］列维-斯特劳斯：《图腾制度》，渠东译，上海人民出版社 2002 年版。

52. ［美］列奥-斯特劳斯：《自然权利与历史》，彭刚译三联书店 2003 年版。

53. ［俄］列夫·舍斯托夫：《旷野呼告》，方珊、李勤译，华夏出版社1999 年版。

54. 柳鸣九编：《从现代主义到后现代主义》，中国社会科学出版社 1994 年版。

55. 刘毓庆：《图腾神话与中国传统人生》，人民出版社 2002 年版。

56. 刘应杰：《中国生态环境安全》，安徽教育出版社 2004 年版。

57. 鲁枢元：《生态批评的空间》，华东师范大学出版社 2006 年版。

58. 罗兴典：《日本诗史》，上海外语教育出版社 2002 年版。

59. ［英］罗宾·柯林伍德：《自然的观念》，吴国盛、柯映红译，华夏出版社 1999 年版。

60. ［美］罗·米尔德：《重塑梭罗》，马会娟译，东方出版社 2002 年版。

61. 马克思、恩格斯：《马克思恩格斯论中国》，人民出版社 1997 年版。

62. 孟庆枢：《西方文论选》，高等教育出版社 2002 年版。

63. 那薇：《道家与海德格尔相互诠释》，商务印书馆 2004 年版。

64. 彭恩华：《日本俳句史》，学林出版社 1983 年版。

65. 彭锋：《完美的自然》，北京大学出版社 2005 年版。

66. 彭予：《二十世纪美国诗歌：从庞德到罗伯特·布莱》，河南大学出版社 1995 年版。

67. 曲格平：《我们需要一场变革》，吉林人民出版社 1997 年版。

68. ［荷］斯宾诺莎：《伦理学》，贺麟译，商务印书馆 1997 年版。

69. ［美］斯蒂芬·杰·古尔德：《自达尔文以来：自然史沉思录》，田洺译，三联书店 1996 年版。

70. ［美］唐纳德·沃斯特：《尘暴》，侯文蕙译，三联书店 2003 年版。

71. ［美］唐纳德·沃斯特：《自然经济体系——生态思想史》，侯文蕙译，商务印书馆 1999 年版。

72. ［英］塔姆辛·斯巴格：《福柯与酷儿理论》，赵玉兰译，北京大学出版社 2005 年版。

73. ［美］汤姆·雷根、［美］卡尔·科亨：《动物权利论争》，杨通进、江娅译，中国政法大学出版社 2005 年版。

74. 汪树东：《中国现代文学中的自然精神研究》，黑龙江人民出版社 2005年版。

75. 枉榕培：《陶渊明诗歌英汉比较研究》，外语教学与研究出版社 2000 年版。

76. 王雷泉、冯川译：《禅宗与精神分析》，贵州人民出版社 1998 年版。

77. 王诺：《欧美生态文学》，北京大学出版社 2003 年版。

78. 王凯：《逍遥游：庄子美学的现代阐释》，武汉大学出版社 2003 年版。

79. 王月清：《中国佛教伦理研究》，南京大学出版社 2002 年版。

80. 王路平：《大乘佛学与终极关怀》，巴蜀书社 2001 年版。

81. 王茜：《生态文化的审美之维》，上海人民出版社 2007 年版。

82. 王晓朝、杨熙楠编：《生态与民族》，广西师范大学出版社 2006 年版。

83. 王之佳、柯金良译：《我们共同的未来》，吉林人民出版社 1997 年版。

84. 王正平：《环境哲学——环境伦理的跨学科研究》，上海人民出版社 2004 年版。

85. 王正平：《伦理学与现时代》，上海三联书店 2004 年版。

86. 王治河：《后现代哲学思潮研究》，北京大学出版社 2006 年版。

87. 魏晓笛：《生态危机与对策：人与自然的永久话题》，济南出版社 2003 年版。

88. 魏明德等编：《天心与人心——中西艺术体验与诠释》，商务印书馆 2002 年版。

89. ［印度］维卡尔·梅农、［日］坂元正吉编：《天、地与我亚洲自然保护伦理》，张卫族译，中国政法大学出版社 2005 年版。

90. 文楚安：《"垮掉一代"及其他》，四川大学出版社 2002 年版。

91. 吴言生：《禅宗思想渊源》，中华书局 2002 年版。

92. 萧焜涛：《自然哲学》，江苏人民出版社 2004 年版。

93. ［美］小罗伯特·D. 理查德：《爱默生——充满激情的思想家》，石坚 译，四川人民出版社 2001 年版。

94. 薛勇民：《环境伦理学的后现代诠释》，博士论文，山西大学，2004 年。

95. 杨仁敬：《20 世纪美国文学史》，青岛出版社 1999 年版。

96. 叶维廉：《道家美学与西方文化》，北京大学出版社 2002 年版。

97. 叶维廉：《叶维廉文集》，I，II，III，IV，V. 安徽教育出版社 2002 年 版。

98. 叶维廉：《中国诗学》，三联书店 1992 年版。

99. 余谋昌：《生态哲学》，陕西人民教育出版社 2000 年版。

100. 袁鼎生：《生态视域中的比较美学》，人民出版社 2005 年版。

101. 乐爱国：《道教生态学》，社会科学文献出版社 2005 年版。

102. ［美］约翰·迈尔斯·弗里：《口头诗学：帕里—洛德理论》，朝戈金 译，社会科学文献出版社 2000 年版。

103. 尹虎彬：《古代经典与口头传统》，中国社会科学出版社 2002 年版。

104. ［美］詹姆斯·奥康纳：《自然的理由：生态学马克思主义研究》，唐 正东译，南京大学出版社 2003 年版。

105. 章海荣：《生态伦理与生态美学》，复旦大学出版社 2005 年版。

106. 张剑：《艾略特与英国浪漫主义传统》，外语教学与研究出版社 1996 年版。

107. 张节末：《禅宗美学》，浙江人民出版社 1999 年版。

108. 张子清：《20 世纪美国诗歌史》，吉林教育出版社 1995 年版。

109. 赵毅衡：《对岸的诱惑：中西文化交流人物》，知识出版社 2003 年版。

110. 赵毅衡：《诗神远游：中国如何改变了美国现代诗》，上海译文出版 社 2003 年版。

111. 赵毅衡：《远游的诗神：中国古典诗歌对美国新诗运动的影响》，四川人民出版社 1985 年版。

112. 郑春顺：《浑沌与和谐》，商务印书馆 2002 年版。

113. 曾建平：《自然之思：西方生态伦理思想探究》，中国社会科学出版社 2004 年版。

114. 曾艳兵：《西方后现代主义文学研究》，中国社会科学出版社 2006 年版。

115. 郑敏：《思维、文化、诗学》，河南人民出版社 2004 年版。

116. 钟玲：《美国诗与中国梦：美国现代诗里的中国文化模式》，广西师范大学出版社 2003 年版。

117. 钟玲：《史耐德与中国文化》，首都师范大学出版社 2006 年版。

118. 朱新福：《美国生态文学研究》，博士论文，苏州大学，2005 年。

119. 朱耀伟：《当代西方批评论述中的中国图像》，中国人民大学出版社 2006 年版。

120. 朱徽：《中美诗缘》，四川人民出版社 2002 年版。

三　期刊文章

1. 董洪川：《文化语境与文学接受：试论当代美国诗歌对中国传统文化的接受》，《外国文学研究》2001 年第 4 期。

2. 刘生：《加里·斯奈德的中国文化意蕴》，《外语教学》2001 年第 4 期。

3. 区鉷：《外国文学与本土意识》，《当代文坛报》1988 年第 1 期。

4. 区鉷：《加里·斯奈德面面观》，《外国文学评论》1994 年第 1 期。

5. 区鉷：《加里·斯奈德与中国文化》，《中国人文社会科学博士硕士文库》文学卷，浙江教育出版社 1998 年版。

6. 区鉷. *Gary Snyder's Sense of Nativeness*. 《中山人文学报》2000 年第 10 期。

7. 屈夫、张子清：《论中美诗歌的交叉影响》，《外国文学评论》1991 年第

3 期。

8. 万海松：《诗歌的艺术：加里·斯奈德访谈录》，《外国文学动态》2002
年第 3 期。

9. 赵毅衡：《加里·斯奈德翘首东望》，《读书》1982 年第 8 期。

致　谢

　　本书是由本人的博士后出站报告修改整理而成。首先感谢导师虞建华教授。2007 年至 2009 年在上海外国语大学做博士后期间，无论是生活上还是学业上，虞老师给予我无微不至的关心。当暑假因赶论文而留守学校时，老师经常犒劳我这"抗暑"英雄；当遇到困难挫折灰心丧气时，老师总是及时鼓励我；当为刚发表的文章而沾沾自喜时，老师总会适当提醒我。对在站期间的每篇投稿论文，老师都仔细斟酌，润色文字，并对其中的问题进行质疑。在博士后的研究工作中，老师不仅传道、授业、解惑，使我在学术上有了很大提高；而且老师对学问认真执著、坚持求索的精神与心平气和、坦诚待人的处世态度也将使我受益终生。本报告在老师始终如一的关怀下完成。他花了大量的时间精力审读初稿，给予我无私的帮助，提出了极其宝贵的指导性建议。在此谨向虞老师表示最崇高的敬意和最诚挚的感谢！

　　特别感谢我的博士生导师区鉷教授。当得知我准备选择斯奈德作为研究对象时，他毫不犹豫地将他收集的所有斯奈德资料赠送给我。如果没有区老师的慷慨相赠，也许我会和斯奈德失之交臂，因为中国有关斯奈德的资料很少，而且斯奈德的大部分诗集是在七八十年代前出版，后来也没有再版。对于我这样一个既无留学经历又无海外友人的学者来说，材料收集会非常困难。特别感谢区老师为我们建立的精神家园——中山大学英诗研究所。八年来，老师为我们主持了一百多期的读书报告会。诗所的每个成员都是在读书报告会中成长起来的。这一百多期的读书报告会为我们打下了坚实的文学基础，培养了我们敏锐的批判能力，增加了诗所成员之间的亲密友谊。最为让我们身在异地的弟子感动的是，老师为我们每个人都配有一把研究所的钥匙，研究所的大门永远向我们敞开。这既是我们通向诗歌王国的一把金钥匙，更是拴住我们心灵的一把情锁，时时刻刻提醒我们自己是诗所的一员，任何时候都不应该懈怠。大家都觉得是大家庭的一分子，互相帮助，互相鼓励，你追我赶，形成了浓厚的学术氛围，成为了学术界一个团结友爱而又成果颇丰的学术团队。

尤其感谢剑桥大学的蒲龄恩教授，这么多年他一直关注诗所的成长，关心我们每个成员的学术近况。在本书的撰写过程中，他对斯奈德的诗歌中最本质问题的解答让我豁然开朗。也特别感谢蒲老对我们诗所的无私捐赠，他把国外关于诗歌研究的最前沿最珍贵的书籍无私捐赠给我们，这些书籍成为诗所最为珍贵的财富，也是中国关于英美诗歌研究的珍贵收藏。更难能可贵的是这些书籍不仅属于英诗研究所，而且也免费对其他所有英美研究学者开放。

感谢斯奈德研究专家 Patrick D. Murphy，叶维廉先生和钟玲先生，他们的研究为我的研究打下了坚实的基础。特别感谢李维屏教授、张定铨教授、张和龙教授、束定芳教授和蔡伟良教授，他们对我的博士后报告提出了许多建设性意见。

感谢上海外国语大学羽毛笔会全体成员，因为他们，我在上海外国语大学从事博士后研究的时光更加美好快乐！尤其要感谢在上海外国语大学与我形影相随的王弋璇师妹，我们每日的朝夕相伴将成为我人生最美好的回忆；感谢梅丽博士，在美国访学期间不辞辛劳为我收集资料。感谢中山大学英诗研究所的全体成员，他们的友谊和鼓励成为我前进的动力。

感谢上海外国语大学博士后流动站提供我这样一个宝贵的机会，尤其感谢博士后流动站的张蓉老师，她一丝不苟的工作态度给我留下了难忘的印象。

感谢佛山科学技术学院领导对我多年的支持和鼓励。这些年，我一直在求学道路上艰难跋涉，没有他们的关照，我不可能这么顺利完成学业。特别感谢李克和院长这些年对我的关心和帮助。

由衷感谢冼为坚先生学术基金资助。

感谢中国社会科学出版社为该书出版所做的各种努力。

最后我要特别感谢父母一直以来对我求学的支持和理解，感谢他们多年来无微不至照顾小女。感谢丈夫和女儿，他们的支持和爱给了我战胜困难的信心和勇气，使我能够多年来徜徉于学术的海洋，专注于自己的学术研究。